KB138856

「가능하면 『조정자』라 불리는 네가 다툼을 끝내 줬으면 해.」

방 안에서는 실루엣 씨가 직접 차를 준비하고 있었다.

이세계는 스마트폰과 함께.20

히로인들,
적지에 잠입!

할머니도 돗자리에 앉은 세계신님의 옆에 앉았다

나란히 앉으니 노부부처럼 보인다.

「이자가 결계의 복구를 담당할 걸세.

상급신인 시공신(時空神)이야.」

「잘부탁해, 토야.」

「난 네 할머니 역할을 맡게 될 거야.」

이세계는 스마트폰과 함께. 20

후유하라 파토라 illustration ■ 우사츠카 에이지

캐릭터 소개

모치즈키 토야

하느님의 실수로 이세계로 가게 된 고등학교 1학년(등장 당시). 기본적으로는 너무 소란을 피우지 않고 흐름에 몸을 내맡기는 스타일. 무의식적으로 분위기 파악을 하지 못한 채, 은근히 심한 짓을 한다.
무한한 마력에 모든 속성 마법을 가지고 있으며, 무속성 마법을 마음대로 사용하는 등, 하느님 효과로 여러 방면에서 초월적. 브륜힐드 공국 국왕.

유미나 에르네아 벨파스트

벨파스트의 왕녀. 열두 살(등장 당시). 오른쪽이 파란색, 왼쪽이 녹색인 오드아이. 사람의 본질을 꿰뚫어 보는 마안의 소유자. 바람, 흙, 어둠이라는 세 속성을 지녔다. 활이 특기. 토야에게 한눈에 반해, 무턱대고 강하게 다가갔다. 토야의 신부가 될 예정.

에르제 실레스카

토야가 구해 준 쌍둥이 자매의 언니. 양손에 건틀릿을 장비하고 주먹으로 싸우는 무투사. 직설적인 성격으로 소탈하다. 신체를 강화하는 무속성 마법【부스트】를 사용할 줄 안다. 매운 것도 좋아한다. 토야의 신부가 될 예정.

린제 실레스카

쌍둥이 자매의 여동생. 불, 물, 빛이라는 세 속성을 지닌 마법사. 빛 속성은 별로 잘 사용하지 못한다.
굳이 따지자면 낯을 가리는 성격으로 말이 서투르지만 가끔 대담해진다. 단 음식을 좋아한다. 토야의 신부가 될 예정.

코코노에 야에

일본과 비슷한 먼 동쪽의 나라, 이센에서 온 무사 소녀. 존댓말을 사용하며 남들보다 훨씬 많이 먹는다. 진지한 성격이지만 어딘가 어긋나 있는 면도 본가는 검술 도장이고 야에가 쓰는 코코노에 진명류(眞鳴流)라고 한다. 겉만 봐서는 잘 알기 어렵지만 의외로 겁쟁이. 토야의 신부가 될 예정.

루시아 레아 레굴루스

애칭은 루. 레굴루스 제국의 제 3 황녀. 유미나와 같은 나이. 제국 반란 사건 때에 자신을 도와 준 토야에게 한눈에 반했다. 쌍검을 사용한다. 유미나와 사이가 좋다. 요리 재능이 있다. 토야의 신부가 될 예정.

스우시 에르네아 오르트린데

애칭은 스우. 열 살(등장 당시). 자객에게 습격당하고 있을 때 토야가 구해 주었다. 벨파스트 국왕의 조카, 유미나의 사촌. 천진난만하고 호기심이 왕성하다. 토야의 신부가 될 예정.

미나스 레스티아 힐데가르드

애칭은 힐데. 레스티아 기사 왕국의 제1 왕녀. 검술에 능하며 '기사 공주'라고 불린다. 프레이즈에 습격당할 때 토야에게 도움을 받고 한눈에 반한다. 긴장하면 말을 더듬는 습관이 있다. 야에와 사이가 좋다. 토야의 신부가 될 예정.

린

전(前) 요정족 촉장. 현재는 브륜힐드의 궁정마술사(最長). 어려 보이지만 매우 오랜 세월을 살았다. 자칭 612세. 마법의 천재. 사람을 놀리기를 좋아한다. 어둠 속성 마법 이외의 여섯 가지 속성을 지녔다. 토야의 신부가 될 예정.

사쿠라

토야가 이센에서 주운 소녀. 기억을 잃었었지만 되찾았다. 본명은 파르네제 포르네우스. 마왕국 제노아스의 마왕의 딸이다. 머리에 자유롭게 빼낼 수 있는 뿔이 있다. 감정을 겉으로 잘 드러내지 않지만, 노래를 잘하며 음악을 매우 좋아한다. 토야의 신부가 될 예정.

폴라

린이【프로그램】으로 만들어 낸 곰 인형이다. 마치 살아 있는 것처럼 움직인다. 200년 동안 계속 움직이고 있으며, 그사이에도 개량을 거듭했다. 그 움직임은 상당한 연기파 배우 수준. 폴라…… 무서운 아이!!

코하쿠

토야의 첫 번째 소환수. 백제라고 불리는 서쪽과 큰길의 수호자로, 짐승의 왕. 신수(神獸). 평소엔 새끼 호랑이 크기로 다니며 눈에 띄지 않게끔 한다.

산고&코쿠요

토야의 두 번째 소환수. 두 마리가 한 세트. 현제라고 불리는 신수. 비늘의 왕. 물을 조종할 수 있다. 산고가 거북이, 코쿠요가 뱀.

코교쿠

토야의 세 번째 소환수. 염제라고 불리는 신수. 새의 왕. 침착한 성격이지만, 외모는 화려하다. 불꽃을 조종한다.

루리

토야의 네 번째 소환수. 창제라고 불리는 신수. 푸른 용으로, 용의 왕. 비꼬기를 잘하며, 코하쿠와는 사이가 나쁘다. 모든 용을 복종시킬 수 있다.

모치즈키카렌

정체는 연애의 신. 토야의 누나를 자처하는 중. 천계에서 도망친 종속신을 포획해야 한다는 대의명분으로, 브륀힐드에 눌러앉았다. 느긋한 말투. 꽤 게으르다.

모치즈키모루하

정체는 검의 신. 토야의 두 번째 누나를 자처한다. 브륀힐드 기사단의 검술 고문이기도. 늠름한 성격이지만 조금 천연스럽다. 검을 쥐면 대적할 상대가 없다.

프란세스카

바빌론의 유산 '정원'의 관리인. 애칭은 세스카. 메이드복을 착용. 기체 넘버 23. 입만 열면 야한 농담을 한다.

하이로제타

바빌론의 유산, '공방'의 관리인. 애칭은 로제타. 작업복을 착용. 기체 넘버 27. 바빌론 개발 청부인.

벨플로라

바빌론의 유산 '연금동'의 관리인. 애칭은 플로라. 간호사복을 착용. 기체 넘버 21. 목유 간호사.

프레드모니카

바빌론의 유산 '격납고'의 관리인. 애칭은 모니카. 위장복을 착용. 기체 넘버 28. 입이 거친 꼬마.

프레리오라

바빌론의 유산 '성벽'의 관리인. 애칭은 리오라. 블레이저를 착용. 기체 넘버 20. 바빌론 넘버즈 중 가장 연상. 바빌론 박사의 밤 시중도 담당했다. 남성은 미경험.

파메라노엘

바빌론의 유산, '탑'의 관리인. 애칭은 노엘. 체육복을 착용. 기체 넘버 25. 계속 잔다. 먹고 자기만 한다. 기본적으로 게으르고 뭐든 귀찮아하는 성격.

이리스팜므

바빌론의 유산, '도서관'의 관리인. 애칭은 팜므. 세일러복을 착용. 기체 넘버 24. 활자 중독자. 독서를 방해하는 것을 싫어한다.

리루루파르셰

바빌론의 유산, '창고'의 관리인. 애칭은 파르셰. 무녀 복장을 착용. 기체 넘버 26. 덜렁이. 게다가 자각이 없다. 깜빡하고 저지르는 실수가 잦다. 잘 넘어진다.

아틀란티카

바빌론의 유산, '연구소'의 관리인. 애칭은 티카. 흰옷을 착용. 기체 넘버 22. 바빌론 박사 및 바빌론의 유지보수를 담당하고 있다. 극심한 어린 여자아이 취향.

레지나바빌론박사

고대의 천재 박사이자 변태. 공중 요새 '바빌론'을 비롯한 다양한 아티팩트를 만들어낸 장본인. 모든 속성을 지녔다. 기체 넘버 29번의 몸에 뇌를 이식하여 5000년의 세월을 넘어 부활했다.

지금까지의 줄거리

하느님이 특별히 마련해 준 스마트폰을 들고 이세계에 오게 된 소년, 모치즈키 토야. 두 세계가 휘말렸던 사신과의 싸움은 막을 내렸다. 토야는 세계신에게 그 공적을 인정받아 하나가 된 두 세계의 관리자가 되었다. 언뜻 보기엔 평화가 찾아온 것처럼 보이는 세계. 하지만 세계에는 아직도 혼란의 씨앗이 남아 있었으며, 세계의 관리자가 된 토야는 거듭 말려드는데……

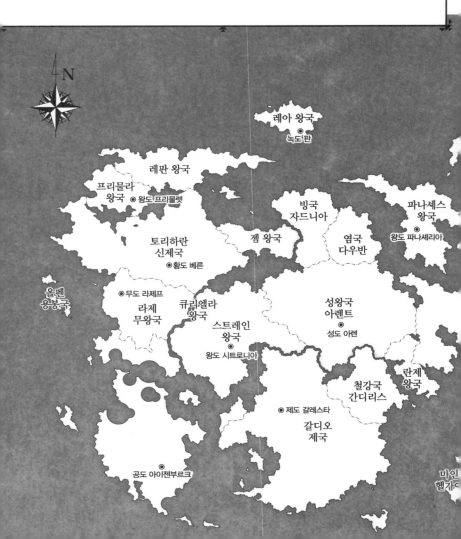

파레리우스
왕국

왕도 파르스 →
파르프
왕국
◎

◎ 왕도 제노스칼
마왕국 제노아스

리니에
왕국 → 왕도 니무에

엘프라우
왕국 → 왕도 슬라니엔

노키아
왕국

하노크 왕국 ◎ ← 왕도 하노크스

유론 지방

선국 이센

황도 베른
프리스
왕국
벨파스트
황국
◎ 왕도 아레피스
리플렛 마을

레굴루스 제국
◎ 제도 갈라리아

브륀힐드
공국

로드메어
연방
◎

왕도 파르마
◎

호른 왕국

성도
◎ 이스라
수도 파네라메아 ◎

펠젠 왕국

미스미드
왕국
◎
왕도
베르주

라밋슈
교국

왕도 아트라일 →

라일
왕국

왕도 레스틴 → ◎

대수해

◎ 드래고니스섬

기사 왕국
레스티아

◎ ← 레트라반바

산드라 왕국

◎ 왕도 큐레이

이그리트
왕국

새로운 세계

표지 · 본문 일러스트
우사츠카 에이지

📶 제1장 불꽃 왕국과 얼음 왕국

가능하면 내버려 두고 싶었지만 그럴 수는 없었다.

나는 계단을 따라 기사단 숙소의 지하로 내려갔다. 이곳은 원래는 없던 시설로, 나중에 추가로 만든 장소였다. 나선 계단을 끝까지 내려가 보니 통로 정면에는 두꺼운 문이 있었고, 그 옆의 작은 방에는 숙직을 맡은 기사 두 명이 있었다.

한 명은 책상 앞에 앉아 무언가 서류를 작성하는 중이었고, 다른 한 명은 그 뒤에서 팔굽혀펴기를 하는 중이었다.

어디서 본 적 있는 얼굴이다 싶었는데, 생각해 보니 서바이벌 입단 시험 당시에 봤던 4명의 아인 중 2명이었다.

서류를 작성하는 사람이 워독 청년, 팔굽혀펴기를 하는 사람이 사자족 여성. 이름은 딩고와 애슐리였던가?

"아니, 폐하 아니십니까!"

"어?! 폐하?!"

"아니아니, 그러지 마. 그대로 있어."

머리가 개(犬)인 청년이 벌떡 일어섰고, 팔굽혀펴기하던 사자 귀 수인 여성이 놀라서 넘어졌다.

나는 경례하려는 두 사람을 제지하고 옆에 있는 지하 감옥의 문을 가리켰다.

"들어가려고 하는데 괜찮을까?"

"넷! 열쇠는 여기에 있습니다!"

딩고가 벽에 걸려 있던 커다란 열쇠를 건네주었다. 나는 두 사람에게 인사를 하고 열쇠로 두꺼운 철문을 열었다.

문 너머는 지하 감옥이다. 지하 감옥의 통로 좌우로는 아치형 감방이 줄지어 있는데, 그 감방들은 당연히 튼튼한 철 격자로 막혀 있었다. 그리고 철 격자 위의 각인 마법 덕에 이곳에는 내 프리즌 수준의 결계까지 펼쳐져 있었다.

'그녀'는 그 지하 감옥 깊숙한 곳에 있는 감방에 누워 있었다.

감방 안에는 돌 위에 짚으로 만든 돗자리를 올리고 그 위에 이불을 깔아둔 돌침대가 있었다. 침대 옆에는 벽을 파낸 선반에 촛대 대신 마광석이 들어간 컵이 놓여 있었고, 마광석은 컵 안에 따라둔 물속에서 빛을 발했다. 그리고 그 옆에는 벗어서 접어둔 안경이 있었다.

감방 안쪽에는 커튼으로 차단된 샤워룸과 화장실도 있다. 감방에는 분에 넘치는 설비다. 그 대신 이곳에서는 사실상 탈출이 불가능하다. 마법방어벽이 펼쳐져 있어 철 격자를 자른다 해도, 돌벽을 파낸다 해도 도망칠 수 없다.

그리고 감방 구석에는 얼음 기둥에 갇힌 보라색 고렘이 있었다. 내 【이터널코핀】은 해제하지 않는 한 녹지 않는다.

"야, 지금 자?"

"응? ……자는 건 아닌데……. 앗, 이 목소리는! 토야~앙?!"

담요를 차내며 루나가 벌떡 상반신을 일으켰다. 머리카락은 후줄근했지만 혈색은 좋아 보였다.

"며칠간 갇혀 있었는데 의외로 힘이 넘치네?"

"우우. 날 이런 곳에 가두다니. 토야~앙은 심술쟁이야!"

"이런 곳이라고 하는데, 세 끼 꼬박 나오고 샤워실과 화장실이 완비된 감방은 쉽게 찾아보기 힘들걸?"

화장실이 요강이면 찝찝하잖아? 그런 곳에 비하면 설비가 좋은 감방이니 이곳에서의 생활을 만끽하지 않았을까 하는데. 대신에 자유가 없긴 하지만.

그거야 어쨌든. 각설하고 본론으로 들어가자.

"네 혐의는 왕성 습격과 왕족 암살 미수인데……."

"습격은 했지만 왕족이라니……. 아~ 토야~앙을 죽이려고 해서?"

어리둥절한 표정을 지으면서 선반 위에서 안경을 꺼내 쓰는 루나.

"나 말고도 모로하 누나나 카리나 누나도 습격했잖아. 어쨌든 내 가족이니 왕족이야……."

"그 사람들! 그 무지막지하게 강한 언니들은 토야~앙의 누나들이었어?!"

벌떡 일어난 루나가 철 격자를 철커덩! 하고 붙잡으며 내 앞으로 바짝 다가와 나는 무심코 한 걸음 뒤로 물러섰다.

"하, 한 명은. 다른 한 명은 친척 누나야."

"굉장하다! 공격이 전혀 통하지 않았고, 비올라도 순식간에 당했거든! 그 언니들이라면 날 쉽게 죽여 줄 수 있을지도 몰라!"

눈을 반짝이면서 깍지를 끼고 몸을 구불거리는 루나. 숨결이 거칠었다. 변태냐. 아, 맞다. 변태였어.

"……예전부터 묻고 싶었는데, 죽고 싶어?"

"그러네~. 죽을 수 있다면 죽고 싶다고 해야 하나? 잘 모르겠어. 예전에는 별로 죽고 싶지 않았는데 이상하네. 니아찡이 그러는데 난 있지, 비올라의 힘을 쓰면 쓸수록 망가진대. 그리고 내가 망가지면 비올라가 날 죽여 준다고 그랬어."

앤…… 자신의 정신이 병들어 가고 있다는 걸 이해하고 있는 건가?

그걸 알면서도 그런 형편없는 짓을 하는 거야? 비올라의 저주에 정신을 좀먹혀 가면서도 언젠가 비올라에게 살해당하길 바라고?

"이게 다 토야~앙의 잘못이야. 토야~앙이라면 날 죽일 수 있을 줄 알았는데 나약하기 짝이 없어서 그렇잖아. 이 쫄보 녀석!"

"얼토당토않은 험담은 그만둬."

"죽기 직전에는 굉장히 무섭지? 나는 그런 경험을 몇 번이고, 몇 번이고 반복했어. 그때마다 머릿속에서 온갖 것들이 빠져나가니 어느새 무섭기보다는 기분 좋다는 느낌이 더 강해지더라고. 베고 베이고, 찌르고 찔리고. 아프면 기분이 좋구나, '아, 난 살아 있구나' 하는 생각이 들어."

상처를 입지 않으면 살아간다는 실감을 느낄 수 없게 된 거구나. 게다가 그때마다 정신은 붕괴해 죽음에 가까워진다.

아무런 희망이 없어 보이는 상태다. '왕관'을 만든 크롬 란셰스는 마스터의 '대가'를 이용해 고렘에게 비할 데 없는 힘을 안겨 주었다.

그건 어떻게 보면 악마와의 계약이다. 힘을 얻기 위해서는 소중한 무언가를 내놓아야 하니까. 루나는 생명의 대가라고도 할 수 있겠지만, 몸이 살아 있어도 정신이 죽어서는 의미가 없다.

게다가 그건 자동적인 능력이다. 루나가 왕관의 능력을 쓰기 싫어도 루나가 다쳐 육체가 손상되면 비올라의 왕관 능력은 루나를 재생하고 가차 없이 그 대가를 빼앗는다. 마스터에게 사용 권한이 없는 능력이다. 이래서는 사기에 가깝다.

"그러니까 토야~앙이 죽여 줘. 그럼 기쁠 거야. 앗, 근데근데. 그 언니들과 한 번 더 죽고 죽이는 싸움을 하고 싶기도 한걸? 음~. 고민되네."

"난 사양하겠어. 지금으로선 널 죽이고 싶지 않거든."

바스테트와 아누비스에게 들었는데 일단 성목을 지켜 준 모양이기도 하니까. 그렇다고 죄를 없었던 일로 할 수는 없으니, 그에 상응하는 벌은 내릴 생각이다.

"뭐~?! 여기까지 와서? 이러니까 동…….."

"넌 입 좀 다물어."

얜 너무 사람을 배려할 줄 몰라!

사실을 말하자면 얘의 '대가'…… 정확하게는 '왕관'의 '대가' 시스템을 해결할 방법을 에르카 기사가 몇 가지인가 알려 주었다.

보통은 고렘을 파괴하면 되지만, 비올라는 '초재생'이라는 능력을 지닌 고렘이다. 그걸 파괴하기는 어렵다. 내 신력(神力)을 사용하면 불가능하지는 않을지도 모르지만…….

"만약 내가 비올라를 완전히 소멸시켜 준다면 받아들일 수 있어? 소멸시키면 넌 더는 이상해지지 않을 텐데."

"비올라를? ……음. 그건 싫어. 비올라는 나쁜 애가 아냐. 나한테는 다정하거든. 배가 고프면 어딘가에서 음식을 가져다주고, 잠이 오면 업어 주고. 비올라도 그렇게 태어나고 싶어서 태어난 게 아니라고 생각해. 비올라를 그런 식으로 만든 사람이 전부 잘못한 거야."

걱정하지 마, 파괴 안 할 테니. 비올라는 5000년 전의 세계에서 하얀색 왕관인 아르부스가 폭주하자 그 '대가'로 오랫동안 쌓아 온 기억을 모두 잃었다. 새삼 생각해 보면 벌을 받은 게 아닌가 하는 생각도 든다.

비올라를 파괴할 수 없다면 다른 수를 써야 하나.

나는 신력을 사용한【텔레포트】로 감방 안으로 전이했다.

이 방어벽은 원래 전이 마법도 튕겨서 막아 내지만 나한테는 통하지 않는다. 난 여러 면으로 규격 외의 인물이니까. 예전부터 그랬긴 하지만.

"우와앗?!"

갑자기 감방 안에 나타난 나를 보고 놀라는 루나를 무시한 채, 나는 비올라를 가둔 얼음 기둥이 있는 감방의 구석으로 갔다.

【이터널 코핀】을 반쯤 해제하자 점점 얼음이 녹아 비올라의 머리와 어깨가 드러났다.

〈기긱.〉

비올라는 얼음 안에서 탈출하려고 했지만, 손발을 움직일 수 없어선 어떻게 해 볼 도리가 없는 듯했다.

"비올라. 너한테서 '왕관'을 빼앗겠어. 나쁘게는 생각 마. 네 힘은 불행을 낳는 힘인 것 같으니까."

나는 비올라의 머리를 쥐고 【애널라이즈】로 분석했다. 자세한 구조는 알 수 없었지만, 힘의 흐름은 이해할 수 있었다. 루나와 연결되는 마력의 경로도. 이 힘은 비올라 그 자체라 해도 과언이 아니라 지울 수는 없다. 그렇다면.

"【크래킹】."

무속성 개정(改訂) 마법 【크래킹】. 원래는 아티팩트 효과를 개정하기 위한 마법이다.

그렇지만 불덩어리가 나가는 마법의 지팡이를 번개가 나가게 변환할 수는 없다. 하지만 불덩어리를 '작게' 만들거나 '나가지 않게' 만드는 정도라면 쉽게 할 수 있다.

　나는 비올라의 왕관 능력에 개입해 능력을 동결하고 조금 시스템이 달라지게 재구축했다.

　"이제 비올라는 더는 '왕관'이 아니야. 그냥 성능이 좋은 고렘일 뿐이지."

　"정말……?"

　"정말이지. 자, 이걸로 찔러 봐."

　내가 【스토리지】에서 바늘 하나를 꺼내 루나에게 건네주었다. 그러자 떨리는 손으로 그 바늘을 쥐고는 천천히 안경을 벗고 바늘의 끝을 눈동자로━━━.

　"악~! 위험해!! 이 바보가, 어딜 찌르려는 거야?!"

　"어? 눈인데?"

　"손가락에 찔러!"

　간 떨어질 뻔했네. 불안해진 나는 바늘을 빼앗은 뒤 내가 직접 바늘로 루나의 흰 손끝을 살짝 찔렀다. 그러자 곧장 루나의 손끝에서 빨간 구슬 같은 피가 나왔다. 손가락으로 닦아 내도 힘을 주자 피는 다시 배어 나왔다. 상처는 낫지 않았다.

　"안 나아……. 그럼 정말로?"

　"'고치라고' 비올라한테 부탁해 봐. 그러면 나을 거야."

　"어? 저기, 비올라. 이거 고칠 수 있어?"

　〈키긱.〉

　마력의 경로를 통해 비올라의 마력이 루나로 흘러 들어갔다.

왕관의 능력인 '초재생'은 사용할 수 없었지만 고대 기체인 고렘이 원래 지니고 있는 고렘 스킬은 사용이 가능했다. 즉, 효과가 낮아진 '재생'이었다.

그 '재생'도 바늘로 찌른 작은 상처 정도는 쉽게 고친다.

"이게 어떻게 된 거야……?"

"비올라는 네 상처를 고칠 수 있는 평범한 고렘이 된 거야. 그렇지만 치명상은 못 고쳐."

심하지 않은 상처라면 고칠 수 있겠지만, 즉사할 만큼 깊은 상처는 고치지 못하리라 생각한다. 배에 구멍이 뚫렸다간 이번에야말로 루나는 정말 죽고 말겠지.

"그리고 너에게 벌을 내리겠어. 【어둠이여 묶어라, 저자들의 죄에 벌을 내려라, 길티커스】."

아무 벌도 내리지 않고 루나를 풀어 줄 수는 없었다. 그래서 벌을 내리기 위해 나는 루나에게 '저주'를 걸었다.

"이제 너는 통증으로 쾌락을 얻을 수 없게 됐어."

"뭐?!"

"대신에…… '루나, 변이종한테서 성목을 지켜줘서 고마워.'"

"윽, 우와앗?! 뭐야?! 방금 뭐야?! 오싹오싹했어!"

루나가 부르르 몸을 떨더니 얼굴을 붉게 물들이며 자신의 몸을 꼬옥 껴안았다. 흠. ……이것도 징그럽긴 마찬가지일지도 모르겠어…….

"넌 다른 사람의 감사하는 말이나 표현을 들으면 쾌락을 얻어. 그게 너한테 주는 벌이야."

어떻게 보면 평범하게 되돌렸다고도 할 수 있고, 이상해졌다고도 할 수 있었다. 쾌락을 얻는 방법은 사람마다 모두 다르고, 그중에는 다른 사람으로서는 도저히 짐작조차 할 수 없는 것들도 있다.

어떤 일에서 기쁨과 즐거움을 얻는지는 사람마다 모두 다르지만 이건 강제적으로 '다른 사람의 감사'에서 기쁨을 얻게 만든 '저주'다.

다른 사람이 고마워하면 보통은 기뻐한다. 승인 욕구가 충족되면 다른 사람이 자신을 필요로 한다고, 또 자신을 인정해 주었다고 느낀다.

그러한 기쁨을 루나는 쾌락이라는 형태로 얻게 되었다.

"있지, 토야~앙! 한 번 더! 한 번 더 '고마워'라고 말해 줘!"

"좋아. '고마워.'"

"……………어?"

"마음이 담긴 감사의 말이 아니면 효과가 없어."

"뭐어~~~?!"

눈썹을 찡그리는 루나를 무시하고 나는 비올라의 구속을 풀었다.

"난 남에게 감사의 말을 들으려면 어떻게 해야 하는지 몰라. 누굴 죽이면 돼?"

"왜 그런 식으로 생각해?! 평범하게 어려운 처지에 처한 사람을 도우면 되잖아!"

이런. 괜히 이상한 방향으로 흘러가선 곤란하다. 의뢰자에게 감사의 말을 듣고자 암살자가 되어 사람을 마구 죽이기라도 하면 의미가 없다.

추가로 다른 사람을 죽이지 못하도록 속박해 두자. 자신을 방어해야 할 때만 예외로 해 두고.

앤 다른 사람에게 감사의 말을 들어 본 적이 없으니, 단순한 방법도 떠올리지 못하는 거구나. 감사의 말을 듣는 손쉬운 방법을 알려 줄 필요가 있겠어.

나는 루나와 비올라를 데리고 브륀힐드에 있는 학교로 【게이트】를 열어 전이했다.

학교 운동장에 있던 아이들이 우리를 발견했다.

"앗, 폐하다!"

"정말이네. 폐하다!"

와아~! 아이들이 우리에게 달려왔다. 아이들은 처음 보는 보라색 고렘을 호기심 어린 눈으로 바라보았다.

"앗, 토야~앙?! 여긴 어디야?!"

"우리 나라에 생긴 지 얼마 안 된 학교야. 오늘은 분명 화단을 만드는 날이었을 거야."

학교 건물 안쪽에서 사쿠라네 어머니이자 이곳의 교장 선생님인 피아나 씨와 그 호위인 카트시 냥타로가 나타났다.

"냥냥? 임금님이다냥."

"어머, 폐하. 무슨 일이신가요?"

두 사람 모두 종종걸음으로 우리에게 다가왔다. 손에는 목장갑으로 보이는 물건과 작은 삽을 들고 있었다. 아무래도 이제부터 화단을 만드는 모양이었다.

"도와줄 사람을 한 명 데리고 왔어요. 수행하는 고렘도 같이요."

"어머나. 이렇게까지 신경 써 주시다니. 감사합니다."

"하으윽?!"

피아나 씨의 특별할 것 없는 감사의 말을 듣고 루나가 부르르 몸을 떨며 나에게 매달렸다.

"어디 불편하신가요?"

"아니요. 얜 루나라고 하는데, 낯을 가리거든요. 걱정하지 않으셔도 돼요."

"그런가요? 오늘은 잘 부탁드릴게요, 루나 씨."

"아, 아, 알았어요."

루나가 거친 숨을 내쉬며 대답했다. 괜찮으려나? 아직 몸이 익숙하지 않아 과민하게 반응하는지도 모르겠어.

"언니~! 삽 여기 있어. 같이 하자."

"하자~!"

"어? 아니, 잠깐만……!"

어린 여자아이들이 손을 잡고 루나를 끌고 갔다.

그 뒤를 비올라가 서둘러 쫓아갔다.

흙 마법을 쓰면 화단 정도야 몇 초 만에 만들 수 있지만, 피아나 씨가 말씀하시길 '무언가를 다 같이 열심히 만드는 일'도 교육의 일환이라고 하니 눈치 없는 짓은 하지 말자.

자, 나도 같이 도와서 만들어 볼까.

그리고 몇 시간 후. 학교의 한편에는 벽돌로 둘러싼 화단이 완성되었다. 아이들이 만들어서 엉성한 면은 있었지만 그래도 썩 잘 만들어졌다.

"겨우 완성됐네."

〈기긱.〉

처음에는 갈피를 못 잡고 하라는 대로만 했던 루나와 비올라도 어느덧 열심히 아이들과 함께 화단을 만들었다. 기분 탓인지 웃고 있는 것처럼도 보였다.

그런 루나 곁으로 얼굴에 흙이 묻은 여자아이가 다가갔다.

"언니, 고마워!"

"후호홋?!"

내 지시대로 여자아이가 고맙다고 말하자 루나가 움찔하며 반응했다.

"하, 한 번 더 말해 줄래?"

"언니, 고마워!"

"흑, 흐햐악……!"

"언니, 괜찮아……?"

몸을 껴안고 기절할 것처럼 몸을 휘청이는 루나를 보고 여자아이가 고개를 갸웃했다.

"비올라도 고마워."

〈기긱.〉

비올라한테까지 감사의 말을 전한 여자아이를 등지고 비틀거리며 허벅지를 붙인 채 걸어온 루나가 나에게 매달렸다.

"토야~앙. 이거 굉장해……. 너무 기분 좋아. 마구 오싹거려. 아저씨의 눈을 후벼 파는 것보다, 창으로 가슴을 꿰뚫리는 것보다 훨씬 좋아. 너무 대단해서 싸 버리겠어."

" '살아 있다' 는 실감이 들어?"

"엄청나게 들어. 이런 느낌은 처음이야. 자꾸만 듣고 싶어져. 너무해. 이건 정말 너무해."

이건 벌로 내린 '저주' 니까. 그런데 너무하다고 말은 하지만 실제론 활짝 웃고 있잖아. 호흡은 거칠고, 안경 안쪽의 눈동자는 뒤집히기 직전이고, 침도 흘려서 좀 소름 끼치는 얼굴이지만.

역시 쾌락의 세기가 너무 강한가? 그런 생각을 하는데 피아나 씨가 아이들을 데리고 우리에게 다가왔다.

"자, 얘들아. 오늘 도와주신 폐하와 루나 씨에게 감사하다고

인사해야지."

"아뇨. 피아나 씨, 지금은……!"

""폐하, 루나 언니. 오늘은 정말 감사합니다!""

아이들이 입을 모아 감사의 인사를 했다. 이건 아이들이기에 가능하다고 해도 과언이 아닌 진심에서 우러나온 순수한 말이었다. 게다가 몇 명이나 동시에 한 인사다.

"큭, 후효오. 최고오오오오오……! 으히익……!"

무슨 말인지 알아듣기 힘든 소리를 내며 루나가 그 자리에 주저앉았다.

루나는 내가 가까이 달려가자 내 팔을 꽉 붙잡았다. 그리고 나를 올려다보았는데 그때 본 루나의 표정은 웃는 건지 우는 건지 알 수 없었지만, 유열에 젖은 표정이라는 것만큼은 확실했다.

"토야~앙……. 이제 안 돼. 싸겠어. 질질 싸 버리겠어. 이건 못 버텨. 버틸 수 있을 리 없어. 머리가, 새하얗게……. 우히익……!"

몸을 움찔거리면서 루나가 작은 목소리로 중얼거렸다. 으악. 눈이 완전히 맛이 갔어. 한계 아슬아슬한 곳까지 갔구나. 상대가 너무 순수했던 건가. 처음에는 더 가볍게 감사의 말을 할 법한 상대를 고를 걸 그랬네.

"괜찮으신가요?"

"괜찮아요. 좀 지쳐서 그런 거겠죠. 오, 오늘은 이만 실례합니다! 얘들아 또 보자!"

나는 피아나 씨에게 그렇게 인사하고 아이들에게 손을 흔든 다음, 루나와 비올라를 데리고 【텔레포트】를 이용해 루나가 생활하던 지하 감방으로 돌아갔다.

"비올라, 뒤는 맡길게!"

〈기긱?!〉

보라색 고렘에게 뒤를 맡기고 나는 부리나케 지하 감방을 빠져나갔다. 등 뒤에서 액체가 뿜어져 나오는 물소리가 들린 듯했지만 아마 착각이겠지. 착각이야, 틀림없이.

이제 루나는 벌을 받았으니 풀어 줘도 괜찮지 않을까 한다.

……괜찮다고 믿고 싶어.

변이종이 출현해 세계 각국이 입은 피해는 회복 불가능할 정도는 아니었지만 상당히 심각했다. 특히 파괴된 건물 등을 철거하려면 시간이 오래 걸릴 듯했다.

그런 일에 큰 활약을 선보인 기계가 드워프가 개발한 토목 작업용 마도 기계인 '드베르그'였다. 프레임 기어는 철거 도중에 까딱 잘못 움직이기라도 하면 손해가 막심해서 프레임 유닛으로 미리 훈련할 필요가 있지만, 소형 드베르그는 쉽게 조종할 수 있어 현장에서 조종 기술을 배울 수 있었다.

게다가 프레임 기어와는 달리 구매할 수 있어서 드워프가 드베르그의 판매를 전적으로 내맡긴 오르바 씨의 스트랜드 상회에는 여러 나라의 드베르그 주문이 한 번에 몰려들었다.

이런 상황을 예상하고 오르바 씨는 드베르그를 이미 양산해 두었다는 듯하지만 그걸 능가할 만큼 주문이 폭주했다는 모양이었다.

"이것 참. 기뻐해야 할지 말아야 할지. 갈피를 잡지 못하겠습니다."

오르바 씨가 말은 이렇게 하지만, 흰머리가 섞인 여우 귀를 쫑긋거리고 꼬리를 흔들거리는 걸 보니 상당히 벌이가 짭짤했나 보네?

캡슐토이 시리즈에 조만간 드베르그가 포함될지도 모르겠어.

물론 뒤쪽 세계—— 서방 대륙에서는 공장제 대형 고렘이 크게 활약 중이다.

바빌론의 '격납고'를 찾은 나는 각 구획에 주르륵 늘어서 있는 프레임 기어를 둘러보았다.

"이제 이 기체들은 쓸 일이 없을지도 모르겠네."

"아니, 꼭 그렇다고는 할 수 없어."

잠시 감상에 빠져 있는데 에테르 시가렛을 입에 문 바빌론 박사가 흰 가운을 질질 끌면서 나타났다.

"무슨 말이야?"

"그걸 설명하려고 이걸 만들어 왔지."

박사는 노트 크기의 투명하고 얇은 판을 꺼냈다. 판은 두 장이었는데, 하나는 빨간색, 하나는 파란색으로, 다양한 크기의 둥근 점이 점점이 칠해져 있었다.

언뜻 보기엔 불규칙하게 물방울 모양이 칠해진 유리판이었다. 이게 뭐지?

"이쪽이 우리가 있는 세계. 이쪽이 에르카와 펜릴이 있던 세계. 둘이 바뀌어도 상관없지만, 아무튼 이 칠해진 부분이 마소의 분포도라고 생각해 줘. 이걸 겹치면……."

박사가 유리판 두 장을 겹쳤다. 그러자 빨간색 부분, 파란색 부분, 투명한 부분, 그리고 보라색 부분, 이렇게 네 가지 색으로 나뉘었다. 이게 뭔데 그러는지…… 앗.

"그래. 이 보라색 부분이 마소가 짙은 부분이야. 즉, '마소 웅덩이'야. 하나가 된 이 세계에는 '마소 웅덩이'가 많아."

"거수(巨獸)라……."

거수. 마소가 짙어진 '마소 웅덩이'에서 성장해 비정상적으로 거대해진 마수를 말한다.

보통 '마소 웅덩이'는 깊은 삼림이나 심해, 매우 험한 산봉우리에 생기는 경우가 많아 거수가 직접 인간에게 피해를 주는 일은 많지 않다.

그렇지만 만약 거수가 사람이 거주하는 곳에 나타나면 그 피해는 재해급이라 해도 과언이 아니다.

일찍이 '돌아올 수 없는 섬'이라고 불렸던 파레리우스섬은 거수가 득실거리는 섬으로 크고 높은 벽을 만들어 거수의 침입을 막았다.

그런 거수가 만들어지는 원인인 '마소 웅덩이'가 도처에 존재한다는 건가.

"그렇다고 오늘내일 거수가 바로 나타나진 않아. 세계가 겹치기 전부터 있던 마소 웅덩이에서는 이미 거수가 만들어졌겠지만, 이 새로운 마소 웅덩이에서 거수가 만들어지려면 몇 년은 걸릴 테지. 거수끼리 싸우다 죽는 개체도 있으니, 발견할 때마다 제거하면 문제없어."

당연하지만 마소 웅덩이에서 탄생하는 거수는 한 마리가 아니다. 그런 경우엔 같은 종류일 가능성이 커 영역 싸움 등으로 서로를 공격해 결과적으로는 거수가 적어지기도 한다. 더 강한 개체가 살아남는다고도 할 수 있지만.

"언제든 출격할 수 있게 해 두는 편이 낫다는 말인가."

"그렇지. 게다가 그 '세계의 결계'도 복원되지 않았잖아? 프레이즈 같은 이세계의 침략자가 또 나타나지 말라는 법은 없어."

불길한 소릴 하네.

사실은 신이 된 내가 복원하려면 못할 것도 없는 듯하지만, 자칫하면 상태가 더 심해질 수도 있다며 누나들이 말렸다.

이번에는 사신(邪神)이 관련된 일이라 신들이 결계를 복원하는 것 자체는 가능하다고 한다. 지금까지는 이 세계를 관리하는 신이 없어서 방치했지만 일단 세계신님이 날 이 세계의 관리인으로 인정해 주었으니까 지금은 복원해도 된다.

나는 고칠 수 없지만 내가 다른 신들에게 '고쳐 주세요'라고 부탁하는 건 문제없다는 말이다.

단지 문제가 있다면 아는 신들 중에 고칠 수 있을 신이 없다는 건데…….

모로하 누나, 카리나 누나, 타케루 삼촌은 역시 안 되고, 카렌 누나와 스이카도 역시 안 되겠지. 나머지는 코스케 삼촌과 소스케 형인데, 역시 전문 밖이라는 모양이다.

원래 하급신이란 한 분야의 프로다. 반대로 말하면 그 분야이외에는 문외한인 신이 많다는 얘기다.

조만간 적임자를 보내겠다고 세계신님이 말했지만……. 부탁합니다. 멀쩡한 신을 좀 보내주세요.

바빌론을 떠나 성으로 돌아오자 스마트폰이 울렸다. 으응? '흑묘'의 실루엣 씨네? 무슨 일이지?

뭔가 의논할 일이 있다고 해서 일단 '흑묘' 본부가 있는 스트레인 왕국의 상업 도시, 칸타레로 전이했다.

왕도 다음가는 큰 도시인 칸타레의 환락가. 그곳에 '흑묘'의 본부인 '월광관'이 있었다.

낮이라 네온은 번쩍이지 않지만 언제 봐도 요란스러운 곳이네⋯⋯. 창관이니 당연한 일일지도 모르지만.

"대체 무슨 일일까요?"

"저속한 용건은 아니라고 생각하지만요⋯⋯."

내 양옆은 야에와 힐다 검술 콤비가 빈틈없이 지켰다.

장소가 장소인 만큼 이곳을 방문할 일이 있으면 약혼자 중에 누군가가 꼭 따라가야 한다는 규칙을 만들어 두었다고 한다.

여기에 오면 확실히 내 거동이 어딘가 모르게 수상해지긴 한다. 냄새나 분위기 등, 가슴을 쿵쾅거리게 만드는 요소가 가득하니까. 가끔 반나체인 누님들이 지나가기도 하고⋯⋯.

입구에서 나를 발견한 험악한 얼굴의 경비원 형님이 고개를 숙였다. 창관인데 국왕이 프리패스로 들어가는 모습도 좀 그렇지 않나?

다음에 실루엣 씨와 만날 일이 있으면 다른 장소를 고르자. 창관에 드나드는 국왕이란 소문이 퍼졌다간 창피해서 얼굴도 못 든다. 그런 점에서 보면 야에와 힐다를 데리고 온 건 잘한 일이라 할 수 있다.

평소처럼 꼭대기에 있는 실루엣 씨의 개인 방으로 들어가자 검은 고양이와 흑표범이 우리를 맞이해 주었다.

흑표범은 목에 메달이 달린 목걸이를 차고 있지만 실루엣 씨의 소환수로, 『라이트닝 팬서』라고 해서 번개를 조종하는 짐승이다.

〈어서 오십시오, 공왕 폐하.〉

라이트닝 팬서……(이름은 분명 셰이드라고 했다)가 우리를 방 안으로 안내했다. 셰이드는 대화가 가능한 소환수라 주인인 실루엣 씨 이외의 사람과도 의사소통할 수 있다.

방 안에서는 실루엣 씨가 직접 차를 준비하고 있었다.

"어서 와. 어머, 오늘은 전에 왔던 아이들이 아니네. 혈기 왕성한걸."

실루엣 씨가 미소 짓자 야에와 힐다가 조금 기가 꺾인 모습이었다. 나중에 성가셔지니 너무 놀리지 말았으면 좋겠는데.

권하는 대로 소파에 앉아 차를 마시고 곧장 본론으로 들어갔다.

"실은 '흑묘'도 다른 나라에 진출할까 해서."

"다른 나라요……? 지금도 상당히 광범위하게 활동하시잖아요."

"아니. 이곳…… 서방 대륙이 아니라 너희 나라가 있는 동방 대륙 말이야."

실제로 서방 대륙과 동방 대륙의 사람들 왕래 비율을 보면 압도적으로 서방에서 동방으로의 이동이 많았다. 그 이유는 일단 동방에서는 서방으로 가는 이동 수단이 배(바람 마법 마법사를 태운 고속선)뿐이었지만, 서방은 동방으로 가는 이동 수단이 배 외에 비행선도 있었기 때문이었다.

그에 더해 이건 내 상상일 뿐이지만, 마법 문화와 마학 문화를 대하는 태도 차이다. 서방 사람들은 마법이라는 미지의 문화를 갈구했지만, 동방 사람들은 마학이라는 미지의 문화를 조금 경계하는 듯이 보였다. 고렘은 완전히 고대문명의 마도구^{아티팩트}이니.

적극적으로 교류하려는 서방 세계를 보고 동방 세계는 어떻게 해야 하나 갈피를 잡지 못하는 느낌이다.

그런 사례처럼 실루엣 씨도 동방으로 진출하고 싶다는 건가.

"동방 대륙에 창관을 여시게요?"

"응. 그 외에 건전한 숙소도 열고 싶어. 우리는 업종이 업종이다 보니 조금 번거로운 데가 있거든. 그러니 나라의 높은 지위에 계신 분들이 조금 융통성을 발휘해 주었으면 좋겠어. 자빗 같은 패거리가 시비를 걸어선 너무 성가시니까."

자빗……? 아, '흑묘'의 전신인 '흑접'의 간부^{파피용}로, 실루엣 씨를 자신의 세력 아래에 두려고 온갖 악행을 저질렀던 녀석이구나.

그 이후에는 성왕국 아렌트의 성왕도 아렌에서 한 번 봤었는데, 고아원을 강제로 사들이려고 하다가 날 보고 쏜살같이 도망갔었지?

그런 암흑사회를 장악한 패거리들이 시비를 걸어선 아무래도 성가실 수밖에 없다. 안 그래도 창관은 표적이 되기 쉽다. '우리

산하에 들어와라.' 처럼 바보 같은 말을 꺼내는 패거리도 많으
리라 생각한다.

"구체적으로는요?"

"가능하면 나라의 허가를 받고 싶은데, 숙소는 몰라도 창관
은 역시 어렵겠지."

그건 그렇다. 변두리에 있는 창관은 빚을 갚지 못한 여성이나
납치해 온 여성들을 노예처럼 다루기도 하니까. 실루엣 씨네 창
관은 고급 창관이라 따지자면 손님보다 가게 여성들의 발언권
이 더 강하다. 여기서 문제를 일으키면 출입 금지를 당할 테고.

사실 우리 브륀힐드에서도 창관을 건설하라는 이야기가 나
오기도 한다. 필요악이라고 해야 하나? 없으면 그런 문제와 관
련된 범죄가 일어나기 쉽다는 말도 있으니.

어떻게 할까.

"숙소는 문제없을 겁니다. 하지만 창관은 역시 나라마다 대
처가 다르지 않을까 해요. 라밋슈 교국이라면 볼 것도 없이 안
될 가능성이 크고요. 우리 나라라면 가게를 내도 되지만……
국영으로 해 드릴 순 없습니다……."

후반에 목소리가 점점 작아진 이유는 양옆에서 따가운 시선
을 받았기 때문이다. 내가 가려고 가게를 내도 된다고 말한 게
아닌데…….

"그거야, 우리가 알아서 해야지. 그리고 이게 본론인데."

어? 나라의 허가를 받고 싶다고 부탁하는 게 본론 아니었어?

이제부터가 본론?

"우리는 원래 '흑접'에서 분리된 조직이라 암시장과의 접점
도 아직 조금은 남아 있거든. 거기서 조금 재미있는 물건을 발
견했어."

실루엣 씨가 테이블 위에 오래된 양피지 책을 올려 두었다.
와, 굉장히 오래된 책이네.

"이건 '슈라프 역정(歷程)'이라는 책이야. 일찍이 다우반에
서 사제로 일한 슈라프 사이크스의 자서전이지. 이 안에 염국
다우반과 빙국 자드니아가 다투게 된 원인이 적혀 있었어."

"네? 두 나라가 다투는 원인을 알아내셨나요?"

견원지간이라고 하는 염국 다우반과 빙국 자드니아. 두 나
라는 확실한 이유도 모른 채 다투고 있다. 그런데 그 이유가
이 책에 적혀 있다고?

"간단히 말하자면 숭배하던 신에게 바칠 산 제물을 상대방
에게 도둑맞았다고 생각하기 때문이야. 실제로는 도둑맞은
게 아닌데."

신에게 바쳤다는 공물이 산 제물이었구나.

슈라프 사제의 기록에 따르면 먼 옛날, 다우반은 나라가 숭
배하는 불꽃의 신(실제로는 정령이겠지만)에게 왕의 자녀를
산 제물로 바치라는 명령을 받았다는 모양이었다. 그런데 당
시의 왕은 자신의 아이를 매우 이뻐해서 신에게 산 제물을 바
치지 않으려고 옆 나라가 자신의 아이를 납치해 갔다고 거짓

말을 했다고 한다.

"옆 나라 탓에 산 제물을 바치지 못한다고 했단 말인가요?"

"자신에게 바쳐야 할 산 제물을 옆 나라가 빼앗아 갔다고 말하면 신이 자드니아에 분노를 터뜨릴 거라고 생각했을지도 모르지. 그런데 자드니아에서도 얼음의 신이 산 제물로 왕의 자녀를 바치라고 했대. 그리고 자드니아의 왕도 다우반의 왕과 똑같은 행동을 하였고, 그게 불행의 시작이 된 거지."

설마 옆 나라도 똑같은 짓을 했으리라고는 둘 다 꿈에도 생각하지 않았겠지. 서로가 산 제물이어야 할 왕자 또는 공주를 납치당했다며 옆 나라 탓을 한 것이다. 참 이렇게 바보 같은 이유가 있을 수 있을까?

"결국 두 나라 모두 신의 분노를 사게 되었고, 그 결과 다우반은 작열하는 땅이, 자드니아는 극한의 땅이 되었어. 그리고 신은 그들에게서 떠나갔지. 당연하게도 이 일은 일부의 고위층만 알고 있었어. 왕의 염치없는 짓을 공개할 수는 없었으니까. 다우반의 사제였던 슈라프는 매우 고뇌했대. 그럴 수밖에. 서로의 거짓말로 인해 몇 년, 몇십 년이나 다툼이 이어졌으니까. 침묵을 지키려니 양심에 찔려 '슈라프 역정'을 썼을지도 모르지."

평범한 국민은 신의 분노를 받은 이유가 옆 나라 때문이라고 생각해 서로를 증오하며 몇백 년이나 다투었다. 사제님도 가슴이 아플 수밖에 없었겠지.

그보다 산 제물을 바치라고 했다니 어떻게 된 일이지? 지금 있는 불꽃의 정령과 얼음의 정령에게 물어봐야 헛수고일지도 모르지만 한 번 더 물어봐야 할지도 모르겠어.

"문제는 이유가 무엇이든 이제 상관이 없어졌다는 거야. '슈라프 역정'은 성왕국의 오래된 성령 교회에서 발견했는데, 내용은 숨겨 왔던 고대 성령 문자로 적혀 있어 읽을 수 있는 사람이 거의 없어. 아마 왕가 사람들도 이 사실을 모르고 있지 않을까?"

비밀 일기니까. 당연히 읽기 힘든 문자로 쓸 수밖에. 다만, 더 알기 쉬운 문자로 기록했으면 두 나라의 다툼도 조기에 종료됐을지도 모른다. 들키면 자신이 위험해질 테니 어쩔 수 없었다고는 해도.

"그런데 이런 책이 왜 지금에야⋯⋯."

"책 자체는 꽤 오래전에 입수했어. 해석은 전혀 진척되지 않았지만. 그런데 얼마 전에 그걸 해결할 기회가 있었잖아."

"네? 아⋯⋯. 그런 거였구나⋯⋯."

실루엣 씨가 입속 웃음을 짓는 모습을 보고 나는 어떻게 이 책을 해독할 수 있었는지 단숨에 이해했다.

'모치즈키 토야' 어플리케이션이구나. 그거라면 번역 마법 【리딩】을 쓸 수 있다. 어플 설명에 사용 가능한 마법 일람도 첨부해 뒀으니까.

지금은 사용 기한이 지나서 서비스가 종료됐지만 정말 약삭

빠르네. 아니지. 다른 임금님들도 나름대로 뭔가를 했던 것 같기도…….

사신을 쓰러뜨리고 이틀 정도 후에 어플은 종료되었다. 이틀이면 뭐든 가능한 시간이긴 하지…….

"그래서, 토야 님보고 그 두 나라를 어떻게 하라는 말씀입니까?"

"가능하면 '조정자'라 불리는 네가 다툼을 끝내 줬으면 해. '월광관'에는 다우반과 자드니아 출신인 여자도 많이 흘러들어 와. 아이들은 굶주려 살아남기도 힘들고, 살아남는다고 하더라도 바보 같은 전쟁에 동원되지. 그 원인이 이런 하찮은 일이라니 너무 안타까워."

"그러네요……. 만약 임금님들도 원인을 모르고 있다면 이건 비극이에요……."

힐다가 비통한 표정을 지었다. 힐다도 왕가에 속한 사람이다. 이런 일은 더욱 가슴에 와 닿겠지.

한 나라의 왕이 다른 나라의 분쟁이 끼어드는 것은 그다지 칭찬받을 일이 아니다. 세계의 관리자로서도 세계가 멸망할 일이 아닌 이상 흘러가는 대로 두는 게 가장 좋은 일인지도 모른다.

하지만 이 세계는 신들의 휴양지다. 그런 세계에 속한 나라들이 다툼을 벌여도 괜찮을까 하는, 그런 생각도 든다.

세계신님은 이 세계가 종말을 맞았을 때, '멋진 세계였다'고 말할 수 있게 힘내라고 말씀하셨다. 그건 이런 다툼을 남의 일인 양 무시하라는 말은 아닌 게 분명하다.

"알겠습니다. 할 수 있는 데까지 해 보죠. 최소한 작열의 땅과 혹한의 땅이 되게 만든 정령의 저주에서는 해방해 줄 수 있을 거예요."

"역시 토야 님!"

"다행이야……. 이제 안심이네요!"

야에와 힐다의 얼굴이 누그러졌다. 아직 기뻐하기엔 이르다고 생각하는데.

문제는 두 나라의 국왕이 이 '슈라프 역정'을 믿어 줄지인데……. 자기 나라의, 아니지. 자신들 선조의 어리석음을 인정하라는 말이니까.

산 제물을 거절한 것은 어리석은 일이 아니다. 오히려 신(이라고 생각하는 존재)에게 용감히 잘 맞섰다고 생각한다.

그러나 신의 분노를 두려워해 다른 나라에 책임을 덮어씌우려 하고, 결과적으로는 자기 나라가 저주받아서는 다 소용없는 일이다. 그에 더해 다른 나라 탓으로 돌리다니 어리석다고밖에는 표현할 길이 없다.

거기까지 가서는 물러서고 싶어도 물러설 수 없어 진흙탕 싸움을 계속할 수밖에 없다. 실제로도 몇백 년이 지난 지금까지 다툼이 지속되고 있는 상황인데…….

일단은 한 번 더 불꽃의 정령과 얼음의 정령에게 이야기를 들어 보자. 최악의 경우, 두 정령에게 지상으로 내려와 달라고 부탁하면 어떻게든 해결될지도 모른다. 불완전하나마 옛날에는 나라 전체가 숭배하던 신(가짜지만)이니까.

"어떻게든 해결해 준다면 고맙겠어. 단지…… 두 나라의 왕은 정말로 사이가 나쁘니 좀 불안해. 휴전 협정을 하게 되면 얼굴을 마주치는데, 그때마다 서로가 비난을 퍼부어 수습할 수 없는 지경에 이른다는 모양이야."

애들도 아니고. 그 말을 들으니 엄청 불안해지네. 둘 다 동시에 납치해 힘이 다하는 순간까지 서로 치고받게 할까?

노인은 쉽게 생각을 바꾸지 않기도 하니, 왕자나 공주 같은 차세대를 짊어질 사람에게 이야기를 꺼내는 편이 더 나을지도 모르겠어.

자. 그럼 '조정자'라는 이름으로, 쓸모없는 싸움을 하는 두 나라를 어떻게든 해 볼까. 일단은 정령계에 가야겠구나.

우리는 실루엣 씨에게 인사하고 '월광관'을 떠났다.

"산 제물? 그런 걸 요구했었던가? 기억 안 나."
"저도요. 5000년 전이라면 제가 다시 태어나기 전의 일이니……."

내 질문을 듣고 고개를 갸웃하는 불꽃의 정령. 마찬가지로 옆에 앉아 있는 얼음의 정령도 잘 모르겠다는 모습이었다.

둘에게 다시 이야기를 들어 보려고 일부러 정령계까지 왔지만 역시 어렴풋한 기억밖에 안 남은 듯 확실한 이야기는 듣지 못했다.

"당시의 너희를 잘 아는 정령은 없을까?"

"음. 그런 정령이라면 역시 불의 정령 언니지. 이전의 나도 귀여워해 줬다는 모양이고."

"저도 물의 정령 언니예요. 항상 제 이야기를 들어주었다고 해요."

불의 정령과 물의 정령이라. 대정령만큼이나 부활 사이클이 길다고 하니 알고 있는 정보가 많을지도 모른다. 좋아, 걔들을 찾아가 보자.

나는 정령계 안에서 전이했다. 반짝거리는 유백색 공간인 정령계에는 군데군데 행성 같은 덩어리라고 해야 하나? 작은 대지가 있다. 직경 100미터도 되지 않는 작은 별이다.

아무것도 없는 공간에 있으면 마음이 진정되지 않아 내가 대지의 정령에게 이런 곳을 제안하자, 대지의 정령은 내 의견을 받아들여 순식간에 몇 개인가 작은 별을 만들었다. 대정령은 굉장해.

지금은 그 작은 별들에 사이좋은 정령들끼리 모여 살고 있다.

그중에서도 대정령들이 사는 커다란 별에 내가 내려서자 이

별을 만든 대지의 정령이 나를 맞이하러 나왔다.

"어서 오십시오, 정령을 통솔하시는 왕이여. 자, 이쪽으로 오시지요."

대수해(大樹海)에 있는 대수의 정령과 마찬가지로 녹색 머리카락을 지닌 대지의 정령은 생글거리며 나를 숲으로 안내했다.

숲에는 탁 트인 공간이 있었고, 그곳에는 단출한 정자가 있었다. 벽이 없는 둥근 건물 안에서는 불의 정령과 물의 정령이 즐겁게 차를 마시고 있었다. 불과 물인데도 사이가 좋네. 그러고 보니 빛의 정령과 어둠의 정령도 자매 사이인 듯했다. 자신에게는 없는 걸 가지고 있어서 서로에게 이끌리는, 그런 건가?

아무튼, 지금은 불의 정령과 물의 정령에게 태어나기 전의 그 두 정령에 관해 한 번 더 물어봐야 한다.

나는 지상에서 계속 다투고 있는 두 나라 이야기를 한 뒤, 그 원인이 불꽃과 얼음의 정령에게 있지 않을까 하고, 더 정확히 말하면 전세의 정령에게 있는 듯하다고 설명해 주었다.

"산 제물이라. 그렇게 나쁜 짓을 걔들이 하려나? 예전의 불꽃도 지금과 성격이 크게 다르지 않았어. 쉽게 화를 내긴 했지만."

"음~. 얼음도 마찬가지야. 짓궂은 장난은 칠지도 모르지만, 그렇게까지 악랄하진 않았거든."

"어떻게 된 거지? 얘기가 좀 다른 듯한데……."

불의 정령과 물의 정령의 이야기를 들어 보니, 지금의 사태를 더욱 이해할 수 없었다. 두 정령이 산 제물을 요구했던 게 아닌 건가?

내가 생각에 잠겨 있는데, 불의 정령이 가만히 중얼거리는 목소리가 들렸다.

"혹시 그건가? 500년 정도 전에, 불꽃이 굉장히 험악하게 화냈었거든. 정령사가 될 만한 자질을 지닌 인간을 기껏 발견했는데 방해를 받았다고."

"정령사?"

"지상에 존재하는 정령의 권속이라 할 수 있는 사람입니다. 정령과의 유대가 강해 때때로 빙의하여 그 사람에게 정령의 힘을 부여해 줄 수 있지요. 정령술사보다 상위에 해당하는 사람입니다."

대지의 정령이 내 의문을 듣고 그렇게 대답해 주었다. 빙의라면 신내림을 받은 상태 같은 거였지? 요컨대 정령이 그 몸으로 들어가도 힘을 모두 사용할 수 있게 된다는 건가?

"그럼 산 제물이란……."

"아마 정령사가 되라는 게 아니었을까? 정령술사가 아닌 사람에게는 우리의 언어가 잘 전달되지 않으니 '몸을 바쳐라'처럼 전달됐을지도……. 아, 그래서인가?"

이해가 된다는 듯이 불의 정령이 탁 하고 주먹으로 손바닥을 두드렸다.

그럼 뭐야. '정령사로 만들어 줄 테니 가끔 몸을 빌려줘'라고 말했는데 '몸을 산 제물로 내놔라'라고 전달되었다는 건가?

"그렇구나. 거부한 이유를 물었더니 두 나라는 모두 옆 나라가 납치해 가서 그렇다며 거짓말을 했어. 하지만 감정을 읽을 줄 아는 우리에게는 거짓말이 통하지 않으니, 자기를 무시하며 속이려 했다고 생각한 그 아이들이 화를 냈더라도 이상하지 않아."

물의 정령도 작게 고개를 끄덕였다. 호의인지 아닌지는 모르겠지만, 정령사로 만들어 주려고 했는데 상대가 어이없는 거짓말을 하니 화가 난 건가. 그 왕자인지 공주인지가 굉장히 마음에 들었나 보네.

감정을 읽을 수 있으니, 정령의 힘을 이용해 옆 나라를 궁지로 몰아넣으려는 나쁜 마음도 감지했었을지 모른다. 그럼 화를 낼 수밖에.

"당시의 임금님들한테 의사가 정확히 전달됐다면 그런 거짓말을 할 일도 없었을 텐데."

기꺼이 자신의 아이를 정령사로 만들어 달라고 부탁하지 않았을까.

혹은 마법 문화가 발달한 앞쪽 세계였다면 정령 언어를 할 줄 아는 사람도 있었을지도 모른다. 결국은 의사소통이 엇갈려서 첫 단추를 잘못 끼우게 됐다는 건가.

대략적인 사정은 파악했다. 보아하니 그게 진실인 듯하다.

문제는 그렇다고 해서 두 나라가 싸움을 그만둘 것인가 하는
점인데.

　어려운 일이다. 믿어 줄지 어떨지부터가 문제이니.

　믿는다 해도 인정하지 않을지도 모르지만. 아무튼 일단은
두 나라의 임금님을 만나 볼까.

　한 번도 접촉해 본 적 없는 나라다. 그러니 다른 나라에 중개
를 부탁하고 싶었다.

　그래서 선택한 곳이 양국과 접하고 있는 성왕국 아렌트였다.

　정령(精靈)을 성령(聖靈)이라 부르며 신처럼 숭배한다는 점
은 과거의 두 나라와 같지만, 이곳은 지금까지 대정령과는 직
접 얽힌 역사가 없어 아직은 평온한 인상이었다.

　"우리 나라는 원래 두 나라에서 도망쳐 온 국민을 받아들인
역사가 있으니 말이야. 성령님은 신중히 대할 수밖에 없지.
그런데 토야는 저, 정말로 대정령님을 부를 수 있는 건가?"

　"부를 수 있어요. 지금 여기서 부를까요?"

　"아니! 됐다! 지금은 됐어!"

　맞은편에 앉아 나와 함께 고렘 마차를 타고 있던 아렌트의

성왕이 새파란 얼굴로 말했다. 역시 정령보다 위인 대정령 정도 되니 주눅이 드는 모양이었다. 어쩔 수 없나.

고렘 마차는 염국 다우반의 왕도인 염도(炎都) 반으로 가는 중이다. 창밖을 보면 사막, 사막, 또 사막. 사방이 모두 모래였다. 가끔 군데군데 보이는 오아시스 같은 장소는 정령의 힘이 약해진 곳이겠지?

그런 곳을 지나는 고렘 마차도 당연히 바퀴가 달린 마차가 아니었다.

뒤쪽 세계에 와서 처음으로 만난 상인인 산초 씨가 타던 이른바 다족형 고렘 마차였다. 지네처럼 많은 다리가 달린 마차가 안정되게 사막의 모래를 밟으며 앞으로 나아갔다.

이 마차의 발끝에는 평평한 판자 같은 것이 달려서 모래에 묻히지 않는 모양이었다. 그렇지만 흔들림이 매우 심해 타고 있으려니 견디기가 좀 힘들다.

다우반도 자드니아도 이미 【플라이】로 가 본 적이 있으니 (통과했을 뿐이지만) 염도 반까지 일행 모두 전이해도 상관은 없다. 하지만 처음으로 가는 나라인데 그렇게 해선 여러 문제가 생긴다고 말려서 이렇듯 사막의 중간으로 전이한 뒤 거기서부터 터덜터덜 마차를 타고 이동하는 중이었다.

이것도 일종의 룰이라고 이해하려고 했지만…… 우읍. 【리프레시】…….

〈괜찮으십니까, 주인님.〉

〈응. 괜찮아. 나았어.〉

내 옆에서 같이 마차를 타고 있던 새끼 호랑이 상태의 코하쿠는 아무렇지도 않아 보였다. 넌 멀미 안 해?

"그런데 브륀힐드 국왕. 지난번에도 말했다시피 우리 나라와 다우반…… 그리고 자드니아는 어느 정도 교류가 있기는 하지만 결코 우호국이라고는 할 수 없어. 반드시 환영받을 거라고는 장담할 수 없다만?"

고렘 마차는 우리 앞에 두 대, 우리 뒤에도 두 대가 있어 우리까지 총 다섯 대가 사막을 캐러밴처럼 나아가고 있었다. 다름 아닌 왕이 직접 결코 우호국이라고는 할 수 없는 나라에 가는 중이다. 그러니 그에 걸맞은 적당한 호위는 필요하다.

나를 위해서도 옆에 있는 코하쿠뿐만 아니라 기사단의 부단장인 니콜라 씨와 다섯 명 정도가 따라왔다. 뒤에 따라오는 고렘 마차에 타고 있는데 멀미를 하고 있지 않을지 걱정되네.

"임금님을 만나 이야기만 할 수 있으면 환영을 받지 않아도 상관없어요. 그 이후는 상대가 어떻게 나오느냐에 달렸죠. 최대한 성왕국에는 피해가 가지 않게 조심하겠습니다."

"사신을 쓰러뜨린 영웅 아닌가. 그런 점은 걱정하지 않아. 다만 그 나라의 국왕이 상대여선 일이 순조롭지는 않을 것 같은데. 물론 일이 잘못돼도 기껏해야 다우반이 멸망하는 정도일 거라고는 생각한다만."

실례되는 소릴. 일단은 참을 생각이거든요? 웬만큼 심한 일을 당하지 않는 한에야.

그런데 가~끔 참지 못할 만큼 심한 짓을 하는 바보 국왕도 있단 말이지. 산드라의 돼지 왕이라든가. 그런 수준이 아니길 빌 수밖에.

겨우 염도 반에 도착한 고렘 마차는 커다란 문을 지나 곧장 왕성으로 나아갔다.

마을 안에서는 미스미드의 왕도인 베르주처럼 말린 벽돌로 만든 집들이 눈에 띄었다. 그런데 베르주와 비교해 마을 사람들은 활기가 별로 없어 보였다. 어딘가 지친 모습 같기도 했다. 옆 나라와 오래도록 전쟁을 치른 탓에 국민이 피폐해진 걸까.

누더기를 입은 아이들이 고개를 떨군 채 건물 그늘에 앉아 있었다. 아이들에게서 웃음을 찾아볼 수 없는 나라는 가망이 없어 보인단 말이지…….

염도 반은 오아시스 지대에 세워진 도시인데, 다우반 왕성은 그 안에서도 큰 샘이 있는 곳 근처에 세워져 있었다. 낡은 벽돌로 세운 성으로, 첨탑은 없고 사각형 블록을 쌓아 만들어진 듯한 성이었다. 화려하고 아름다운 모습은 찾아보기 힘들지만, 튼튼하고 견실한 인상이었다.

고렘 마차는 성문을 지나 성안으로 들어간 뒤, 분수가 있는 정원 앞에서 멈췄다.

성왕의 뒤를 이어 나는 코하쿠와 함께 고렘 마차에서 내렸다. 더워! 냉방 장치가 있던 고렘 마차와 비교하면 천국과 지옥 같은 차이였다.

일본처럼 끈적거리는 더위는 아니었지만 더운 건 더운 거
다. 나는 몰래 물 마법으로 【쿨링】을 사용했다. 하아, 쾌적하
다 쾌적해.

마차에서 내린 우리를 빨간 가죽 갑옷을 입은 건장한 사내와
빨간 로브를 걸친 노인이 맞이해 주었다.

성의 입구까지는 창을 든 다우반의 병사와 빨간 기체인 고렘
들이 좌우로 쭉 늘어서 있었다. 과시하듯이. 혹시 이건 위력
시위인가?

"다우반에 어서 오십시오. 아렌트 성왕 폐하. 그리고……
브륀힐드 공왕 폐하이셨나요?"

"네. 모치즈키 토야라고 합니다. 바쁘신데 이렇게 나와 주셔
서 감사합니다."

빨간 로브를 걸친 노인의 말을 듣고 내가 인사하자 옆에 있던
빨간 갑옷을 입은 장군인 듯한 인물이 눈을 크게 뜨며 놀랐다.

"왜 그러시죠?"

"아니요. 왕께서 매우 겸손하셔서……. 아닙니다, 실례를
범했군요."

"모험자 출신이다 보니 위엄 있는 태도가 몸에 배지 않았어
요. 그런 점은 너그럽게 넘어가 주시면 좋겠습니다."

다시 눈을 동그랗게 뜬 장군은 문득 표정을 누그러뜨렸다.
오, 꽤 인상이 좋은걸?

나이는 곧 40대에 접어드는 정도일까. 짧은 검은 머리카락에 개암나무 색 눈, 그리고 상처가 난 턱. 역전의 용사 같은 분위기가 흘렀다. 이 사람은 귀족이 아니지 않을까? 평민에서 출세한 사람인가?

"다우반에 오신 것을 다시 한번 환영합니다. 저는 다우반의 제1 사단을 맡은 만부장, 구렌이라고 합니다."

"잘 부탁합니다, 구렌 장군."

가문 이름이 없다. 역시 평민인가. 구렌 장군 옆에 있던 노인도 고개를 숙였다.

"다우반의 재상, 로소 포이닉스입니다. 잘 부탁드립니다."

로소라고 자신의 이름을 밝힌 노인은 흘러내리려는 둥근 안경을 밀어서 원래대로 돌려놓았다. 이 사람은 귀족 같았다. 재상이니 당연한가.

이 노인은 감정을 읽을 수 없었다. 웃지도 않아서, 그냥 담담하게 일을 처리할 뿐인 듯한, 그런 느낌도 들었다.

"그럼 이쪽으로 오시지요. 국왕 폐하께서 기다리고 계십니다."

나와 성왕, 그리고 코하쿠가 로소 재상과 구렌 장군의 안내를 받으며 앞으로 나아갔다.

그리고 우리 뒤를 니콜라 씨와 우리 기사들, 2미터는 될 백은색 고렘 기사를 대동한 성왕국 아렌트의 성기사들이 줄줄이 따라왔다.

성안은 외관과 마찬가지로 화려하지는 않았지만 튼튼하고 견실했다. 투박하지만 안정된 분위기가 느껴진다. 그런데 전체적으로 뭐라고 하면 좋을까…… 솔직히 말하면 낡았다. 고쳐 가면서 사용했다는 느낌이 그대로 전해졌다. 세월의 흔적이 느껴진다고도 할 수 있지만.

어렴풋이 느끼고는 있었지만 이 나라는 가난한가? 아니지. 조금만 생각해 봐도 알 수 있는 건가. 1년 내내 소규모 전투를 계속하는 데다, 나라의 대부분이 사막이고 이웃 나라와도 거의 교류하지 않으니까.

여하튼 나는 교섭이 어떻게 되든 간에 불꽃의 정령에게 명령해 이 높디높은 기온만큼은 해결할 생각이었다.

깊숙한 곳에 있는 방 앞에서 빨간 고렘 두 대가 커다란 문을 열었다. 구렌 장군은 더는 들어갈 수 없어 방 밖에서 대기하고 있어야 하는 듯했다.

넓은 방 안에는 상하로 길쭉한 큰 테이블이 있었고, 그 테이블은 은색 촛대와 꽃으로 장식되어 있었다. 또, 양 사이드의 깊숙한 곳에는 복도에서 기다리는 구렌이 입은 것과 비슷한 빨간 가죽 갑옷을 입은 사람들과 딱 봐도 귀족이라는 사실을 알 수 있는 사람들이 의자 옆에 늘어서 있었다. 아무래도 이 나라의 중진들인 듯했다.

안쪽 창가에는 위풍당당한 의자가 하나 보였고, 그 의자에는 남자 한 명이 걸터앉아 있었다.

나이는 40세에서 50세. 둥글게 말려 올라간 콧수염과 턱수염을 길렀으며, 아랍 남성 같은 천을 머리에 쓰고 그 천을 머리띠 같은 고리로 고정한 모습이다. 저건 쿠피야라고 하던가?

몸에 두른 옷은 현란하고 낙낙한 편으로 빨간색과 황금색 자수가 놓인 가운처럼 보였다. 거기에 더해 불룩 나온 배에는 복대 같은 천을 둘렀고, 허리에는 황금 단검을 차고 있었다.

틀림없이 이 남자가 다우반의 국왕, 자하라데 비아 다우반이겠지.

그리고 그 옆에는 비슷한 옷을 몸에 두른 젊은 남성이 앉아있었다. 스무 살 정도인가? 역시 쿠피야를 썼다. 갈색 피부에 검은 눈동자. 허리에는 국왕과 같은 황금 단검. 다우반의 왕자일까?

"다우반에 어서 오시오. 아렌트 성왕, 그리고 브륀힐드 공왕. 아무것도 없지만 최소한의 대접은 하겠소."

의자에 앉은 채 다우반 국왕이 우리도 앉으라고 권했다. 웃고는 있었지만 나를 감정하듯이 바라보는 눈빛은 바로 눈치챘다. 이런 애송이가 국왕이라고 하니 믿기 어려울 수밖에. 명백하게 수상쩍다는 듯한 눈빛으로 보고 있기도 하고.

긴 테이블의 반대편, 즉, 다우반 국왕의 맞은편에 성왕 폐하와 내가 나란히 앉았다. 머네…….

"두 나라의 왕이 굳이 여길 방문하다니. 그래, 무슨 중요한 이야기가 있다고?"

거두절미하고 다우반 국왕이 본론을 꺼냈다. 멀리 있는 소국의 왕이 무슨 일로 여기까지 왔냐며 묻는 듯한 말투네. 성왕이 소개해 주었으니 상대는 해 주마. 꼭 그렇게 말하는 것 같았다.

그러든 말든. 여하튼 나는 '슈라프 역정' 이야기를 하며 이 나라와 옆 나라 자드니아가 다투게 된 원인을 이야기해 주었다.

이야기를 하면 할수록 중진석에 앉은 사람들의 얼굴이 점점 험악해졌고, 결국엔 참지 못하겠는지 카이젤 수염을 기른 장군 한 명이 테이블을 주먹으로 내리쳤다.

"바보 같은 소릴! 우리 나라를 우롱할 셈입니까, 브륀힐드 공왕! 이 땅이 저주받은 이유는 모두 자드니아가 어리석게도 신에게 바치려고 했던 공물을 훔쳤기 때문입니다!"

"그러니까, 그건 잘못된 생각이에요. 신이 산 제물을 원하는 거라고 그 당시의 왕이 착각을 하는 바람에……."

"우리 주군의 선조까지 모욕하다니 어찌 그런 짓을! 시골 소국의 공왕 주제에……! 무사히 돌아갈 수 있으리라고 생각하지 마라!"

카이젤 수염을 기른 장군이 허리의 활처럼 굽은 검에 손을 댔다. 그 험악한 모습을 보고 니콜라 씨를 비롯한 우리 나라의 기사들도 허리춤으로 손을 뻗었다.

나는 니콜라 씨와 우리 나라 기사들을 손으로 제지하고 다시 분노한 장군에게로 시선을 돌렸다.

나를 노려보고 있는데, 화가 울컥 치민 건 나도 마찬가지다.

시골 소국이라 미안하네요.

"몇 번이나 말하지만, 정령의 말을 잘못 이해해 다른 나라에 그 책임을 떠넘기고 국민을 속인 사람은 그 시대의 왕이야. 난 당신들을 나무라는 게 아냐. 자드니아도 똑같은 짓을 했으니까. 하지만 진실을 알게 된 이상 두 나라가 더는 싸울 이유가 없지 않냐는 말을 하는 것뿐이야."

"자드니아와 화해하라는 말인가?!"

"웃기지 마라! 왜 그런 놈들과 화해해야 하지?!"

"도둑질을 한 나라를 용서하란 건가?!"

중진들이 저마다 분노를 표출하는데 다우반 국왕이 천천히 자리에서 일어섰다.

"브륀힐드 공왕. 매우 흥미로운 이야기다만 너무 나대는 게 아닌가 싶네. 우리 나라에는 이런 속담이 있지. '소문을 좋아하는 신병은 오래 살지 못한다'. 이것저것 냄새를 맡고 돌아다니며 쓸데없는 일에 참견하는 사람일수록 일찍 죽을 가능성이 크다는 말이야. 여러 의미에서 말일세."

안다. 일본에서도 그와 비슷한 '꿩도 울지 않으면 총에 맞지 않는다'라는 속담이 있으니까.

"자드니아는 불구대천의 원수. 절대 화해할 수는 없네! 우리 나라가 신께 바치려고 했던 공물을 훔친 자드니아를 멸망시켜야만 이 땅에 걸린 저주가 풀리기 때문이다!"

"그게 언제죠? 10년 후? 100년 후? 몇백 년이나 작은 전투가 계속되어 피폐해졌을 뿐이잖아요. 지금으로선 양국이 멸망하는 미래밖에 남지 않았습니다.”

“보자 보자 하니 그런 망발을!”

다우반 국왕보다 먼저 카이젤 수염을 기른 장군이 화를 참지 못하고 칼을 뽑으며 나에게 달려왔다.

“그만두게! 자하길 장군!”

당황해서 벌떡 일어선 왕자의 제지도 무시하고 자하길 장군이 우리를 향해 칼을 번쩍 치켜들었다.

“코하쿠.”

〈알겠습니다.〉

발치에 있던 코하쿠가 순식간에 큰 호랑이로 모습을 바꾸고는 우리를 향해 다가오는 장군을 향해 포효했다.

“쿠어억?!”

코하쿠의 입에서 발사된 충격파를 맞고 카이젤 수염을 기른 장군은 뒤쪽으로 멀리 날아갔다.

갑자기 커다랗게 변한 코하쿠를 보고 다우반의 중진들은 덜걱거리며 의자에서 일어섰다.

커다란 소리를 듣고 무슨 일인가 싶어 복도에서 대기하던 구렌을 비롯한 병사들이 문을 열고 안으로 뛰쳐 들어왔다.

“말할 것도 없지만 칼을 먼저 뽑아 든 건 너희야. 난 사과할 생각 없어.”

“네가 먼저 우릴 우롱하지 않았느냐!”

"아버지! 그만두십시오!"

테이블을 두드리며 다우반 국왕이 소리쳤다. 그렇다고 칼을 뽑아 덤벼들면 어쩌자는 거야. 발끈해서 무심코 그랬다는 말로는 넘어갈 수 없는 일도 있다. 옆에 있는 왕자가 훨씬 더 상황을 잘 이해하고 있는 듯했다.

"우롱할 생각은 없었습니다. 진실을 말했을 뿐이죠. 설사 내가 말한 과거의 산 제물 얘기가 거짓말이라 하더라도, 자드니아와 계속 싸우고 있는 이 나라에 과연 미래가 있을까요? 이렇게 말하긴 뭐하지만 성왕국 아렌트가 마음만 먹으면 이런 나라쯤은 바로 멸망시킬 수 있거든요?"

"이봐 이봐. 날 끌어들이면 어떡하나. 브륀힐드 공왕."

쓴웃음을 지으며 옆에 앉아 있던 성왕 폐하가 어깨를 으쓱했다.

아렌트가 다우반을 멸망시키는 것은 어렵지 않다. 자드니아에 가서 '같이 다우반을 무찌르자!' 라고 호소하면 된다. 물론 그 반대도 가능하지만.

따라서 다우반과 자드니아는 아렌트를 무시할 수 없다.

그런데 그 아렌트와 우호 관계인 나라의 국왕을 칼로 베려고 했다. 자멸을 바란다고 생각할 수밖에 없다.

"큭……."

자신들이 저지른 짓이 얼마나 중대한지 이제야 깨달은 듯, 다우반 국왕은 매우 초조한 표정을 지었다.

'흑묘'의 실루엣 씨에게 들은 대로 앞뒤 생각하지 않고 행동한다고 해야 하나? 성질이 급한 임금님인 듯했다. 자드니아 국왕과 서로 비난을 퍼부었다고 하니 그렇지 않을까 생각은 했지만. 그렇다면 자드니아 국왕도 마찬가지란 건가?

이렇게 되면 다음에 취할 수 있는 행동은 한정될 수밖에 없다. 나라면 우리를 베려고 한 장군을 처벌하고 상대에게 무릎이라도 꿇어 용서를 구할 테지만. 반대로 가장 어리석은 선택은……

"이자들을 붙잡아라!"

내가 떠올린 그대로 행동하는 다우반 국왕. 그 '이자들'에는 아렌트 성왕도 포함되는 건가?

"【프리즌】."

"크윽?!"

"푸악?!"

우리에게 달려들었던 다우반 병사들이 내가 발동한 결계 마법에 부딪히더니 그 자리에서 쓰러졌다.

우리를 둘러싼 반투명 결계를 보고 아렌트의 성기사들은 놀랐지만 우리 나라의 기사와 부단장인 니콜라 씨는 태연한 모습이었다. 응, 익숙함이란 참 무서운 거야.

"일단 제가 이야기한 내용을 한 번 더 잘 생각해 주세요. 우리는 이제부터 자드니아로 갑니다."

"기다려라!! 자드니아와 아렌트가 힘을 합쳐 우리 나라를 침공할 셈이냐?!"

"바보 같은 소릴……. 자드니아에도 똑같은 얘기를 하러 가는 거야. 무익한 싸움에 힘을 쏟지 말고 자기 나라 사람들에게 관심을 가지면 어떠냐고."

"크으윽……! 이놈, 이 애송이가……!"

새빨개진 얼굴로 다우반 국왕이 이를 갈면서 손가락을 부들부들 움직였다. 참 재주도 좋아.

그 모습을 보고 성왕 폐하가 탄식하며 말했다.

"다우반 국왕. 나도 잘 생각해 보길 권하는 바네. 결코 이 나라에 해가 되지 않는 제안이야. 나중에 그대가 현명한 왕이라 불릴지 어리석은 왕이라 불릴지……. 그 기로에 서 있다고 생각하게."

자리에서 일어선 우리는 곧장 그 방을 빠져나갔다. 【프리즌】이 막는 대상은 적대감을 지닌 인간과 고렘뿐이다. 문은 아무 문제 없이 통과할 수 있다.

방을 나가는데 구렌 장군이 고개를 숙였다. 이 나라에도 제대로 된 사람이 있다. 무익한 싸움은 이제 그만두어야 한다.

우리가 고렘 마차가 세워져 있는 곳에 도착했을 때, 뒤에서 누군가가 달려오는 발소리가 들렸다.

"기다려 주십시오!"

추격자인 줄 알았는데 우리를 부른 사람은 국왕 옆에 있던 갈색 피부의 왕자님이었다. 그 뒤에는 구렌 장군도 있었다.

"무슨 일이죠?"

"부디 아버지의 무례를 용서해 주십시오. 그리고 무례인 줄 알면서도 이렇게 부탁드립니다. 자드니아에 가신다면 저도 같이 데리고 가 주십시오!"

"네?"

갑작스러운 부탁에 나는 옆에 있던 성왕 폐하와 서로 얼굴을 마주 보고 말았다. 다우반에서 자드니아는 틀림없는 적국. 그런 곳에 뭘 하러 가려는 거지?

"아킴 왕자. 우리는 자드니아에 방금과 같은 말을 하러 가는 거라네. 자드니아도 다우반과 같은 반응을 보일 가능성이 크지. 그런 곳에 다우반의 왕자인 그대가 같이 가겠다는 것인가?"

"알고 있습니다, 성왕 폐하. 하지만 저는 이 싸움을 끝내고 싶습니다. 그러려면 상대를 잘 알 필요가 있습니다. 자드니아 안에도 저처럼 싸움을 끝내고 싶은 자가 틀림없이 있을 겁니다. 저는 그 사람들과 친분을 다져 두고 싶습니다."

호오. 그 국왕님과 비교하면 생각이 제대로 박혔는걸? 뒤에 있는 구렌을 보니, 그도 작게 고개를 끄덕였다. 아무래도 진심인 듯했다.

"데리고 갔다가 왕자를 유괴했다는 소릴 듣는 건 아니겠죠?"

"이제 와서 그걸 걱정하는 건가? 방금 이 나라의 국왕이 선전포고를 한 것이나 마찬가지인데."

성왕 폐하가 어이없다는 듯이 중얼거렸다. 그것도 그런가.

나도 이 나라와 평화롭게 어울릴 생각은 없으니까. 현재는.
따지자면 상대가 우리 나라에 싸움을 건 상태이기도 하고.

　"그럼 상관없나. 구렌 장군도 왕자의 호위로 따라가시겠나
요? 안 가셔도 절대 위해를 가하게 두지는 않을 거지만요."

　"저도 괜찮다면 기꺼이 가겠습니다."

　좋아. 그럼 괜한 간섭을 받기 전에 고렘 마차까지 통째로 전
이하자. 나는 손가락을 튕겨 관계자 모두의 발밑에 【게이트】
를 열었다.

　가볍게 붕 뜨는 느낌이 든 후에 나타난 것은 몇 시간 전에 본
사막처럼 사방이 설원인 광경이었다. 한없이 새하얀 반짝임
이 우리의 시야를………… 헉, 추워!

　나는 너무 추워서 서둘러 모두에게 온난 마법 【워밍】을 걸어
주었다.

　무더위가 작열하던 곳에서 극한의 땅으로. 일단 자드니아에
는 며칠 전에 연락해 두었을 테니, 얼른 고렘 마차를 타고 터
덜터덜 빙도(氷都) 자드로 가 볼까.

　"쿠어억?!"

코하쿠의 입에서 발사된 충격파를 맞고 대머리 장군은 뒤쪽으로 멀리 날아갔다.

이렇게까지 똑같은 반응을 보이는 걸 보니, 의외로 두 나라는 사이좋게 지낼 수 있지 않을까 하는 생각이 드네.

"이 어정뱅이 애송이가! 우리 자드니아에 대항할 셈이냐!"

삐쩍 마른 자드니아 국왕이 호통을 쳤다. 자드니아 국왕은 흰머리에 짧은 코밑수염을 길렀고 파란색과 은색으로 자수가 놓인 두꺼운 망토를 걸친 모습이었다. 그리고 허리에는 가느다란 레이피어를 차고 있었다.

그 옆에서 씁쓸한 표정을 짓고 있는 사람은 다름 아닌 자드니아의 왕자님. 아버지처럼 파란색과 은색으로 자수가 놓인 망토를 걸친 왕자는 피부가 하얀 청년이었다. 은발에 가늘고 긴 눈을 지닌 그 외모는 파나셰스 왕국의 호박 팬츠를 입은 왕자님과 방향성은 다르지만 왕자님 그 자체였다.

이 회의실까지 우리를 안내해 준 사람은 이 프로스트 왕자다.

프로스트 왕자는 다우반의 왕자라고 소개한 아킴 왕자를 보고도 불쾌한 표정 하나 짓지 않고 악수를 했던 훈훈한 청년이다. 그 옆에 있던 구렌 장군은 놀란 표정이었지만.

회의실까지 가는 도중에 그 이유를 물어보니 프로스트 왕자도 아킴 왕자와 마찬가지로 피폐해져 가는 모국을 위해 어떻게든 행동해야 한다고 생각했었다는 모양이었다.

다우반과의 싸움을 끝내야 한다고 진언해도 부왕은 전혀 들을 생각을 하지 않아 항상 서로 고함을 치며 말다툼을 했었다고 한다.

그런 부자라면 씁쓸한 표정을 짓는 이유도 잘 이해가 되었다. 두 나라의 사이를 중재하려고 방문한 다른 나라의 국왕을 공격하는 자국의 장군과 비난을 퍼붓는 부왕. 당연히 얼굴이 일그러지고도 남는다.

"아버지! 다우반과 화해해야 합니다! 전쟁을 원하는 자들은 오래된 가문의 귀족들밖에 없지 않습니까! 하찮은 자존심 탓에 국민은 굶주리고, 상처 입고, 추위에 떨고 있습니다! 다우반에게 이긴다 한들 이대로 가다간 자드니아는 언젠가 멸망합니다!"

"바보 같은 소릴! 너에겐 자드니아의 왕자로서 긍지도 없느냐! 선조 보기가 부끄럽다는 생각도 안 드나 보지?!"

"브륀힐드 공왕의 이야기가 진짜라면 국민이 이토록 고통스러운 생활을 할 수밖에 없는 이유는 바로 그 선조 탓이 아닙니까! 아버지야말로 국민에게 미안한 마음이 들지 않는단 말입니까?!"

"네 이놈! 그런 헛소리에 속아 넘어가다니!"

우오오. 엄청난 부모자식 간의 싸움. 그리고 헛소리가 아니거든?

다우반과 마찬가지로 자드니아의 국왕도 성질이 급한지 왼

손으로 아들의 멱살을 잡고 주먹을 쥔 오른손을 치켜들었다.

왕자는 왕자대로 때리면 때려 보라는 듯이 눈도 감지 않았다.

남이 참견할 문제가 아닐지도 모르지만 가만히 지켜보기도 좀 그러네.

"【텔레포트】."

"아닛?!"

눈앞에 있던 아들이 사라지자 힘껏 주먹을 허공에 휘두른 자드니아 국왕이 헛발을 내디뎠다.

우리 옆에 나타난 프로스트 왕자는 무슨 일이 벌어졌는지 이해하지 못해 어리둥절한 표정을 지었다.

【텔레포트】는 원래 자신 외에는 효과가 미치지 않는 마법이지만 나는 눈에 보이는 범위라면 격렬하게 움직이지 않는 한 어떻게든 이동시킬 수 있다. 짧은 거리 이동만 가능하고, 이동시킬 수 있는 개체도 하나가 고작이지만.

아마 신으로 각성해서 그렇지 않을까. 그것 이외에는 짚이는 데가 없기도 하고.

"자드니아와의 교섭도 결렬인가. 이렇게 되지 않을까 하고 생각은 했다만."

"아니요, 아직 꼭 그렇다고는……."

옆에 있던 성왕이 한숨을 내쉬며 내뱉은 말을 반박하려고 했지만 내가 생각해도 역시 교섭 타결은 어려울 것 같다는 생각이 들어 목소리가 작아졌다.

"교섭 타결은 어려울 테지. 두 나라의 국왕은 선조가 어떠니 하는 문제 때문이 아니라 개인적으로 상대를 싫어하고 있으니 말이야. 젊은 시절부터 서로 계속 부딪쳤던 사이니까."

상대 나라의 국왕을 싫어하는 것과 상대 나라 자체를 싫어하는 것은 분리해서 생각해 줬으면 하는데.

어지간히도 싫은 모양이구나. 무슨 수를 써서라도 상대를 이기고 싶다는 건가. 두 사람이 국왕이 된 뒤부터 소규모 전투가 꽤 늘었다는 모양이니.

다우반과 자드니아는 과거에 몇 번이나 충돌했지만, 싸우지 않았던 왕들도 있어 휴전기라 할 수 있는 시기도 있었다. 사이 좋게 지낼 수는 없지만 국력을 소모하면서까지 전쟁을 할 생각은 없었던 거겠지.

그런데 현재 두 나라의 국왕은 그러든 말든 상관없다는 듯이 다투었다. 조금…… 아니지, 상당히 심각한 문제다. 견원지간이라는 건가.

"코하쿠랑 루리 같은 관계인가?"

〈저희를 저런 것들과 똑같이 취급하지 마셨으면 합니다.〉

내가 작게 중얼거린 소리를 듣고 코하쿠가 텔레파시로 항의했다. 앗, 미안.

눈앞에서 히스테리를 부리는 자드니아 국왕과는 얘기가 안 통할 것 같다. 역시 차세대를 짊어질 사람들에게 역할을 넘기는 게 좋겠다.

"아킴 왕자, 프로스트 왕자. 다우반과 자드니아의 미래에 관해 차근히 대화를 나눠 보면 어떤가요? 장소는 제공하겠습니다."

내 말을 듣고 두 왕자는 서로 얼굴을 쳐다보더니 작게 고개를 끄덕였다.

""꼭 부탁드립니다.""

좋아. 그렇게 결정됐다면 여기에 오래 있을 필요가 없다. 전개해 둔 【프리즌】을 아까부터 검으로 캉캉 때리는 자드니아의 장군과 고렘들이 성가시기도 하니까. 시끄러워.

"기다려라! 프로스트를 어떻게 할 셈이냐?! 다우반에 팔아넘기는 건가?!"

"아버지. 아버지와는 교섭이 불가능하니, 제가 자드니아의 새로운 길을 개척해 보이겠습니다."

"함부로 행동하려 하다니, 용서할 수 없다! 너는 내 말을 잠자코 따르면 그만이다!"

"날 계속 어린애 취급하지 마!"

다시 서로 고함을 지르는 아버지와 아들. 음~. 다 큰 아들에게 이래라저래라 지시하는 부모는 별로 좋게 보이지 않는데, 부모님에게 자기 자녀는 몇 살이 되더라도 어린아이처럼 보이는 걸까?

"말이 안 통하는군. 공왕 폐하, 성왕 폐하. 가시죠!"

우리를 놔두고 성큼성큼 회의실 문으로 향해 가는 프로스트 왕자. 이봐요. 이 사람도 성질이 급하네. 역시 아버지와 아들. 닮았어.

"콜디, 자네도 같이 가자."

"네!"

프로스트 왕자가 문 앞에 있던 청은색 갑옷을 입은 남자에게 말했다.

눈썹 하나 움직이지 않고 고개를 숙인 사람은 프로스트 왕자의 수행 기사인 콜디 씨였다. 콜디 씨도 조금 전에 우리를 여기까지 안내해 주었다.

과묵해 보이는 40세가 채 안 된 아저씨……. 꽤 인기가 있을 듯한 아저씨인데, 아킴 왕자를 따라온 구렌 장군이 말하길 '자드니아의 빙검' 이라는 별명이 있을 만큼 검을 잘 다룬다는 듯했다.

이 사람은 국왕보다도 왕자에게 충성을 맹세한 듯한 느낌이 든단 말이지.

기사 콜디를 데리고 방을 나선 프로스트 왕자.

우리도 프로스트 왕자를 따라서 회의실 밖으로 나갔다. 추격을 당해선 성가시니 나는 회의실 밖으로 나가자마자 우리의 【프리즌】을 해제하고 대신에 실내를 【프리즌】으로 둘러쌌다.

방어벽도 감옥도 될 수 있다는 것이 이 마법의 편리한 점이다.

자드니아의 고렘들은 푸르스름한 장벽에 튕겨 나가 실내 밖으로 나올 수 없었다.

뒤를 돌아보면서 아킴 왕자가 프로스트 왕자에게 말했다.

"저렇게 둬도 되나요?"

"괜찮습니다. 아버지는 지극히 개인적인 이유로 '다우반 국왕을 증오'하며 나라를 운영하고 있습니다. 그래선 안 됩니다. 아무도 행복해질 수 없으니까요."

나란히 걸으며 프로스트 왕자가 그렇게 말하자 아킴 왕자가 폭소했다.

"뭐가 재미있어서 그러시죠?"

아킴 왕자가 조금 발끈한 표정으로 노려보는 프로스트 왕자를 보고 다급히 손을 저었다.

"앗, 죄송합니다. 우리와 똑같구나 싶어서요. 저희 아버지도 '자드니아 국왕을 증오'하는 감정을 원동력으로 삼고 있는 사람이나 마찬가지거든요."

"그러신가요……. 서로 고생이 많네요."

그렇게 말하며 두 사람 모두 웃었다. 부모님은 견원지간이지만 그 아들들은 사이좋게 지낼 수 있겠는걸?

그렇지만 왕자들이 왕위에 오를 날까지 지금의 상황을 방치해 둘 수는 없다.

고렘 마차를 세워 둔 곳으로 돌아가니 성왕 폐하가 말했다.

"장소를 제공하겠다고 말했는데, 브륀힐드로 데려갈 생각인가?"

"네. 그게 가장 마음 편하지 않을까 하거든요. 다우반도 자드니아도 브륀힐드는 공격할 수 없으니 안전하기도 하고요. 유희실을 개방할 생각이니 사이가 좋아진다면……."

"브륀힐드 공왕. 그러면 하나 부탁 좀 하고 싶네만……."

아렌트의 성왕이 귀엣말로 속닥거리는 말을 듣고 이 아저씨도 참 약삭빠르다는 생각이 들어 조금 어안이 벙벙했다. 아니지. 국왕이니 이 정도는 돼야 그 직무를 감당해 낼 수 있는 건지도 모른다.

"이 쿠키 정말 맛있어! 아리아 언니, 먹어 봐!"

"경망스러워, 레티. ……어머, 정말로 맛있네."

루가 손수 만든 쿠키를 먹고 환한 표정을 짓는 두 사람은 아리아티 티스 아렌트, 레티시아 티스 아렌트 자매. 성왕 갈라우드 제스 아렌트의 손녀들이다.

언니인 아리아, 즉, 아리아티는 18세, 동생인 레티, 즉, 레티시아는 17세. 두 사람의 아버지는 성왕 폐하의 아들인 현재의 왕태자다.

언니인 아리아는 풍성하고 보드라운 금발 웨이브 머리에 차분한 성격으로, 연한 그린 드레스를 입고 있었다.

목에 걸려 빛나고 있는 진주 목걸이를 보니 그 아래쪽 아주 훌륭한 무언가에 눈길이 갈 것 같았지만, 에르제와 약혼자들이 있으니 자제할 수밖에 없다. ……꽤 크네…….

반대로 아담한 레티는 금발 쇼트커트의 활달한 여동생 같은 느낌이었다. 옅은 핑크 드레스 차림이지만 스커트가 짧아 움직이기 쉬운 복장이었다. 언니와 비교하면 차분하지 못하다. 다양한 물건에 흥미를 보이는 모습을 보면 호기심이 매우 왕성한 듯했다.

성왕 폐하의 부탁이란 아킴 왕자와 프로스트 왕자에 더해 이 손녀 두 사람을 브륀힐드에 초대해 달라는 것이었다.

양쪽 세계의 합동 세계회의에 참가했던 성왕 폐하가 여기서 봤던 처음 보는 요리와 오락 시설에 관해 이야기해 주자 두 사람 모두 무척 흥미를 보였다는 모양이었다.

두 사람은 기회가 되면 데리고 가 달라고 항상 성왕 폐하에게 부탁했다고 한다.

물론 성왕 폐하도 단순히 손녀들이 귀여워 나에게 초대해 달라고 했던 것은 아니었다.

다행이라고 하긴 뭐하지만 아킴 왕자도 프로스트 왕자도 약혼자가 없었다. 정확하게는 약혼자를 부모님이 일방적으로 정하자 그에 반발해 크게 싸우고 약혼을 파기했다고 한다. 두 왕자 모두 말이다. 참 부모와 자식 사이에 싸우길 좋아하네.

"아리아티 공주, 이 '크림 소다'도 맛있습니다."

"어머나! 이렇게 차갑고 달다니……!"

"레티시아 공주, 그건 뭔가요?"

"이건 '초콜릿'이래요. 조금 쓰지만 맛있어요!"

네 사람은 둥근 테이블 앞에 앉아 테이블 중앙에 놓인 과자와 음료를 마음껏 맛보았다. 아주 화기애애하다.

그런 모습을 은근슬쩍 바라보면서 우리는 다른 테이블 앞에 앉아 차를 마셨다. 맞은편에 앉은 사람은 흡족한 모습의 성왕 폐하.

"이래선 꼭 성왕 폐하의 의도대로 조종당한 느낌인데요."

"나쁜 일은 아닐 텐데? 잘만 진행되면 다우반, 자드니아, 아렌트가 큰 어려움 없이 우호 관계를 맺게 될 수도 있지 않나."

허투루 볼 수 없는 할아버지다. 나쁘지 않은 방법이긴 한데, 이런 일은 서로의 마음이 중요하니 어떻게 될지는…….

"아킴 왕자는 레티시아 공주에게 호감이 있는 듯하군요."

"프로스트 왕자도 아리아티 공주에게 호감이 있는 모양입니다. 저토록 즐거워하시는 왕자님은 오랜만에 봅니다."

성왕 폐하의 양옆에 앉은 구렌 장군과 기사 콜티가 저편에 있는 테이블을 바라보며 차를 마셨다.

프로스트 왕자는 아리아티 공주, 아킴 왕자는 레티시아 공주에게 호감이 있는 건가. 겹치지 않아 다행이야. 연애 문제로 아버지들처럼 관계가 험악해지면 차마 눈 뜨고 볼 수 없게 됐을 테니까.

"후후후. 꽤 재미있는걸? 한눈에 반하진 않았지만 어렴풋한 연애 감정이 싹트고 있네. 정신을 차려 보니 어느새……. 그런 패턴이야. 이건."

"윽, 깜빡했었어……."

갑작스럽게 들려온 목소리를 듣고 나는 무심코 머리를 감쌌다. 그리고 옆을 확인해 보니 카렌 누나가 히죽거리며 날 떡하니 바라보고 있었다.

이런 얘기를 하면 당연히 카렌 누나가 나타날 수밖에 없잖아. 고양이가 개다래나무에 달려들 듯이, 나방이 불빛에 달려들 듯이, 카렌 누나는 연애 이야기에 달려든다.

"날 고양이랑 나방하고 똑같이 취급하면 안 되지."

"아야얏!"

카렌 누나가 내 정수리에 춉을 날렸다. 마음을 읽지 마요!

머리를 감싸고 있는 나를 남겨 두고 카렌 누나가 콧노래를 부르며 네 사람이 있는 테이블로 다가갔다. 완벽히 목표로 점찍었나 보네. 카렌 누나가 참견하는 이상 어설픈 관계로 끝날 가능성은 없다. 연인이 되거나 관계가 깨지거나 둘 중 하나다.

다른 사람도 아니고 카렌 누나니까 잘 엮어 주기야 하겠지. 그보다도.

"왕자들이야 괜찮아 보이는데, 부모들은 어떻게 하면 좋을까요."

"지금 당장 저 왕자들이 왕위를 물려받게 하면 가장 편할 테지만……."

성왕 폐하가 그렇게 말했지만 역시 그건 어렵지 않을까 한다. 두 나라의 국왕이 쉽게 왕위를 물려줄 리가 없으니까. 자칫하면 죽을 때까지……. 아니지, 그전에 왕자들의 왕위 계승 권리를 박탈해 버릴지도 모른다.

"다우반도 자드니아도 왕자는 한 명뿐이니 그렇게까지 하지는 않을 듯하지만…… 후계자로서 부적합하다며 왕가의 피를 이어받은 다른 자를 후계자로 세우는 일도 드문 일이 아니니 말이야."

팔짱을 끼고 성왕 폐하가 낮은 목소리로 중얼거렸다. 그 두 사람도 그렇게까지 바보는 아니라고 믿고 싶지만…….

"그 전에 왕자들이 실권을 쥐면……. 앗, 죄송합니다. 구렌 씨와 콜디 씨 앞에서 이런 이야기를 하다니 역시 안 될 일이겠죠?"

"아닙니다. 저도 다우반을 왕자님께서 바꿔 주시리라 믿고 있으니까요. 실제로 자드니아와 패권을 다투어야 한다고 주장하는 사람은 국왕 폐하와 가문이 오래된 일부 상급 귀족뿐입니다. 하급 귀족이나 국민은 이제 진절머리를 내고 있습니다. 예전에는 자드니아에 부모나 자녀를 살해당해 그 원한과 증오를 풀기 위해 싸웠지만, 지금은 그 원한의 화살이 전쟁을 강요하는 모국으로 향하기 시작했습니다. 성왕국으로 도망

가는 자들도 끊이지 않고 있지요…….”

구렌 씨가 씁쓸한 표정으로 그렇게 말하며 시선을 내려 들고 있던 컵을 바라보았다.

그 모습을 보고 콜디 씨도 말했다.

“우리 자드니아도 마찬가지야. 만약 승리한다고 해도 우리는 다우반의 영토에서는 살아갈 수 없지. 그렇다면 무엇을 위해서 싸우고 있는 것일까. 조금만 다른 나라로 시선을 돌려도 모국 보다도 살기 좋은 기후와 평화로운 토지가 펼쳐져 있지 않나. 지친 국민이 아렌트로 넘어가는 것도 어쩔 수 없는 일이야.”

“우리 나라도 받아들이고 싶어 받아들이는 게 아니야. 우리 나라로 흘러들어 온 사람들은 먹을 음식이 없어 산적이 되는 자들도 많으니까. 솔직히 말해 피해가 막심해. 특히 현재의 국왕들이 집권한 이후에는 더 심각해졌지.”

아렌트로서는 두 나라가 아예 없어졌으면 좋겠다고 생각하겠지? 하지만 없어지면 없어진 대로 족쇄가 풀린 것처럼 난민이 일거에 아렌트로 쏟아져 들어올지도 모른다. 참 어려운 문제다.

“그렇다면 두 나라의 국민은 현재의 국왕이 퇴위해도 아무런 문제가 없다…… 아니, 오히려 빨리 퇴위해 줬으면 하는 건가요?”

“평민 출신인 저로서는 아킴 왕자여야 더 기쁠 듯합니다.”

“나라를 생각한다면 당장 프로스트 왕자가 즉위하는 게 바람직하지.”

구렌 씨는 에둘러서, 콜디 씨는 딱 잘라서 말했다.

아예 쿠데타라도 일으킬까? 안 된다. 역시 그건 좋지 않다. 무력으로 정권을 교체하면 다양한 갈등이 불거진다.

그럼 어떻게 하면 좋을까…….

카렌 누나가 화제를 던지고 그에 맞춰 즐겁게 대화를 나누는 남녀 네 사람을 바라보면서 나는 한숨을 쉬었다. 다우반과 자드니아의 국왕들도 저렇게 사이가 좋아질 수 없을까?

“역시 납치해서 흔들다리 효과가 발휘되게 하는 수밖에 없는 건가……?”

“그게 무엇인지는 모르겠네만 어째 아주 위험한 느낌이 드는군…….”

내가 중얼거리는 소리를 듣고 성왕 폐하가 오싹한 표정을 지었지만 그건 신경 쓰지 말기로 하자.

박사에게 준비해 달라고 하고……. 분명히 ‘창고’에 쓸 만한 게 있었어……. 응. 가능할지도 몰라. 좀 즐거워지는걸?

“얼굴이 사악해졌습니다…….”

“뭘 새삼스럽게.”

“평소대로네요.”

옆 테이블 앞에 앉아 있던 야에, 에르제, 힐다의 목소리가 들려왔다. 소국 주제에 라느니, 어정뱅이라느니, 온갖 비난을 들었거든. 조금 정도는 앙갚음하고 싶다고 생각해도 괜찮지 않아? 안 그래?

◇ ◇ ◇

    다우반 국왕, 자하라데 비아 다우반이 눈을 떠 보니 그곳은 새하얀 방 안이었다.

    생판 처음 보는 방이었다. 천장이 흐리멍덩하게 빛났다. 어젯밤에는 분노가 가라앉지 않아 술을 퍼마시고 잠을 잤었다고, 어렴풋한 기억을 더듬었다.

    "대체 어떻게 된 것이냐······!"

    방은 거의 정육면체로 문은 하나뿐이었다. 하지만 문에는 손잡이가 없었고, 문은 밀어도 열리지 않았다. 미닫이문인가 싶어 밀어 봤지만 그래도 소용없었다.

    갇혔다. 그런 결론에 다다른 다우반 국왕은 아무런 근거 없이 자드니아가 흑막이라고 확신했다.

    다우반 국왕인 자신을 노릴 나라는 자드니아밖에 없다. 틀림없이 그 신기한 마법을 쓰는 모치즈키 어쩌구라는 애송이를 끌어들여 자신을 납치하게 한 것이다. 아들인 아킴도 모자라 이번엔 자신까지 납치하다니. 다우반 국왕은 분노에 휩싸여 문을 힘껏 발로 찼다.

"이봐! 날 풀어 줘라! 잠을 자는데 습격하다니. 부끄럽지도 않으냐! 정정당당히 싸워라!"

고함을 쳤지만 아무런 대답도 없었다. 문 반대편에서부터 내달려 몸통으로 힘껏 부딪쳐 봤지만 문은 열릴 기색이 전혀 없었다.

"빌어먹을! 날 누구라고 생각하는 것이냐!"

거칠게 숨을 쉬며 문을 계속 발로 찼지만 역시 아무런 반응도 없었다.

다시 방안을 꼼꼼히 살펴보다가 다우반 국왕은 바닥의 네 구석에서 손바닥 크기의 사각형 버튼 비슷한 것을 발견했다.

다우반 국왕은 힘껏 그것을 밟아 보았지만 아무런 일도 벌어지지 않았다. 다른 버튼도 마찬가지로 밟았지만 역시 아무런 일도 벌어지지 않았다. 그리고 순서를 바꿔서 밟아 보기도 했지만 역시 아무런 일도 벌어지지 않았다.

방의 구석진 곳을 이리저리 이동하다가 결국엔 지쳐 바닥에 주저앉은 다우반 국왕. 그런데 갑자기 바닥 아래가 덜컹거리며 흔들리더니, 문이 있는 벽의 왼편에 있던 벽이 천천히 아래로 내려갔다.

쿠구구구구구구······. 아래로 내려간 흰 벽 저편에는 이곳과 똑같은 정육면체의 흰 방이 펼쳐져 있었다. 요컨대, 정육면체인 방 두 개가 나란히 줄지어 있었다.

그리고 그곳에는 다우반 국왕과 마찬가지로 이쪽을 보고 놀란 나머지 눈과 입을 멍하니 벌리고 있는 남자가 한 명 있었다.

"네 이놈!!"

다우반 국왕이 무심코 소리치며 벌떡 일어섰다. 눈앞에 있는 사람은 증오스러운 적국의 왕. 자드니아의 국왕, 주나스렘 자드니아였다.

상대도 벌떡 일어나 다우반 국왕을 손가락질하며 험악한 얼굴로 무엇인가 고함을 질렀다.

틀림없이 욕이라고 단정한 다우반 국왕은 맞은편에 있는 자드니아 국왕을 향해 주먹을 쥐고 내달렸다.

그 모습을 본 상대도 얼마든지 상대해 주겠다는 듯이 주먹을 번쩍 치켜들고 바닥을 박찼다.

두 사람 모두 '왜 상대의 목소리가 들리지 않는가' 라는 초보적인 의문조차 떠올리지 못했다.

결과.

"컥?!"

"우억?!"

두 사람은 방 경계에 있던 강화 유리에 무방비로 부딪치고 말았다. 온 힘을 다해 달린 탓에 그 대미지는 상상을 초월했다.

"으으으으윽………."

"크어어어어………."

얼굴부터 부딪친 탓에 두 사람은 모두 얼굴을 감싸며 방 안을 마구 뒹굴었다.

괴로워하는 그 두 사람의 모습을 별실에서 바라보는 어떤 인물들이 있었다.

"……토야. 이 두 사람은 바보야?"

"음, 부정은 못 하겠네."

모니터에 비친 두 사람을 보고 어이없어하는 박사에게 나는 그렇게 대답했다. 아무리 봐도 똑똑해 보이지는 않으니까.

얼굴의 통증이 가라앉자 이번엔 유리 너머의 상대를 욕하기 시작했다. 상대에게는 전혀 들리지 않을 텐데…….

"이 비겁한 놈! 정정당당하게 싸워선 이길 수 없다고 생각해 나를 납치한 것이냐. 참으로 경멸스럽구나!"

"이 비겁한 놈! 정정당당하게 싸워선 이길 수 없다고 생각해 나를 납치한 것이냐. 참으로 경멸스럽구나!"

"틀림없이 그 소국의 애송이에게 부탁했을 테지. 한심한 놈! 직접 나설 용기도 없다니?!"

"틀림없이 그 소국의 애송이에게 부탁했을 테지. 한심한 놈! 직접 나설 용기도 없다니?!"

"네놈 같은 바보가 왕이라고? 어처구니없어 말이 나오지 않는군! 자드니아도 네놈 대에서 멸망하겠구나!"

"네놈 같은 바보가 왕이라고? 어처구니없어 말이 나오지 않는군! 다우반도 네놈 대에서 멸망하겠구나!"

왜 이렇게 싱크로가 완벽하지? 사실은 쌍둥이였다든가?!

"토야. 정말 이 두 사람이 서로 협력하게 만들 수 있을까? 원숭이한테 사교댄스를 가르치는 게 더 쉬울 것 같은데."

"무슨 소리. 원숭이도 목숨이 위태로우면 개하고도 손을 잡거든. 일단 보기만 해."

나는 모니터 안에서 아직도 서로를 욕하고 있는 두 사람을 보고 작게 미소 지었다.

목이 바짝 마를 정도로 눈앞의 남자에게 욕을 쏟아내길 1시간가량. 겨우 다우반 국왕이 허무한 짓이란 사실을 깨닫기 시작했다.

아무리 욕을 쏟아내도 상대에게 목소리가 들리지 않아선 의미가 없다. 그렇지만 상대가 자신을 보고 무언가 욕을 한다고 생각하면 역시 화가 날 수밖에 없다.

무엇보다 상대 역시 갇혀 있는 모양이었다. 그렇다면 자신을 납치한 사람은 자드니아가 아니란 건가? 겨우 그런 의문이 떠올랐다. 늦어도 너무 늦었지만.

　시선을 돌려 자신의 방을 돌아보니 네 모퉁이에 있던 버튼 중 하나가 반짝이고 있었다.

　이상하다는 생각이 들어 밟아 봤지만 역시 아무런 일도 벌어지지 않았다. 계속 반짝이고는 있다. 몇 번씩 밟아 봤다. 아무런 일도 일어나지 않았다.

　문득 건너편 방을 보니 자드니아 국왕도 자신과 똑같이 방의 모퉁이로 이동해 고개를 갸웃거리며 반짝이는 버튼을 보고 있었다.

　자드니아 국왕이 버튼을 밟았다. 하지만 아무런 일도 벌어지지 않았다. 다우반 국왕처럼 자드니아 국왕도 몇 번씩 밟았다.

　무심코 지지 않으려고 같이 밟았는데, 다우반 국왕이 자드니아 국왕과 같은 타이밍에 버튼을 밟은 순간 방의 문이 쿠구구구 하는 소리를 내며 조금 위로 올라가 바닥과 문 사이에 10센티미터 정도 틈새가 생겼다.

　"오오?!"

　다우반 국왕이 문으로 달려가 틈새에 손가락을 넣고 문을 들어 올리려고 했지만 더는 꿈쩍도 하지 않았다.

　"큭, 으………그으으으윽!"

　몇 분 동안 문과 씨름을 하던 다우반 국왕이 이래 봐야 소용없다는 사실을 겨우 깨달았다.

문득 옆을 보니 저쪽도 문이 조금 열린 모양이었는지, 자드니아 국왕도 문과 바닥의 틈새에 손가락을 넣고 필사적인 표정을 지으며 들어 올리려고 했다.

"멍청한 놈. 쓸데없는 짓을."

그 모습을 보고 다우반 국왕이 비웃었다. 그건 자기를 비웃는 짓이기도 하지만 다우반 국왕은 그런 점을 깨닫지 못했다.

문득 자드니아 국왕이 무언가를 눈치챘다. 다우반 국왕이 의아스럽다는 듯이 유리 너머에서 그 모습을 보는데 그 방의 다른 버튼이 또 반짝이기 시작했다.

혹시나 싶어 돌아보니 자신의 방 모퉁이에 있던 버튼도 반짝이고 있었다.

다우반 국왕이 달려가 그 버튼을 밟았다. 아무 일도 일어나지 않았다. 그런데 몇 번인가 밟자 문이 또 조금이지만 위로 올라갔다.

유리 너머를 보니 자드니아 국왕도 반짝이는 버튼을 누르고 있었다.

"저 방의 버튼과 동시에 눌러야만 열리는 건가?"

다음이라고 말을 하듯이 세 번째 버튼이 반짝였다.

다우반 국왕과 자드니아 국왕은 유리 너머로 서로를 노려보며 반짝이는 버튼으로 이동했다. 그리고 두 사람은 동시에 바닥의 버튼을 밟았다.

문이 또 조금 위로 올라갔다. 틀림없다. 두 사람은 모두 그렇게 확신하면서 마지막 버튼이 있는 곳으로 가서 그 버튼도 동시에 밟았다.

쿠구구구구구……. 문이 완전히 열렸다.

"쳇. 저쪽도 열렸나. 재미없군."

마치 자드니아 국왕의 탈출을 돕는 것 같지 않나. 다우반 국왕은 그런 생각이 들어 혀를 찼다. 덧붙이자면 자드니아 국왕도 똑같은 소릴 중얼거렸다.

문 저편은 양쪽의 벽이 모두 하얀색인 통로였고, 그 통로는 일직선으로 쭉 뻗어 있었다.

다우반 국왕이 경계하면서도 그 통로를 따라 앞으로 나아가자 이윽고 위로 올라가는 계단이 나왔다. 계단의 끝에서 빛이 보였다. 그건 마광석의 빛이 아니었다. 자연광이었다. 아무래도 조금 전의 방은 지하에 있었던 듯했다.

다우반 국왕이 계단을 뛰어 올라가 바깥으로 나가 보니 처음 보는 해변이 나왔다. 아름다운 바다가 끝없이 펼쳐져 있었다. 그곳은 절대 다우반도 자드니아도 아니었다.

""여긴…… 어디지?""

느닷없이 들려온 자신의 목소리가 아닌 목소리를 듣고 깜짝 놀라 옆을 돌아봤다. 그곳에는 자신처럼 멍한 모습으로 서 있는 자드니아 국왕이 있었다.

"이놈!"

"이 자식!"

두 사람 모두 동시에 뛰쳐나가 서로의 멱살을 잡고 치고받았다. 해변에서 뒹굴뒹굴 구르면서 마운트 자세를 잡고 때리고, 반대로 마운트 자세를 당해 얻어맞기도 했다. 개들이 싸우는 것처럼 으르렁거리면서 마구 뒤엉키며 서로를 계속 때리고 때렸다.

"우리 아들 내놔라, 이 비겁한 놈아!"

"네놈의 멍청한 아들 따위 난 모른다! 너야말로 내 아들을 내놔라! 이 도둑놈아!"

"무슨 헛소릴! 도둑놈의 후손은 너 아니냐!"

"웃기지 마라! 날조나 해대는 나라가 뭘 잘났다고!"

두 사람은 서로의 얼굴을 잡아당기며 계속 서로를 욕했다. 한 나라의 왕이라고는 도저히 생각할 수 없는 추한 싸움이었다.

"큭. 자, 잠깐!"

"시끄럽다! 지금 사과해 봐야 이미 늦었다!"

"그게 아니야! 저걸 봐라!"

얼굴이 퉁퉁 부은 자드니아 국왕이 역시 얼굴이 퉁퉁 부은 다우반 국왕의 등 뒤를 가리켰다.

"그런 수에 속을 줄 아냐?!"

"풉?!"

자신의 정신을 다른 데로 돌리려는 속임수라고 생각한 다우반 국왕이 자드니아 국왕의 얼굴에 깔끔한 오른손 스트레이트를 날렸다.

뒤로 날아가 쓰러진 자드니아 국왕을 보고 기분이 좋아진 다우반 국왕이 뒤를 돌아보니, 그곳에는 파라솔을 펼치고 그 아래에서 비치체어에 누워 있는 브륀힐드 공왕이 있었다.

선글라스를 끼고 알로하 셔츠 차림으로 트로피칼 드링크를 손에 든 그 모습은 매우 편안해 보였다. 그리고 브륀힐드 공왕 옆에는 흰 새끼 호랑이도 있었다.

"아니……!"

"그러니까 내가 보라고 했잖나!"

"크헉?!"

바캉스를 온 듯한 공왕을 보고 다우반 공왕이 놀라고 있는데, 자드니아 국왕이 온 힘을 다해 다우반 공왕의 등에다 드롭킥을 날렸다. 드롭킥을 맞고 날아간 다우반 국왕이 해변의 모래에 얼굴을 박았다.

"추하네. 그치? 코하쿠. 저렇게는 되고 싶지 않아."

〈누가 아니랍니까, 주인님〉

""보자 보자 하니까, 이 애송이가!""

무시당했다고 생각한 두 나라의 왕이 토야를 향해 엄청난 속도로 해변을 박차며 돌진했다. 그러나, 쿠르르, 하는 소리와 함께 해변이 푹 꺼졌고 두 사람은 대량의 모래와 함께 아래로 떨어졌다. 함정이다.

두 사람은 얇은 베니어 같은 판 위에 모래를 올려뒀을 뿐인 하잘것없는 함정에 감쪽같이 걸리고 말았다. 하지만 깊이는 겨우 2미터 정도고 아래에는 슬라임 쿠션을 깔아두어서 다칠 염려는 없었다. 옆의 모래도 무너지지 않도록 단단히 고정되어 있었다.

"상황을 잘 판단하지 않으면 따끔한 맛을 보게 돼 있어. 앗, 벌써 본 건가."

"헛소리를 늘어놓다니! 네 이놈, 날 누구라고 생각하느냐!"

"네 이놈! 이런 함정을 파 놓았을 줄이야! 목적이 뭐냐?!"

"안 가르쳐 줄래."

히죽. 악마 같은 웃음을 짓더니 브륀힐드 공왕이 그 자리를 떠났다. 브륀힐드 공왕의 행동은 두 사람의 적대감을 제삼자인 자신에게로 돌려놓기 위한 것이었지만, 개인적인 복수도 조금은 포함되어 있다는 사실도 부정할 수는 없었다.

서로 다리를 붙잡고 늘어지는 바람에 몇 번이나 굴러떨어져 모래투성이가 된 두 국왕이 겨우 구멍 안에서 해변으로 기어 올라왔다.

"젠장. 그 애송이는 악마냐!"

"이, 이봐. 왜 이렇게 흔들리지?"

토야를 욕하던 자드니아 국왕이 다우반 국왕의 목소리를 듣고 지면이 작게 흔들린다는 점을 깨달았다. 그래서 빙글 뒤를 돌아보니 해변 저편에서 거대한 검은 뱀을 두른, 뱀보다 더 거대한 거북이 다가오고 있었다.

〈쿠아아아아아아아아아아아!〉

"“으헤엑?!”"

콧물을 흘리며 펄쩍 뛰어오른 두 사람은 서로 뒤질세라 앞다투어 도망치기 시작했다.

거대한 거북은 성큼성큼 두 사람을 당장 짓밟을 듯한 기세로 쫓아왔다.

움직임은 느리지만 한 걸음의 보폭이 커서 최선을 다해 달리지 않으면 추월당하고도 남았다. 국왕 두 사람은 최선을 다해 해변을 탈출했다.

〈주인님도 신수를 너무 함부로 다뤄서 탈이시군.〉

〈그래도 나중에 한턱내신다고 하시니 힘내자, 산고.〉

〈그래. 가능하면 쇼트케이크가 좋겠어.〉

〈난 푸딩이 좋아.〉

따라잡을 듯 말 듯한 속도를 유지한 채 산고와 코쿠요는 국왕 두 사람을 뒤쫓았다. 싸울 기력마저 없어지게 만들기 위해서.

"여, 여기는 대체, 어디지……?"

헉헉 숨을 헐떡이면서 태양이 저물어 가는 해변에 대자로 누워 다우반 국왕이 그렇게 중얼거렸다.

옆에 누워 있던 자드니아 국왕이 성가시다는 듯이 말했다.

"내가, 어떻게 아나……."

"네놈한테, 물은, 게, 아니다!"

"해 보자는, 거냐, 이놈……!"

두 사람은 상반신을 일으켜 서로를 노려봤지만, 금세 다시 쓰러졌다. 더는 싸울 기력이 없는 모양이었다.

""배가 고프군…….""

신기하게도 두 사람이 동시에 똑같은 말을 했다. 그러곤 두 사람 모두 고개만 들어 올려 서로를 노려봤지만 금세 흥, 이라고 하듯이 서로 반대편으로 고개를 돌렸다.

그러는 새에 배고픔보다도 강한 졸음이 쏟아져 두 사람은 잠이 들었다. 옆에 적국의 왕이 있는데 잠이 들었다. 이건 아무리 이 두 사람이라고는 해도 평범한 일이 아니었다. 그만큼 피곤했다는 말이기도 하지만, 사실 이건 누군가가 졸음을 부르는 마법을 사용했기 때문이었다.

쿨쿨 자는 두 사람에게 소년과 새끼 호랑이의 그림자가 드리워졌다.

〈쉽게 잠들었군요.〉

"뒤쪽 세계 사람들은 마법 저항력이 약하니까. 자, 제2 스테이지를 시작할까."

토야가 【스토리지】에서 잘그락잘그락 쇠사슬이 달린 족쇄를 꺼내더니, 휘파람을 불며 철컥철컥 두 사람의 발에 채웠다.

〈……즐거워 보이십니다, 주인님.〉

"아니, 즐거워 보이긴. 이것도 다 두 사람을 사이좋게 만들려고 하는 일이야. 전혀 즐겁지 않거든? 악역을 떠맡으려니 참 힘들어."

지그시 자신을 바라보는 소환수의 말을 가볍게 받아넘기고 토야는 잠이 든 두 사람에게 마력을 집중시켰다.

"【어둠이여 묶어라, 이자들의 죄에 벌을 내려라, 길티커스】."

토야가 발동시킨 마법은 '저주'. 요란스럽지만 간단히 말하면 제약 마법이다.

족쇄를 채운 상대에게 엄격한 제약과 벌을 부여하는 마법. 사용법에 따라서는 목숨을 빼앗을 수도 있는 고대 마법으로, 현대의 금기 마법이다.

〈그렇게까지 하실 겁니까…….〉

"다 나름대로 생각이 있어서 하는 일이니 결과를 보고 말해 줘."

어이없다는 듯이 중얼거리는 종을 보고 작은 공국의 왕은 빙긋 웃으며 말했다.

아침 햇살이 눈에 부셔 눈을 떠 보니 해변. 그런 상황이 다우반 국왕을 현실로 돌아오게 해 주었다. 역시 그 일련의 사건은 꿈이 아니었던 모양이다.

어제 하루 내내 이리저리 달리는 바람에 여기저기가 쑤시는 몸을 억지로 움직여 자리에서 일어서려던 다우반 국왕은 잘그락거리는 금속음을 듣고 오른 다리가 뭔가 이상하다는 사실을 깨달았다.

"이게 뭐지……?"

오른 다리에는 족쇄가 채워져 있었고, 족쇄에는 50센티미터 정도 되는 짧은 쇠사슬이 연결되어 있었다. 그리고 쇠사슬의 끝에는 해변에 잠들어 있는 자드니아 국왕이 있었다.

오른 다리를 당겨 쇠사슬을 팽팽하게 만들어 보니 쇠사슬은 자드니아 국왕의 왼 다리와 연결되어 있었다.

"아니……?"

왼 다리가 끌리자 자드니아 국왕이 잠에서 덜 깬 눈으로 일어나더니 옆에 서 있는 다우반 국왕을 올려다보고는 인상을 찌푸렸다. 그리고 자신의 왼 다리에 채워진 족쇄를 내려다보았다.

자드니아 국왕은 천천히 자리에서 일어나 다우반 국왕을 험악하게 쳐다보았다.

"이놈! 무슨 속셈이냐?!"

"이건 나도 모르는 일이야!!"

둘은 서로 멱살을 잡고 고함을 질렀다. 물론 제아무리 두 사람이라 한들 상대가 한 짓이라고는 생각하지 않았다. 단지 자신의 화를 터뜨릴 상대가 필요했을 뿐이었다.

"하루 내내 네놈과 같이 있으라는 건가?! 구역질이 나는군!"

"그건 내가 할 말이다! 싫으면 바다에 빠져 얼른 죽든가!"

"너나 죽어라!"

애들 같은 말다툼을 하더니 또다시 서로 싸우기 시작했다.

먼저 마운트 자세를 잡은 다우반 국왕이 주먹으로 자드니아 국왕의 안면을 때렸는데, 신기하게도 주먹을 날린 다우반 국왕이 뒤로 날아가 버렸다.

"쿠억?!"

자드니아 국왕은 뭐가 어떻게 된 일인지 몰라 어리둥절했지만 발치에 뒹굴고 있는 다우반 국왕을 보고 기회라고 생각했는지 반격이라는 듯이 쇠사슬이 달리지 않은 오른발로 상대의 배에 발차기를 날렸다.

"쿠어억?!"

그런데 발로 찬 순간 다우반 국왕이 아니라 자드니아 국왕이 배를 움켜쥐며 쓰러졌다. 마치 누군가에게 발차기를 당한 듯한 통증이 엄습했기 때문이다.

"크으으윽……."

웅크리고 있는 자드니아 국왕을 보고 다우반 국왕은 무시무시한 결론에 다다르게 되었다. 그렇지만 설마 그럴 리 없다며 배를 움켜쥔 자드니아 국왕의 등을 발로 찼는데, 발로 차인 듯한 통증이 자신의 등에 엄습해 다우반 국왕은 앞으로 고꾸라졌다.

"으그극……."

틀림없다. 다우반 국왕은 확신했다. 이유는 알 수 없지만 자드니아 국왕의 대미지가 자신에게 되돌아왔다.

자드니아 국왕이 쓰러진 자신을 다시 공격하려고 하자, 다우반 국왕은 손을 내밀어 그 공격을 말리려고 했다.

"그만둬라! 날 공격하면 그 통증이 너에게 되돌아간다!"

"무슨 되지도 않는 소릴! 쿠웩?!"

자드니아 국왕이 날린 발차기가 다우반 국왕의 목덜미에 작렬한 순간, 발차기를 날린 자드니아 국왕이 옆으로 쓰러졌다.

"멍청하긴. 친절하게 알려줬는데 무시하다니."

"크어어어어…… 대체 뭐가 어떻게 된 거지……?!"

"정확히는 모르지만 그 애송이의 짓이겠지. 널 때리면 그 통증이 나한테 온다. 반대로 네가 날 때리면 그 통증이 너한테 가지. 이상한 마법을 쓰다니……!"

다우반 국왕은 손으로 자신의 뺨을 때리기도 하고 만지기도 했다. 감각은 있었다. 상대는 아무런 느낌도 나지 않는 듯했다.

일정 이상의 통증이어야만 상대에게 보내지는 건가? 다우반 국왕은 주먹을 쥐고 자신의 얼굴을 때렸다.

퍽! 뼈가 울리는 소리가 나며 통증이 엄습했다. 문득 앞을 보니 자드니아 국왕이 뺨을 누르며 비명을 질렀다.

"이, 이, 이놈이! 갑자기 무슨 짓이냐!"

"진정해라. 잠깐 실험을 해 봤을 뿐이야. 역시 때리면 그 통증이 상대에게 가는 듯…… 아얏?!"

다우반 국왕은 오른팔에서 극심한 통증을 느꼈다. 앞을 보니 자드니아 국왕이 자신의 오른팔을 힘껏 꼬집고 있었다.

"네 말대로 통증이 전달되는 듯하군. 아니지. 이건 통증이 공유된다고 해야, 푸억?!"

자드니아 국왕의 오른뺨에 얻어맞은 듯한 강한 통증이 전해져 왔다. 다우반 국왕이 자신의 오른뺨의 따귀를 때린 것이다.

"뭘 하는 거냐!!"

"시끄럽다! 감히 그딴 짓을 해?!"

"네가 먼저 시작했잖나!"

멱살을 잡고 서로를 때리려고 했던 두 사람이었지만 주먹은 상대를 때리기 직전에 멈췄다. 잠시 뒤, 무슨 생각을 했는지 두 사람 모두 자신의 주먹으로 자신의 얼굴을 때렸다.

""커헉?!""

자신이 자신을 때린 통증과 상대에게서 전달된 통증. 그 두 가지가 합쳐진 통증이 두 사람을 덮쳤다.

두 사람은 해변에 쓰러졌지만 곧장 일어서더니 서로를 노려본 뒤, 다시 주먹을 쥐고 자신을 때렸다.

"이 녀석! 이거나 먹어라!"

"이 자식! 이거나 먹어라!"

자신이 자신에게 고통을 주는 참으로 기묘한 광경이 아침 햇

살에 반사되었다.

◇　◇　◇

"……토야. 저 사람들은 원숭이보다 머리가 나쁜 걸까?"

"잠깐만. 이건 나도 미처 예상하지 못한 일이야."

진심으로 어이없어하는 박사의 말을 듣고 나는 머리를 감싸 쥐었다.

서로 협력할 수밖에 없는 상황을 만들려고 두 사람을 쇠사슬로 연결해 두었는데, 상대를 상처 입히거나 그것도 모자라 죽여 버린다면 내가 한 일은 아무런 의미가 없어진다.

그래서 통증을 공유하는 '저주'를 걸었다. 상대를 상처 입히면 자신에게 되돌아온다. 상대를 죽이면 자신도 죽을지 모른다. 그렇게 생각하게 만들어 두면 신중하게 행동할 거라 생각했다.

설마 자신의 고통을 감내하며 공격을 할 줄이야.

"대체 저 두 사람은 왜 자신을 때리는 거지? 이 상황이라면 상대를 때려도 효과는 동일할 텐데."

박사의 말대로 저래선 자신을 때려도 아프고, 상대를 때려도 자신에게 통증이 되돌아오니 똑같이 아프다. 결국 똑같다면……. 아, 상대를 때리면 피할지도 모르니 그런 건가? 반대로 자신을 때리면 확실히 상대에게 대미지를 줄 수 있잖아.

의외로 생각을 하고 행동……하는 것처럼은 보이지 않았다…….

나는 모니터 안에서 자신을 계속 때리는 나이 지긋한 아저씨들을 보고 한숨을 한 번 내쉬었다.

"하아, 하아, 하아……."

"허억, 허억, 허억……."

온몸의 통증을 견디지 못하고 해변에 대자로 누운 두 사람은 이글거리기 시작하는 태양을 침침해진 눈으로 노려보았다.

누워 있는 중에 통증은 사라졌다. 사실 토야가 몰래 회복 마법을 걸어 주었는데 두 사람은 그런 사실을 전혀 몰랐다.

두 사람의 배에서 꼬르르르륵…… 하는 소리가 크게 울렸다. 두 사람은 꽤 오랫동안 아무것도 먹지 못했다. 이제 뭐라도 먹지 않으면 배고파서 굶어 죽는다.

두 사람 모두 천천히 몸을 움직여 자리에서 일어섰다.

"바다에서 물고기라도 잡을까……."

"숲에서 나무 열매라도 찾아볼까⋯⋯."

두 사람은 그렇게 중얼거리더니 상대를 노려보고는 흥! 이라고 하듯이 서로 고개를 다른 곳으로 돌렸다.

그리고 서로 등을 지고 다우반 국왕은 바다로, 자드니아 국왕은 숲으로 성큼성큼 나아가려고 하다 그 자리에서 철푸덕 넘어지고 말았다. 족쇄의 쇠사슬이 잘그락거리는 소리를 냈다.

"무슨 짓을 하는 거냐━━━━━!!"

"그건 내가 할 말이다━━━━━!!"

두 사람은 머리를 쿵! 하고 맞부딪치면서 서로에게 고함을 쳤다.

"네 이놈. 그렇게 날 방해하고 싶으냐⋯⋯!"

"네놈이야말로! 바다의 물고기를 그렇게 쉽사리 잡을 수 있을 줄 아냐?!"

"흥. 이러니 1년 내내 강이 얼어붙은 나라에서 사는 녀석은 안 되는 거야. 난 오아시스나 강에서 어렸을 적부터 작살로 물고기를 많이 잡아 봤다. 내 실력이라면 물고기 한두 마리 정도는⋯⋯."

"작살이라고? 그럼 그 작살은 어디에 있냐?!"

큭! 다우반 국왕이 자드니아 국왕의 반박을 듣고 말을 잇지 못했다. 주변을 아무리 찾아봐도 작살은 떨어져 있지 않았다.

"작살도 낚싯대도 낚싯바늘도 없이 어떻게 물고기를 잡을 셈이지? 손으로? 넌 헤엄치면서 손으로 물고기를 잡을 수 있나?!"

"크으윽……!"

제아무리 다우반 국왕이라도 손으로 물고기를 잡은 적은 없었다. 자드니아 국왕의 말대로 도구가 없어선 물고기를 잡을 수가 없는 것이다. 상대의 주장은 옳았다.

분해서 인상을 찌푸리는 다우반 국왕. 자드니아 국왕은 그 모습을 보고 더욱 다우반 국왕을 몰아붙이려 했다.

"설사 물고기를 잡을 수 있다 해도 어떻게 먹을 셈인가? 그대로 물어뜯을 건가? 불을 피우는 일도 쉽지가 않아. 품과 시간을 생각하면 나무 열매나 과일, 자연에서 구할 수 있는 들풀을 찾는 게 훨씬 낫지 않나. 이러니 1년 내내 무더위가 계속돼 머리가 익은 놈들은……."

"크으으으윽……! 숲에 들어간다고 음식을 찾을 수 있다는 보장은 있나?! 무엇보다 뭘 먹을 수 있고 뭘 먹을 수 없는지 네가 구별이나 할 줄 아나?!"

크윽. 이번에는 자드니아 국왕의 말문이 막혔다. 왕가에서 태어난 자드니아 국왕이 취식이 가능한 음식인지 아닌지 구별할 수 있을 리가 없었다. 요리사가 조리한 음식만 먹은 탓에 소재가 원래 어떤 형태인지조차도 모르는 게 많았다. 과일 정도라면 그나마 알고 있긴 하지만.

그런데 그건 다우반 국왕도 마찬가지였다. 사실 다우반 국왕도 거의 몰랐다. 둘 다 세상 물정을 모르는 임금님이었다.

"잘 알지도 못하면서 숲에 들어가잔 말이 잘도 나오는군. 자 칫하면 독초를 먹었을지도 모르잖나. 네가 죽는 건 상관없다 만 애송이의 마법 탓에 나까지 길동무가 되는 것만큼은 싫다."

"나무 열매나 과일 정도라면 어느 정도는 구별할 줄 안다! 가 보지 않으면 모르는 거잖나! 아니면 여기서 굶어 죽을 생각인 가?!"

"뭣이라. 이놈이……!"

꼬르르르르르륵……….

반박하려던 다우반 국왕의 귀에 자신과 상대의 배에서 나는 두 명분의 꼬르륵 소리가 들려왔다.

입을 다문 두 사람은 흥! 하고 서로 고개를 반대로 돌리면서 발걸음을 맞춰 숲속으로 들어갔다.

"틀림없다. 이건 파시모의 열매야."

"파시모의 열매가 맞군. 아렌트산 파시모의 열매를 먹은 적 이 있어."

숲속을 걷던 두 사람은 겨우 발견한 열매를 올려다보았다. 커다란 나뭇가지에 붉은 열매가 열려 있었다. 파시모는 비교 적 쉽게 발견할 수 있는 열매였다. 물론 흑서의 땅인 다우반과 혹한의 땅인 자드니아에서는 자라지 않는 열매다.

그 파시모의 열매가 먹음직스럽게 열려 있었다. 하지만 따려고 해도 높은 곳에 열려 있어 손이 닿지 않았다.

"돌을 던질까?"

"바보 같은 소릴. 저렇게 작은 열매를 맞힐 수 있겠나?! 맞힐 수 있다 해도 떨어질지 어떨지는 알 수 없는 일 아닌가."

"그렇다면……."

두 사람은 올라가기 쉬워 보이는 굵은 나무를 본 다음 쇠사슬로 연결된 자신들의 다리를 내려다보았다.

보통은 어린애도 조금만 노력하면 올라갈 법한 나무였다. 하지만 둘이서 동시에 올라가려면 난이도가 훌쩍 올라간다.

"해 볼 수밖에 없잖나."

"그래."

꼬르르르르륵……. 배가 격렬하게 아우성치는 소리를 들으며 두 사람은 파시모 나무로 다가갔다. 두 사람이 협력하려는 시도는 의외로 이게 처음이었지만 본인들은 그 사실을 눈치채지 못한 듯했다.

줄기의 움푹 들어간 부분에 단단히 발을 걸고 손을 뻗으며 나무를 올랐다. 쇠사슬은 어떻게 된 건지 무게가 느껴지지 않아 방해되지 않았다. '무게'는.

"우엇?!"

"허억?!"

발이 미끄러진 다우반 국왕이 나무에서 떨어졌다. 당연히 쇠사슬로 연결된 자드니아 국왕도 말려들어 같이 떨어졌다. 자신과 상대의 낙하 대미지가 합쳐진 두 배의 대미지가 두 사람을 덮쳤다.

　"조심해라! 발밑도 확인 안 하나?!"

　"시끄러워! 나도 안다!!"

　서로 불만을 터뜨리면서도 두 사람은 곧장 나무줄기에 매달렸다.

　"거기다. 거기에 발을 걸어라."

　"이쪽으로 조금 돌아라. 그쪽은 위험해!"

　두 사람은 서로 그런 말을 걸면서 조금씩 나무를 올랐다. 그리고 드디어 파시모 열매가 열린 나뭇가지에 도달했다.

　두 사람의 무게로 인해 가지가 휘어 삐걱삐걱하는 소리가 났다. 어른 두 사람이 올라가 있는 거니 당연한 일이었다.

　"이봐, 일단 멈춰. 신중하게 올라라!"

　"나도 알아. 중얼중얼 말이 많네……."

　다우반 국왕이 파시모 열매에 손을 뻗으려 했던 그 순간, 나뭇가지가 우지직하는 소리를 내며 부러져 두 사람은 그대로 나무에서 떨어지고 말았다.

　2층 정도의 높이에서 떨어진 통증으로 몸부림치는 두 사람. 하지만 두 사람의 눈앞에는 부러진 나뭇가지와 거기에 달린 파시모 열매 네 개가 있었다.

두 사람은 양손에 하나씩 열매를 들고 옷에 문질러 먼지를 닦은 다음 곧장 껍질째로 깨물어 먹었다. 아삭거리는 식감이 느껴진 뒤, 싱그럽고 달콤한 열매의 맛이 두 사람의 혀를 적셨다.

"맛있군……."

"그렇군……."

그 뒤로는 아무 말도 하지 않고 파시모 열매를 먹는 데 열중했다. 그렇게 두 사람 모두 두 개의 파시모 열매를 순식간에 먹어 치웠다.

배가 고파서 그런지 굉장히 맛있게 느껴졌기 때문이다.

위를 올려다보니 아직도 맛있어 보이는 열매가 많이 열려 있었다.

"이걸로는 모자라."

"그러네."

두 사람은 자리에서 일어나 파시모 나무로 다시 발걸음을 옮겼다.

"역시 먹는 일엔 협력했네."

"안 그러면 일부러 저곳에 파시모 나무를 옮겨 심어 둔 의미가 없지. 나중에 나뭇가지도 회복시켜 줘야겠네."

모니터를 통해 악전고투하는 두 사람을 보면서 나와 박사가 한숨을 내쉬었다. 여기까지 오는 데 참 오래 걸렸어. 좀 더 상황을 잘 파악해 줬으면 좋았을 텐데.

나는 바빌론의 '연구소', 제2 랩의 책상에 있는 '그것'을 보면서 머리를 긁었다.

책상 위에는 세로 30센티미터, 가로 40센티미터 정도의 작은 상자가 있었고, 그 안에는 섬의 미니어처가 들어가 있었다. 미니어처라기보다는 디오라마이지만.

사실은 이게 두 사람이 있는 섬이다. 시공 마법과 결계 마법을 조합해 현실적인 가짜 세계를 만들었다.

'창고'에 이와 비슷한 마도구가 있는데, 나도 모두와 함께 아 티 팩 트
그 안에 갇힌 적이 있다. 그때는 정말 고생했었다…….

물론 안전성은 확인했고, 위험한 물건은 넣어 두지 않았다.

아무런 방해를 받지 않는 곳에서 사이가 좋아졌으면 좋겠는데, 과연 어떻게 될까.

"왕자들은 어때?"

"문제없어. 착실히 진행되는 중이야. 원래 국왕과 일부 오래된 가문의 귀족들 외에는 전쟁을 원하지 않았거든. 그래서 국민의 지지는 왕자들에게 기울어 있어."

현재 다우반과 자드니아는 국왕이 행방불명이 된 것으로 처리되어 아킴 왕자와 프로스트 왕자가 각각 국왕 대행을 맡고

있었다.

　어디까지나 행방불명으로 처리했을 뿐, 국민에게는 병에 걸렸다고 공포해 뒀지만. 물론 왕자 두 사람에게는 사정을 설명했다. 부모님을 인질로 잡는 짓이나 마찬가지라 아무래도 반대하지 않을까 생각했는데, 의외로 두 사람은 순순히 받아들여 주었다.

　입회자였던 아렌트의 성왕은 부모임에도 국민에게 보탬이 되지 않는 국왕이라 제거했다는 이야기는 흔하다고 말을 했었지만, 그것도 좀 무서운 이야기다.

　혹여 국왕이 변을 당해도 아무런 문제가 없다고 판단했던 건지도 모르지만…… 아니지. 이건 나를 믿어 줬다고 생각하기로 하자. 응, 그게 더 건설적이야.

　두 왕자는 곧바로 옆 나라와 평화 교섭을 위한 자리를 마련했고, 그 자리에서 휴전을 자청했다. 전쟁 준비를 하던 오래된 가문의 귀족들이 비난의 목소리를 높였지만 왕자들은 그 귀족의 약점을 쥐고 있어 그들을 금세 제압할 수 있었다.

　왕자들은 꽤 오래전부터 개인적으로 조사를 진행했던 모양으로, 오래된 가문의 귀족들은 전쟁을 위한 무기나 방어구를 몰래 가로채고 식량을 횡령하는 등, 전쟁을 통해 그들의 주머니도 두둑해지는 짓을 하고 있었다고 한다. 오래된 가문의 귀족도 단지 옆 나라가 미워서 전쟁을 하려던 게 아니란 사실이 드러난 셈이다.

옆 나라가 밉다는 이유로 싸운 사람은 두 임금님들밖에 없었던 셈이다.

벌거벗은 임금님은 참 허무한 존재야⋯⋯. 나도 조심하자.

"꾸울~!"

""우어어어어어어어어어어!!""

커다란 뿔 세 개가 달린 멧돼지가 쫓아오자 발이 쇠사슬로 연결된 수염투성이 두 남자가 온 힘을 다해 숲 바깥으로 달렸다. 미리 달리기 편한 길을 만들어 둔 덕에 두 사람은 멧돼지에게 따라잡히기 전에 '그 장소'에 도착할 수 있었다. 노린 대로다.

"타이밍 잘 맞춰!"

"걱정하지 마라! 하나, 둘, 셋!"

자드니아 국왕의 말과 동시에 두 사람 모두 크게 점프하여 '그곳'을 뛰어넘었다. 두 사람의 뒤를 쫓아오던 멧돼지가 '그곳'에 발을 내디딘 순간, 몸이 거꾸로 뒤집히며 땅속으로 떨어졌다.

〈꾸울~!〉

""해냈다!""

뒤를 돌아 함정에 빠진 멧돼지를 보고 환성을 지르는 두 사람. 다가가 보니 2미터 정도인 구멍 아래로 떨어진 멧돼지가 미리 설치해 둔 날카로운 말뚝에 관통되어 있었다.

두 사람은 나무 덩굴로 밧줄을 만들어 멧돼지의 다리에 묶고 멧돼지를 구멍 위로 끌어 올렸다. 무게가 상당해서 고생했지만 그만큼 고기를 많이 먹을 수 있다는 생각에 두 사람은 불평 한마디 없이 묵묵히 작업을 이어갔다.

이 섬에 끌려온 지 2주. 동물 사냥도 아주 익숙해졌다. 날카로운 돌이 많이 떨어진 장소를 발견한 덕분에 튼튼한 가지를 엮어 창을 만들기도 하고, 돌을 화살촉으로 연마해 화살을 만들기도 했다.

나무를 비벼서 고생고생해 불을 피웠고 음식을 익히기 위한 가마도 만들었다.

국왕 두 사람은 힘을 합치면 어떻게든 되는 법이라며 단순하게 생각했다. 몰래 흑요석 파편을 준비하고, 적당한 타이밍에 마법으로 슬쩍 불을 붙여 준 숨은 공로자인 공왕의 존재는 눈치채지 못했다. 참 무사태평하다니까.

거대한 거북과 뱀에게 쫓기고, 파란 용에게 습격당하는 등, 두 국왕으로서는 죽을 고비를 몇 번이나 넘겼으니 그런 일들에도 어느덧 익숙해진 것인지도 모른다.

해변의 본거지까지 멧돼지를 질질 끌고 돌아간 두 사람은 흑요석 나이프로 멧돼지를 부위별로 자른 다음 뼈째로 가마에 넣어 구웠다.

두 사람은 알 리가 없지만 이 멧돼지는 트라이보어라고 하는데 육질이 부드러워 그대로 먹어도 맛있는 마수다. 게다가 기사 왕국 레스티아의 남부 지역에만 서식하는 귀중한 멧돼지였다.

당연히 누군가가 전이 마법을 사용해 이곳으로 데려다 놓은 것이다.

"오후는 어떻게 하지?"

"물고기를 잡세. 돌창이 있으니 잡을 수 있을 거야."

"그러고 보니 네가 잘 잡는다고 했지?"

"맡겨둬. 큰놈을 잡아 줄 테니."

뼈에 붙은 고기를 씹으며 두 사람이 웃었다. 불과 2주 전에는 생각하기 힘들었던 광경이 펼쳐졌다.

덥수룩하게 수염을 기르고 너덜너덜한 옷을 걸친 두 사람의 모습은 도저히 한 나라의 국왕이라고는 생각하기 힘들었다. 아무리 봐도 배가 난파해 떠밀려 온 표류자다. 하지만 이전보다 차가운 인상이 사라졌고, 자연히 웃을 줄 알게 되었다.

이 섬의 가혹한 환경(토야가 도와주고 있어 실제로는 그렇게까지 가혹하지는 않지만)에서 살아가는 일이 얼마나 굉장한 것인지 실감했기 때문일까.

두 사람이 창을 들고 맑은 앞바다로 발걸음을 돌린 그때 해변에 낯익은 사람이 나타났다. 파라솔 아래의 비치체어에 편하게 누워 트로피칼 드링크를 마시는 소년.

어떻게 잊을 수 있을까. 자신들 두 사람을 이 섬으로 납치해 온 바로 그 사람이었다.

순식간에 분노가 차오른 두 사람은 호흡이 척척 맞는 이인삼 각으로 해변을 박차며 소년 왕을 향해 달렸다.

""우어어어어어어어어어! 이노, 우아악?!"

우지직하는 소리와 함께 두 사람은 또 함정에 걸려 모래 아래로 떨어졌다. 조금 전 멧돼지처럼.

〈똑같은 수에 또 걸리다니……. 학습 능력이 없는 건가……?〉

"코하쿠, 너무 그러지 마. 저래 봬도 많이 변한 거니까."

〈그런가요……?〉

비치 샌들을 신고 알로하 셔츠를 입은 토야가 선글라스를 벗고 천천히 구멍 아래에서 발버둥 치는 두 사람에게 걸어갔다.

"여어, 오랜만이야."

"네 이놈! 감히 우리를 이런 곳에다!!"

"내려와라! 흠씬 때려 주마!"

아래로 떨어졌을 때의 이상한 자세를 그대로 유지한 채, 고개를 내민 젊은 공왕에게 욕을 퍼붓는 두 사람. 이런 상황인데 저런 소리를 할 수 있다니 참. 토야는 너무 황당한 나머지 오히려 감탄이 나올 정도였다.

"워워, 진정하세요. 오늘은 두 분에게 재미있는 걸 보여 드리려고 왔어요."

"재미있는 것?"

갑자기 함정 위에 어딘가의 광경을 비춘 영상이 나타났다. 전쟁터였다. 양측으로 나뉜 군대가 어지러이 뒤섞여 싸우는 중이었다. 한쪽은 빨간 가죽 갑옷을 입었고, 한쪽은 파란 비늘 갑옷을 입었다. 다우반 국왕군과 자드니아 국왕군이었다.

"이건……!"

"어떻게 된 거냐! 왜 전쟁을 하고 있지?!"

자신들의 나라가 옆 나라와 싸우고 있었다. 지금까지 그 모습을 객관적으로 본 적이 없었던 두 사람은 그 처참한 광경을 보고 할 말을 잃었다.

창에 찔려 몸이 꿰뚫리는 병사들. 가족을 잃고 무덤 앞에서 눈물을 흘리는 가족. 굶주려 고통스러워하는 아이들. 병으로 쓰러져 죽기만을 기다리는 여자들.

전쟁 중간중간에 그런 영상이 포함되어 있어 두 나라의 왕은 말을 잇지 못했다.

전쟁터에 있으면서도 명령만 할 뿐 아무것도 보려고 하지 않았던 두 사람. 하지만 지금 그들의 눈앞에는 현실이 있었다.

장면이 전환되어 청년 두 명이 서로 칼날을 부딪치는 영상이 흘렀다. 갑옷을 입고는 있었지만 두 사람은 단번에 그들이 누구인지 알아챘다.

"아킴!"

"프로스트!"

두 사람의 아들들이 검을 들고 서로 죽이기 위해 싸웠다. 두 사람의 실력은 백중세인 듯 서로 결정타가 될 만한 약점을 찾고 있는 듯했다.

"왜 우리 아들이 전쟁터에 있지?!"

"아무래도 둘 다 상대의 나라가 아버지를 납치했다고 생각하는 모양이에요. 와아, 사랑받고 계시군요!"

"네 이놈……! 넌 악마인가?!"

"부끄러운 줄 알아라!"

두 나라의 왕은 웃음을 짓는 소년왕에게 분노의 화살을 돌렸다.

"저 두 사람은 서로가 미워서 싸우는 겁니다. 여러분과 똑같은 이유 아닌가요?"

"아니다! 저 둘은 착각을 하고 있을 뿐이다! 정말로 나쁜 놈은 네가 아니냐!"

"새삼스럽게 무슨 말씀을. 지금까지 상대를 멸망시키라고 계속 명령을 내렸던 사람이 누구였죠? 잘됐네요. 이것으로 결판이 날지도 모르니까요. 안 그런가요?"

왕자 두 사람이 서로를 바라보며 검을 겨눴다.

그리고 상대를 향해 달려가더니, 스쳐 지나가면서 검을 휘둘렀다.

검은 서로 부딪치지 않고 각각 상대의 배를 갈랐고, 베인 배에서는 엄청나게 많은 피가 흘렀다.

왕자 두 사람은 모두 무릎을 꿇고 그 자리에 쓰러졌다. 두 사람의 피가 땅에 퍼져나가 대지가 선혈로 물들었다.

"이럴 수가…… 아킴……!"

"프로스트……! 왜 이런 일이!"

"무승부인가. 결판이 안 난 모양이군요."

토야가 시치미를 떼며 그렇게 말하자, 두 왕은 토야를 증오에 불타는 눈으로 바라보았다.

"네 이놈!! 이게 다 네놈 탓이 아니냐! 아들을 돌려내라!"

"죽여주마! 왜 우리 아들이 죽어야 한단 말이냐!"

"네에~? 제가 여기로 데리고 온 덕분에 두 분은 죽지 않을 수 있었잖아요? 오히려 고마워했으면 좋겠는데요?"

"무슨 소릴……!"

반박을 하려는 두 사람에게 소년 왕이 살기를 내뿜었다. 지금까지 이 섬에서 맛보았던 그 어떤 죽음의 기척보다도 무시무시한 기척. 입안은 바짝 메말랐고, 몸은 뱀이 노려보아 꼼짝도 못하는 개구리처럼 전혀 움직일 생각을 하지 않았다.

"무책임한 소리 하지 마. 당신들이 시작한 전쟁이잖아? 언젠가 자신도 이렇게 될지 모른다는 생각은 안 해 봤나 보지? 임금님이니까 죽을 리 없다고 생각했어? 당신들, 이 섬에 와서 몇 번이나 죽을 뻔했지? 사람은 의외로 쉽게 죽어."

배고파 고통스러워하는 다우반과 자드니아 사람들이 영상에 비쳤다. 그다음으로 영상에 등장한 사람은 호화로운 식사를 하고 먹을 것을 남긴 국왕 두 명이었다.

피로에 절어 터덜터덜 집으로 돌아가는 병사들과 옆 나라를 욕하며 울분에 가득 찬 두 나라의 왕이 연이어서 화면에 비쳤다.

이렇게 대조적인 모습을 보고서야 두 나라의 왕은 자신들이 얼마나 어리석은 짓을 계속했는지 이해했다.

"전부 우리 탓인가⋯⋯?"

"어째서⋯⋯ 더 일찍⋯⋯. 프로스트⋯⋯."

힘없이 쓰러지며 망연자실한 표정을 짓는 두 나라의 왕. 오열과 함께 눈물을 흘리며 후회의 말을 쏟아냈다.

하찮은 고집 탓에 소중한 아들을 잃었다는 슬픔, 그리고 상실감. 국민을 이기적인 전쟁에 말려들게 하여 고통스럽게 만들었다는 죄책감.

밀물처럼 밀려온 여러 감정은 두 사람의 마음을 너무나도 고통스럽게 했다.

그리고 두 사람은 거기서 갑자기 의식을 잃었다.

"반성했을까?"

〈아마도 했을 겁니다.〉

옆에 있는 코하쿠에게 말을 걸며 나는 두 사람에게 살짝 【슬
리프 클라우드】를 걸었다.

그러자 간단히 의식을 잃고 순식간에 잠이 든 두 사람.

"이렇듯, 둘 다 굉장히 후회한 것 같긴 한데요."

손가락을 퉁겨 【인비저블】을 해제하자 함정 앞에 청년 두 명
이 나타났다. 다우반의 왕자인 아킴과 자드니아의 왕자인 프
로스트였다.

"왜 그런 연기를 하게 했는지 의아했는데 이걸 위해서였나
요……."

"아버지가 우시다니……."

뭐라 형용하기 어려운 표정으로 구멍 속에서 잠들어 있는 아
버지의 모습을 내려다보는 두 사람.

조금 전까지 재생한 영상은 전부 가짜였다. 두 사람에게 출
연을 부탁해 서로를 죽이는 모습을 찍었다. 배에다 피가 들어
간 봉투를 감춰 두고. 다른 영상은 마을 사람들의 기억을 읽어
만들었다.

"조금 강압적이긴 했지만 나름대로 상대를 이해할 수 있지
않았을까요? 이래도 전쟁을 계속하겠다면 더는 손쓸 도리가
없네요. 냉정한 말인지도 모르지만 양쪽 모두 망하든 말든 참
견할 필요 없다고 생각해요. 이후의 판단은 맡기겠습니다."

"절대 그렇게 두지는 않겠습니다. 다우반은 이제 다시는 어

리석은 실수를 반복하지 않을 겁니다."

"저희도 마찬가지입니다. 만약 이래도 안 된다면 아버지를 퇴위시키고 유폐하여 자드니아를 평화롭게 만들 겁니다."

두 사람은 결의에 찬 눈빛으로 나를 보며 말했다. 이 두 사람이라면 걱정할 일 없겠지. 사이좋게 지내지 않으면 아렌트의 공주님들과의 인연도 이어갈 수 없고 말이야.

"그럼, 마무리를 해 볼까요."

눈물과 콧물, 침을 흘리면서 슬픈 표정으로 쿨쿨 잠을 자는 국왕 두 사람을 내려다보며 나는 팔을 걷어붙였다.

"음……?"

다우반 국왕이 눈을 떠 보니 그곳은 침대 위였다. 평소와 마찬가지로 부드러운 오리털 이불을 덮고 자다가 작은 새의 지저귐을 듣고 눈을 떴다.

평소와 마찬가지로……? 응? 평소에는 해변의 모래 침대에서 망토를 덮었고, 파도 소리를 들으며 눈을 떴을 텐데?

정신이 점점 맑아진 다우반 국왕은 오리털 이불을 차내며 벌떡 일어났다.

"여, 여기는⋯⋯. 내 방⋯⋯인가?"

의문형의 말이 나왔다. 이곳은 틀림없이 다우반 왕성에 있는 자신의 방이었다. 하지만 왜 자신이 이곳으로 돌아왔는지 알 수 없어 다우반 국왕은 두리번거리며 주변을 돌아보았다.

"그건 꿈이었나⋯⋯?"

혼잣말하던 다우반 국왕이 침대 옆 사이드테이블에 놓인 어떤 물건을 발견했다.

"이건⋯⋯!"

다우반 국왕은 잘각거리는 그 물건을 집어 들었다. 풀린 족쇄와 절반으로 잘린 쇠사슬이었다. 틀림없이 자신의 오른 다리에 채워져 있던 물건이었다.

나이트가운을 걷어 올려 보니 오른쪽 발목에 햇볕에 탄 흔적이 진하게 남아 있었다. 역시 그 섬에서 보낸 나날은 꿈이 아니었다. 그렇다면⋯⋯.

"아킴⋯⋯!"

다우반 국왕이 아들의 이름을 부르더니 주저앉으며 눈물을 흘렸다.

그런데 그때 죽었었던 아들이 태연하게 문을 열고 나타났다. 그 모습을 본 다우반 국왕은 눈을 휘둥그렇게 뜨며 놀랐다.

"아버지, 눈을 뜨셨습니까."

"아킴⋯⋯? 아, 아, 아, 아킴! 사, 사, 살아 있었느냐?!"

"왜 그러시는지요. 아닌 밤중에 홍두깨처럼⋯⋯. 마치 제가 살아 있으면 안 된다는 말씀처럼 들립니다."

"아, 아니다! 그런 게 아니야! 살아 있어 정말 다행이다! 다행이야…… 정말로 다행이야……!"

아들에게 매달려 또다시 눈물을 흘리는 다우반 국왕. 그런 국왕을 부드럽게 부축하며 아킴 왕자는 국왕이 행방불명되었던 2주간 나라에 무슨 일이 있었는지를 설명했다. 왕자는 어디까지나 국왕 부재중에 대리를 맡았을 뿐이다. 국왕이 돌아온 이상 모든 권한은 원래대로 돌아간다.

"아버지가 계시지 않는 동안 자드니아에게 공격을 받아선 안 된다고 생각해 일시 휴전을 했는데 어떻게 하시겠습니까. 귀족들 중에는 아버지가 돌아오셨으니 전투를 다시 시작해야 한다고 주장하는 자들도 있습니다만……."

아킴 왕자가 국왕의 반응을 살피며 물었다. 그 말을 듣고 다우반 국왕은 잠시 아무 말 없이 생각하더니 천천히 고개를 들고 아들에게 말했다.

"그래………. 일단은 교섭 장소에 가 보마."

"……알겠습니다. 그럼 모두에게는 그렇게 전하겠습니다."

왕자의 말을 듣고 고개를 끄덕인 다우반 국왕은 무척 대담한 미소를 지었다.

며칠 후.

다우반 왕국과 자드니아 왕국의 경계에 있는 레자리아 평원
은 비교적 기후의 변화가 적은 땅이었다. 그렇기는 해도 상대
편 나라가 있는 방향으로 몇 킬로미터 정도 들어가면 혹서와
혹한의 여파가 덮쳐 오는 그런 땅이기도 했다.

그곳에 설치된 한 진영에 다우반, 자드니아, 양국의 주인이
었던 자들이 모였다. 그 진영에는 아킴 왕자와 프로스트 왕자
도 있었다.

이윽고 양 진영의 막사에서 두 나라의 국왕이 나타났다. 두
나라의 국왕은 아무 말 없이 정면 테이블 앞에 마련된 의자에
앉았다.

두 사람은 잠시 서로를 노려보았다. 그러다가 먼저 다우반
국왕이 입을 열었다.

"흥. 끈질기게 살아남았군. 이 빙하 자식."

"그쪽이야말로 그 건방진 입은 죽기까지 낫지 않을 듯하군.
사막 바보."

두 나라의 국왕이 서로 상대를 욕하자 양 진영의 분위기가
험악해졌다.

벌떡, 벌떡. 두 나라의 국왕이 의자에서 일어서더니 테이블
옆으로 이동해 서로를 계속 노려보았다.

일촉즉발의 상황이란 바로 이걸 두고 하는 말이다……. 주

변 사람들이 그런 생각을 떠올린 순간, 국왕 두 명의 분위기가 변했다.

"큭……… 풉…….."

"큭큭큭……."

뭔가를 참는 듯한 목소리가 새어 나오자 주변의 중신들은 고개를 갸웃했다.

"카하하! 살아 있었구나, 이 자식!"

"카카카! 너야말로! 죽지 않고 살아남았구나!"

두 사람은 진심으로 우습다는 듯이 큰소리로 웃기 시작했다. 갑작스러운 반전과 믿을 수 없는 광경을 보고 입을 떡 벌린 채 아무 말도 하지 못하는 주변의 가신들.

"그 이후로 몇 번이나 그 섬 꿈을 꾸었네! 정말 지옥이었어!"

"나도다! 우리 둘 다 살아남은 게 기적이야!"

서로의 몸을 툭툭 치며 대화를 나누는 두 사람은 어딜 어떻게 봐도 오래도록 친하게 지낸 친구 사이였다. 두 사람이 정말 예전에는 견원지간이라 불린 그 사람들이 맞냐는 듯이 주변 사람들은 서로 얼굴을 마주 보았다. 자신들이 보는 광경을 믿을 수 없었던 것이다.

"내가 여기에 온 이유는 하나 보고할 게 있어서네."

"나도네. 하하, 너도 그랬나."

두 사람은 히죽 웃더니 진영에 줄지어 있는 가신들에게 그 악몽에서 깨어난 뒤로 지금까지 계속 생각해 왔던 바를 말해 주었다.

　"짐은 아들인 아킴에게 양위하겠네. 이 교섭은 새로운 국왕인 아킴, 네가 맡거라."

　"짐도 역시 프로스트에게 양위하겠네. 네가 이 자드니아의 미래를 결정하거라."

　국왕 두 사람이 모두 퇴위를 선언했다. 그곳에는 이제 국왕이 아니지만 일찍이 국왕이었던 두 남자가 환한 표정을 짓고 있었다.

　"그래서 어떻게 됐나요?"

　"다우반은 아킴 왕자가, 자드니아는 프로스트 왕자가 왕위를 이어받아 국왕이 됐어. 두 나라는 서로 손을 잡고 앞으로는 우호국으로서 교류를 시작한다나 봐."

　유미나에게 그렇게 대답하면서 나는 푹 쉬고 싶다는 듯이 의자 등받이에 몸을 기댔다.

　겨우 일단락됐네. 조금 더 빨리 마무리되지 않을까 했는데, 사람은 나이를 먹으면 좀처럼 솔직해지지 못하니까.

　두 나라는 사이가 좋아졌지만 선왕 두 사람은 나를 원망하고 있는 듯했다. '브륀힐드와는 교류하지 마라!' 라는 말까지 하지는 않은 듯하니, 개인적인 원망과 공적인 적대감은 잘 구별하고 있는 모양이었다.

"아렌트의 공주님들은 어떻게 됐나요?"

"응, 그쪽도 순조로워. 조만간 다우반 국왕 아킴과 성왕국 아렌트의 레티시아 공주, 자드니아 국왕 프로스트와 아리아티 공주의 약혼이 발표될 거야."

"어머나! 정말 잘됐어요!"

루가 서류를 보다가 고개를 들며 자기 일처럼 기뻐했다.

하지만 나는 루처럼 순순히 기뻐할 수 없었다. 축하할 일이고 경사스러운 일이긴 하지만, 전부 그 공주님들의 할아버지인 성왕의 의도대로 되었으니까. 그 사람의 손바닥 안에서 놀아난 느낌이다.

약혼 축하는 아니지만, 난 불꽃의 정령과 얼음의 정령에게 명령해 그 두 나라의 저주라고도 할 수 있는 기후 변화를 원래대로 돌려놓게 했다. 이것으로 몇십 년에 걸쳐 천천히 그 두 나라는 살기 좋은 기후로 변할 것이다.

힐다가 키득 하고 웃으면서 들고 있던 펜을 내려놓았다.

"근심거리가 하나 줄어서 다행이에요. 겨우 세계가 안정을 되찾았는데 전쟁이 벌어져선 역시 마음이 아프니까요."

"그건 그래. 그렇긴 해도 아직 해야 할 일이 많이 있긴 하지만……."

여전히 찢어져 있는 결계나 거수 문제, 변이종에게 파괴된 마을과 도시의 복구, 그리고 지금은 눈앞의 잔뜩 놓여 있는 서류 뭉치…….

나는 그중의 한 장을 꺼내 내용을 읽었다.

"이 다레윈 백작은 어디의 누구야?"

"그 사람은 제 하객이에요. 레굴루스 제국의 백작이거든요. 어~. 제 증조할아버지의 여동생이 시집간 가문이에요."

"집안끼리는 교류해?"

"지금은 그다지요. 하지만 황실의 혈통은 이어받았으니 순위가 낮긴 해도 황위 계승권은 있어요."

"그렇다면 이쪽인가……."

다레윈 백작이라고 적힌 종이를 랭크 분류 상자 안에 넣었다. 이건 결혼식 자리의 순서를 정할 때 참고하기 위해 일정한 기준에 따라 하객을 분류하는 작업이었다.

내 약혼자 중 세 명이 한 나라의 공주님이다. 당연하지만 친척과 중신 등, 초대해야 할 사람이 많다. 지금은 유미나, 루, 힐다, 이 공주님 세 명이 그 확인 작업을 하는 중이다.

따지자면 스우와 사쿠라도 공주님이지만, 스우는 유미나와 같은 일족이고 사쿠라는 마왕의 서자라 크게 신경 쓰지 않아도 된다.

나로서는 순위를 정하고 싶지 않지만, 명목상 유미나가 제1 왕비, 루가 제2 왕비, 힐다가 제3 왕비라는 듯하다.

제4 왕비가 스우, 제5 왕비가 린, 제6 왕비가 사쿠라이고, 린제, 에르제, 야에가 7, 8, 9 왕비가 된다.

린제, 에르제, 야에의 순위는 내가 고백한 순서라는 모양이다. 모양이라고 말하는 이유는 스우 이후의 순위는 약혼자들끼리 마음대로 결정한 일이기 때문이다.

어디까지나 서류상, 명목상 그렇다는 것일 뿐, 나를 포함한 모두가 약혼자 아홉 명은 평등하다고 생각하고 있다.

체면이란 참 골치 아픈 일이다……. 그 탓에 초대객 선별도 신경을 써야 하고.

그런데 이런 왕후 귀족들 사이에 내던져지게 되는 거니, 야에의 가족이나 에르제랑 린제의 숙부님 가족은 굉장히 불편하지 않을까? 맞다. 에르제네 숙부님은 귀족 공포증이 있었을 텐데? 쓰러지는 거 아냐?

"어디 보자, 이 파우론 후작은……."

"아, 우리 레스티아의 재무장관이에요. 아버지 대부터 측근인 사람으로……."

"그럼 이쪽이겠네."

내가 힐다의 말을 듣고 조금 전과는 다른 상자에 서류를 넣으려고 한 그 순간, 갑자기 바로 옆에서 카렌 누나가 나타났다.

"토야!"

"으악!!"

여전히 신출귀몰한 이 사람은 이제 약혼자들 앞에서는 숨길 생각도 없는지 태연하게 전이해서 나타났다. 간 떨어지니 바로 근처에 전이해서 나타나지 마!!

"카렌 누나! 갑자기 나타나지 말라고 몇 번이나 말했잖아요⋯⋯!"

"지금 그게 문제가 아냐! 잠깐 이리 와!"

카렌 누나가 앉아 있는 내 팔을 붙잡고는 억지로 일어서게 했다. 어? 대체 뭔데 그러지? 또 성가신 일인가?

"악. 자자, 잠깐만요. 어디로 데려가려고요?"

"신계야! 유미나. 잠깐 토야 좀 빌릴게! 지금부터 가족 결정 회의를 해야 하거든!"

"네? 아⋯⋯ 알겠습니다. 조심해서 다녀오세요⋯⋯."

카렌 누나의 박력에 밀린 유미나가 몸을 움츠리며 작게 고개를 끄덕였다.

뭐어?! 가족 '결정' 회의?! 그게 뭐야?! 난 뭐가 뭔지 잘 이해하지도 못한 채, 카렌 누나에게 신계로 납치당했다.

오마이갓!

"어? 여긴 어디예요?"

카렌 누나에게 이끌려 온 장소는 평소에 세계신님이 있는 방 (그곳을 방이라고 하긴 좀 그렇지만)이 아니었다.

새하얀 대리석 같은 바닥과 좌우에 죽 늘어서 있는 희고 큰 기둥. 바깥은 세계신님의 방과 마찬가지로 끝없이 펼쳐진 구름바다.

정면에는 계단이 뻗어 있었고, 그 위에는 커다란 신전 같은 건물이 서 있었다.

올려다본 하늘에는 구름 한 점…… 아니지, 구름은 아래에 있었어. 구름은 없었지만 선명한 무지개가 하늘에 동그란 원을 그리고 있었다. 그리고 그 중심은 새파란 하늘로, 보고 있으면 빨려 들어갈 것만 같았다.

"이쪽이야."

카렌 누나가 내 손을 잡아당기며 걸었다.

"자, 잠깐만요. 저건 뭐죠?"

"판테온이야. 신들이 사용하는 공공장소……. 다시 말해 모임 장소 같은 곳이지. 만든 신은 창조신님. 여기에 있는 사람들은 모두 신이나 그 권속이야."

판테온? 마왕국 제노아스의 왕성인 판데모니움^{만마전}이라면 알지만.

카렌 누나에게 이끌려 안으로 들어가 보니 갑자기 풍경이 바뀌었다. 건물 안으로 들어가자 우리는 안뜰 같은 장소를 걷고 있었다. 초목이 나 있고 잔디 같은 풀이 펼쳐져 있다. 중앙을 보니 분수까지 있다.

"여긴 대체……."

"여기에는 다양한 장소와 방이 있지만, 그곳에 가기 위한 특별한 방법은 없어. 어디로든 갈 수 있고, 정해진 이치도 없는 거지."

이치…… 루트가 없다는 말인가? 신기해도 너무 신기한 곳이잖아…….

안뜰을 지나는 우리를 잔디 위에서 편히 쉬고 있던 사람들이 흥미롭다는 듯이 바라보았다. 저 사람들도 신이겠지? 그렇다면 날아다니는 저 참새 같은 새도 신의 권속인 건가?

내 시선을 눈치챘는지 그 새가 우리에게로 날아오더니 앞서 걷던 카렌 누나의 어깨에 앉았다.

"오, 연애신. 얘가 그 새로운 신인가?"

"맞아. 비행신. 그런데 서두르는 중이니 나중에 얘기하자."

"하하. 뭐야. 쌀쌀맞긴."

으음. 권속이 아니라 신이었다. 못 알아봐서 죄송합니다.

"뭐 어때. 신경 쓸 것 없어. 다음에 천천히 얘기 나눠 보자고."

"네? 네에."

그렇게 말하더니 비행신은 날갯짓을 하며 날아가 버렸다. 마음을 읽은 건가? 상대는 신이다. 그 정도는 평범한 일인가?

"세계신님의 권속은 몇억 년 만이라 다들 주목하고 있어. 여기서 토야는 상당한 유명인인 셈이지. 그래서 지금은 좀 문제가 되고 있지만⋯⋯."

"네?! 제가 나쁜 짓이라도 했어요?!"

"아니. 토야 넌 아무 잘못 없어. 문제는⋯⋯ 아니지. 그건 도착하면 말해 줄게."

뭐가 뭔지 하나도 모르겠다. 아무튼 나는 카렌 누나가 이끄는 대로 안뜰 같은 곳을 빠져나간 뒤 아치형 문 같은 곳을 지나다시 건물 안으로 들어갔다.

⋯⋯분명히 들어갔는데.

건물 안으로 들어갔는데 그곳은 밖이었다. 아니지, 정말 여기 바깥인가? 나는 그것마저도 판단할 수 없었다. 저 멀리서는 구름바다가 보이는데, 발밑에는 다양한 꽃이 백화요란이라는 말이 딱 어울릴 만큼 흐드러지게 피어 있었다.

군데군데에 흰 신전의 기둥이 세워져 있었다. 기둥밖에 없으니 마치 이집트의 오벨리스크 같았다.

천국 같기도⋯⋯. 꼭 틀린 말은 아닌가? 아니지. 천계는 이곳보다 아래였던가? 여기는 신계이니까. 잘 모르겠다.

"오, 이제야 왔군요."

"어? 코스케 삼촌?"

어느새 눈앞에는 농경신인 코스케 삼촌이 서 있었다. 옆에는 수렵신인 카리나 누나까지 있었다.

"일단 지금은 다들 안정되어 있어. 성가신 녀석들은 검신과 무신이 제압했으니까. 참, 한가한 녀석들이야."

카리나 누나가 어이없다는 듯이 중얼거렸지만, 나는 뭐가 뭔지 전혀 이해할 수 없었다.

"대체 무슨 일이 벌어졌는지 그만 설명해 주면 안 되나요?"

"음~. 그건 직접 세계신님한테 물어봐. 우리도 같이 따라가 줄 테니까. 자, 갈까?"

코스케 삼촌이 걷기 시작했다. 결국 따라가 보는 수밖에 없는 건가.

꽃향기가 감도는 곳을 지나가자 이윽고 벚나무 같은 나무가 보이기 시작했고 은은한 색의 꽃잎도 하늘거리며 나부꼈다.

그리고 어느새 그곳에서 꽃놀이를 하는 사람들이 드문드문 눈에 띄기 시작했다. 이 사람들도 신들이겠지? 우리를 주목하고 있기도 하고.

솔직히 말하면 기분이 썩 좋지는 않다. 마치 동물원의 희귀한 동물 취급을 받는 기분이다. 지나친 피해 의식일까?

"오~. 잘 왔네."

"오~. 잘 왔네~! 냐하하하하!"

다른 나무보다 유난히 큰 벚나무 아래에서 세계신님이 돗자리를 펴고 앉아 있었다. 그 옆에는 술병을 든 술의 신, 스이카도 있었다. 그리고 그 옆에는 하프를 든 음악신, 소스케 형도.

"불러내서 미안하구먼. 자아, 앉게."

세계신님이 하라는 대로 나는 일단 돗자리 위에 앉았다. 굉장히 촉감이 좋은 돗자리네. 돗자리가 아닌가?

"실은 오늘, 신들이 연회를 열고 있어서 말이지. 다들 모이는 좋은 기회이니 전에 말한 휴양지 계획을 이야기했네. 토야가 관리자가 되었으니 실현이 될 것 같다고 말이야. 그랬더니 다들 흥미로워하며 기뻐해 주지 뭔가. 아무런 거리낌 없이 지상에 내려갈 기회라며 흥분하더군."

"아, 그때 하신 말씀 말이군요. 신들이 일반인으로 가장해 지상에 내려와 휴가를 즐기고 싶어 한다는 그거요."

"그래. 그런데 말이네……. 그 이야기를 하면서 토야의 결혼식도 언급했었지. 나나 연애신, 검신이 가족 신분으로 참가한다고 했더니 불만이 속출하더구먼. 자신들에게 기회를 달라면서."

응? 그게 무슨 말인지……. 왜 휴양지 계획 이야기를 하는데 내 결혼식이 등장하는 거지?

"이건 그러니까. 토야의 가족 신분으로 결혼식에 참가하게 되면 다른 신들보다 먼저 지상에 내려갈 수 있게 되거든. 휴양지 계획의 선발대……. 더 정확히 말하면 특별 초대 멤버 같은 느낌이야."

"네? 그게 뭐예요?!"

"우리가 함부로 가족을 정해 버려선 미안하니 말일세. 당사자인 자네를 부른 거네. 비어 있는 가족이라고 한다면 아버지와 어머니, 형제, 숙부, 숙모, 사촌 정도인데……."

"자, 잠깐만 기다려 주세요! 지금보다 더 늘어나면 곤란해요!"

안 그래도 신이 8명이나 가족으로 있는데. 직접적인 가족은 세계신님 카렌 누나, 모로하 누나뿐이지만.

게다가 세계는 다르지만 우리 아버지랑 어머니는 살아계신다. 다른 신을 아버지, 어머니라고 부르기는 조금 불편하다. 할아버지는 친할아버지와 외할아버지, 이렇게 둘이 있었기 때문인지 크게 불편하다는 생각이 안 들었지만.

"그건 나도 같은 의견이야. 이상한 신이 아버지, 어머니가 되면 난처해."

"이상한 신이라니요……?"

"토야는 아까 그 비행신을 아버지라고 부를 수 있어?"

"………사람들이 미쳤다고 생각할 거예요."

"이해해 줘서 기뻐."

겉보기에는 참새니. 자세히 보니 우리를 주목하는 사람 중에서도 별난 인종? 으로 보이는 신들이 있었다. 얼굴이 고양이나 새인 신이라든가. 이집트의 신들과 비슷한 신도 본 적이 있다……. 내가 아는 하느님과는 완전히 다른 하느님이겠지만.

마족 중에 워켓 같이 생긴 사람도 있으니 지상에 내려와도 사람들이 신기하게 생각할 뿐 소동이 벌어지지는 않겠지만 우리 어머니라고 하기에는 역시 억지스럽다.

"꼭 가족이 아니어도 괜찮지 않나요? 고향 친구라든가, 신세를 졌던 사람이라든가……. 그런 사람을 결혼식에 초대해도 크게 이상한 일은 아니니까요."

그 말을 들은 순간, 주변 신들이 '우오오오오오오오오오!' 하고 환성을 질렀다. 으악, 깜짝이야!

"뭘 좀 아네, 신입!"

"그래! 누구에게나 기회의 문은 열려 있어야 해!"

"그래 맞아! 우리도 자유를 누리고 싶거든!"

대체 뭐야?! 그렇게 희망자가 많아? 신들은 그렇게 한가한가?

모두가 희망자는 아니라는 모양이지만. 당장 지상에 내려가 마음 편히 지내고 싶다는 신과 언제 기회가 되면 가 보고 싶다고 생각하는 신으로 나뉘는 듯했다.

"정말 그래도 되겠어? 그렇게 했다간 전부 다 지상으로 내려가려고 할걸? 만약 저 신들이 지상에서 문제를 일으키면 토야가 그 책임을 지고 대처해야 돼. 보조 역할인 우리도 돕기야 하겠지만……."

"어?! 잠깐만요. 그게 정말인가요?!"

옆에서 카렌 누나가 중얼거린 소리를 듣고 나는 진심으로 당황했다. 지상으로 내려온 신들이 문제를 일으키지 않을 리가 없다!

"다들 진정하게. 토야의 세계가 신들의 휴양지가 된다고 해도 우리가 지상에서 마음대로 행동해도 된다는 이야기는 아니야. 지상에는 지상만의 규칙이 있는데, 그 규칙을 지키지 않는다면 토야, 더 나아가서는 세계신님의 얼굴에 먹칠하는 일이니까."

코스케 삼촌이 그렇게 말하자 열광하던 주변의 신들은 '흐으음' 하고 아쉽다는 듯 중얼거리더니 다시 조용해졌다. 역시 지상에 내려온 신들 중 가장 상식적인 사람…… 상식신이다.

"이봐, 농경신. 그럼 어떻게 그 결혼식에 초대할 멤버를 정할 거지?"

상반신을 반쯤 드러내 놓고 있는 키가 2미터 50센티미터 정도의 거한이 그렇게 물었다. 고대 그리스 의상인 키톤과 비슷한 흰옷을 왼쪽 어깨에 걸친 모습인데, 그 옷 사이로 울퉁불퉁한 근육이 엿보였다. 게다가 그 근육을 과시하듯이 움직이면서 계속 보디빌더 같은 포즈를 취했다.

"그걸 지금부터 정할 거야, 강력신(剛力神). 토야를 데리고 온 것도 그것 때문이고."

강력신. 아하, 힘의 신이구나. 딱 이미지 그대로다.

"대략 몇 명 정도라면 괜찮겠나?"

"음~. 구체적인 숫자는 생각해 본 적이……. 카렌 누나는 어떻게 생각해요?"

세계신님의 질문을 듣고도 판단을 내리기 힘들었던 나는 옆에 있던 카렌 누나에게 판단을 떠넘겼다. 신에 관한 일은 신에게 맡겨야 한다. 나도 이제는 그 일원이라고는 하지만.

"음~. 너무 많이 내려와도 곤란하지만……. 우리가 살필 수 있는 신이라면 10명 정도?"

10명이라……. 너무 큰 문제를 일으키지 않는 사람이라면 괜찮은 숫자려나.

"그중에서 모범적으로 생활한 신은 보조 역할을 이어받아 조금 더 오래 지상에서 지낼 수 있게 해도 괜찮지 않을까 하네만."

"앗, 그거 괜찮네. 그러면 다음에 내려올 때는 인원을 늘릴 수 있으니까."

세계신님의 제안을 듣고 카렌 누나가 따악 손가락을 튕겼다. 어? 늘려요……?

"괜찮을까요? 정말로 마구 날뛰면 손쓸 도리가 없지 않을지……."

"아무리 심해도 그렇게까지 횡포를 부리는 신은 없을 걸세. 다들 어디까지나 '인간'으로서 유사 체험을 해 보고 싶은 것뿐이니까. 그리고 정말 토야가 감당할 수 없는 신이 있다면 내가 나서겠네. 아직 연수 기간이니 당연히 상사가 책임을 져야 하지 않겠나."

음. 그렇게까지 말씀하신다면 마음을 놔도 될까. 정말로 옆에서 지원해 준다면 원만하게 잘 지낼 수 있겠지……?

"그럼 10명이면 될까요? 물론 당장 내려가지는 않습니다. 결혼식이 열리기 전에 몇 번에 걸쳐 내려가게 될 겁니다."

"네? 으~음. 네, 그거라면……."

지상에 신이 더 늘어나는 건가……. 지금도 꽤 많은데. 세계신님을 빼도 일곱 신이나 있잖아.

"그 10명 말이네만. 실은 한 명은 이미 결정해 뒀네. 전에 약속했었지? 그 세계의 터진 결계를 고칠 수 있는 신을 보내겠다고."

"네……. 그리고 보니 그러셨네요."

우리의 세계를 외부의 적으로부터 지켜 주는 신의 결계는 프레이즈 탓에 구멍투성이다. 그걸 복구하려면 상당히 섬세한 기술이 필요하다는 모양이다. 물론 나한테는 불가능한 일이고, 카렌 누나처럼 덜렁대는 신도 불가능한 일이다. 그러니 세계신님이 적임자를 보내주기로 했었지……? 악.

"아야야야야야야?!"

"덜렁대서 미안하네요. 여기 신계에서는 쉽게 생각을 읽히니 조심하는 게 좋아!"

카렌 누나가 뺨을 꼬집었다. 그런 얘기는 먼저 해 줘요!

"뭘 하는 겐가……. 아무튼, 그 신을 먼저 내려보내도 될까?"

"제가 부탁한 일이니 당연하죠. 괜찮습니다."

"고맙네. 그럼 소개하지."

세계신님이 짝, 하고 손뼉을 치자 뒤에서 갑자기 할머니 한 명이 나타났다.

머리가 흰 사람으로 나이는 70정도 되어 보였다. 하얀 기모노를 입은 고상해 보이는 할머니였다. 일본 옷을 입긴 했지만 눈동자는 파랬다. 처음 만났는데 어딘가 모르게 친근감이 느껴졌다. 왜지?

"그건 나도 세계신님의 권속이기 때문이란다. 토야와 마찬가지로."

"아, 그렇군요."

생글생글 미소 지으며 할머니가 대답했다. 악, 또 마음을 읽었나 봐. 젠장. 이거 익숙해지면 마음을 안 들킬 수 있긴 한 건가요?

할머니도 돗자리에 앉은 세계신님의 옆에 앉았다. 나란히 앉으니 노부부처럼 보인다.

"이자가 결계의 복구를 담당할 걸세. 상급신인 시공신(時空神)이라네."

"잘 부탁해, 토야. 난 네 할머니 역할을 맡게 될 거야."

할머니? 그럼 세계신님의 아내가 되는 셈인가. 분명 세계신님과 잘 어울리기는 하지만.

"어머나. 잘 어울리다니."

"음, 조금 쑥스럽구면."

쑥스러운 듯이 웃는 두 사람. 에구, 또 읽혔네. 내 생각이 줄 줄 새어 나가고 있잖아.

"시공신이라고 하셨는데, 그럼 시간이나 공간을 담당하시 나요?"

"그렇단다. 세계의 결계를 고치려면 일단 너덜너덜해진 결 계를 전부 떼어낸 다음, 새로 결계를 쳐야 하거든. 하지만 그 렇게 해선 너희 세계가 무방비해지고 시간도 걸리잖니? 나는 결계의 시간을 되돌려 복구하니 세계가 무방비해지지도 않 고, 전부 다시 붙이는 것보다는 짧은 시간에 작업을 끝낼 수 있단다."

아하, 그렇구나. 5000년 전, 하얀색 왕관과 검은색 왕관인 아르부스와 느와르의 폭주로 세계가 일시적으로 복구되었 다. 그 당시와 비슷한 일을 하는 거구나.

"단숨에 시간을 되돌리면 결계의 복구가 고르지 못할 수 있 으니, 조금씩 복구해 갈 생각이란다. 뜨개질과 같다고 할까? 그동안 토야의 성에 신세를 좀 질게."

"네. 그건 상관없지만요, 전 뭐라고 부르면 될지……."

"그래……. 토키에. 지상에서는 모치즈키 토키에라는 이름 으로 생활할게. 토키에 할머니라고 부르렴."

"토키에 할머니……."

"그래. 잘 부탁해, 토야."

그렇게 말하며 시공신…… 토키에 할머니가 생글거리며 웃었다. 뭐라고 하면 좋을까, 마음이 놓인다. 아무래도 착실한 신인 듯하다. 앗, 쓸데없는 생각은 하지 말자. 또 마음을 들킬 수 있으니까.

"그런데 결국 그 멤버는 어떻게 결정하실 건가요?"

"예로부터 이런 일은 제비뽑기로 하게 되어 있다만……."

제비라. 그래, 길흉제비라는 게 있을 정도니까. 신들의 일을 결정하는 가장 적합한 방식일지도 모른다. 희망하는 신들도 그 방법이면 불만이 없는 듯했다.

"물론 신력을 사용해서는 안 되네. 그건 내가 감시하지. 예지도 투시도 안 되니 그렇게 알고. 조작도 하지 못하게 제비는 토야가 만들어 주게."

네? 제가요? 만들려면 못 만들 것도 없지만요.

총 몇 명인지 물어보니 희망자는 100명에 가까웠다. 너무 많은 것 같은데……. 역시 한가해서 그런가……? 호기심이 고양이를 죽인다고 하는데, 따분함은 신마저 죽이는 건가.

제비를 뽑는다고 한다면, 역시 신사에서 뽑는 길흉제비 같은 형식일까? 작은 구멍이 뚫린 원통형 상자에 손을 넣고 가늘고 긴 막대기를 뽑는 제비다.

나는 간단한 육각형 상자를 만들고, 그 안에 막대기 모양의 제비를 넣었다. 끝을 금색으로 칠한 당첨 제비 10개를 넣고, 나머지는 꽝인 막대기를 100개 이상 넣은 다음 섞기 위해 흔들흔들.

그리고 작은 구멍을 뚫은 뚜껑을 덮으면 완성.

나는 완성된 제비뽑기 상자를 스이카에게 건네주었다.

"다들 질서정연하게 줄을 서라! 순서를 안 지키면 실격이야! 지상의 맛있는 술을 못 마시게 돼! 냐하하하하."

몇몇 신이 꿀꺽 침을 삼켰다. 술꾼이 늘면 곤란한데……

그리고 몇 명인가 잘그락잘그락 상자를 흔들어 제비를 뽑았는데, 한동안은 꽝이 나와 실망하는 신들뿐이었다. 그 신들은 아직 가능성이 완전히 사라진 것은 아니라서 꽝이 나왔는데도 맨 끝으로 돌아가 다시 줄을 섰다.

다들 뭔가 기도를 하는 심정으로 상자를 흔들었다. 신이 운에 의지하다니 참 신기하다.

뽑은 제비가 꽝이라 실망을 하는 신들이 계속 나왔지만 분위기는 한껏 달아올랐다.

"이런 이벤트도 즐겁네요."

"그렇구면. 다들 신나게 떠들 기회가 좀처럼 없어서 그래."

어디서 꺼냈는지 작은 밥상을 놓고 차를 마시는 노부부. 음, 세계신님과 시공간신님. 아주 편안한 모습이시네. 아니아니, 그게 잘못이라는 건 아니고.

갑자기 모 유명 RPG의 레벨업 음악과 비슷한 빰빠라밤 소리가 들렸다. 돌아보니 음악신인 소스케 형이 트럼펫을 불고 있었다.

"냐하하, 당첨~~."

"이얏호!!"

"켁."

트럼펫을 부는 소스케 형과 스이카 옆에 아까 봤던 근육이 울퉁불퉁한 강력신이 있었다. 강력신은 끝이 금색으로 칠해진 막대기를 들고 보기만 해도 질리는 근육 과시 포즈를 취했다.

……강력신님은 타케루 삼촌에게 담당해 달라고 하자. 응, 난 감당 못 해.

"한동안 계속 이어질 테니 토야도 여기 와서 편히 쉬렴."

"앗, 감사합니다."

시공신님……. 토키에 할머니가 찻주전자를 들고 찻잔에 차를 따라 주었다. 오, 찻줄기가 섰네. 신이 따라주면 매번 서는데 꼭 그래야 한다는 규칙이라도 있는 걸까? 그건 신만이 아는 일이라 해야 하나.

그런 바보 같은 생각을 하면서, 나는 제비뽑기 상자를 잘그락잘그락 흔드는 신들을 보며 차를 마셨다. 응, 맛있어.

하아~. 하느님, 부디 성가신 사람이 당첨되지 않게 해 주세요.

"내가 부정을 저지를 수는 없지."

"그렇겠죠~?"

또 마음을 읽혔다. 참~.

"노키아 왕국에서 특사가요?"

"네. 공왕 폐하를 알현하길 청하고 있습니다."

재상인 코사카 씨에게 뜻밖의 말을 듣고 나는 조금 놀랐다.

노키아 왕국은 유론 지방 동쪽에 있는 나라다. 그 나라는 그 어떠한 나라와도 정식 국교를 맺지 않고 마왕국 제노아스와만 약간의 교류를 하고 있을 뿐이었다.

이웃 나라인 펠젠 마법 왕국 이외에는 아무런 교류가 없던 호른 왕국과 비슷하지만, 노키아 왕국은 그보다도 더한 쇄국을 유지하는 나라였다.

호른 왕국과 마찬가지로 그 원인은 이미 멸망한 천제국 유론에 있었다.

노키아 왕국은 원래 압정에 반발해 유론을 떠난 사람들이 세운 나라다. 노키아는 사람의 출입이 힘든 천혜의 요새인 산악 지대에 틀어박혀 유론의 침략을 피해 왔다.

그 탓에 노키아를 찾아가는 사람도 적고, 노키아 밖으로 나가는 사람도 적었다.

최근 몇 년간 프레이즈와 변이종으로 인해 세계적인 동란이 발생했지만, 노키아는 그동안에도 자신들과는 상관없다는 태도를 유지했다.

그런 나라가 특사를 보냈으니 나도 놀랄 수밖에 없었다. 대체 어떤 심경의 변화가 있었던 걸까.

이런 말을 하긴 뭐하지만 우리 나라는 소국이다. 게다가 이렇다 할 특산품도 없으니 그 멀리서 여기까지 찾아올 만한 이유가 딱히 떠오르지 않았다. 세계 동맹과 관련된 일인가? 그런 일이라면 조금이나마 교류가 있는 마왕국 제노아스를 통해 얘기를 꺼낼 것 같은데.

"무슨 일인지는 모르겠지만 일단 만나 보죠."

"그럼 말씀대로 하겠습니다."

1시간 후에 만나기로 하고 나는 예복으로 옷을 갈아입었다. 이런 옷은 웬만하면 입고 싶지 않지만, 나라의 대표로 사람을 만날 때 정도는 이 옷을 입으라고 해서 어쩔 수 없이 입고 있다.

그런데 세계 동맹의 임금님들과 만날 때는 좀 더 편한 옷차림이잖아?

옷 자체는 격식을 차린 양복 정도에 불과하다. 난 금자수나 모피로 화려하게 장식하는 걸 싫어하기 때문이다. 이건 나의 주문을 받아 자낙 씨가 직접 만들어 준 양복이었다.

신축성이 좋은 마수의 실로 만든 이 옷은 착용감도 좋고, 통기성도 매우 뛰어나다. 그리고 오늘은 평소와는 달리 여기에

다 검은 코트를 하나 더 걸쳤다.

실크해트까지 쓰면 어딘가의 영국 신사 같은 느낌이겠는 걸? 어딘가의 영국 신사냐니 나도 참. 영국은 영국이지.

나를 부르러 온 메이드장 라피스 씨와 함께 알현실로 갔다.

당연하지만 아직 특사는 없었고, 그 대신에 알현실에는 기사단장인 레인 씨를 비롯해 부단장인 니콜라 씨, 노르에 씨, 코사카 씨, 바바 할아버지, 야마가타 씨, 나이토 씨, 그리고 첩보부대의 츠바키 씨, 궁정 마술사인 린 등이 줄지어 들어와 있었다.

일단 브륀힐드의 간부진이다. 겉모습도 중요하다며 성내 경비를 맡은 기사들도 알현실에 들어와 줄지어 있었다. 린 발치에는 폴라가 있었고, 큰 호랑이 상태인 코하쿠까지 알현실에 들어와 옥좌 옆에서 대기하는 중이었다.

"화려하네."

"상대가 어떻게 나올지 모르잖아. 이 정도 진용은 갖춰 둬야 해. 얕보여도 좋지 않으니까."

너무 지나친 게 아닌가 생각하면서 옥좌에 앉자 왼편에 서 있던 린이 그렇게 말했다. 그런가?

잠시 후 세 사람이 알현실 안으로 들어왔다. 가장 앞서 온 사람은 20대 중반의 남자로, 빨간색과 노란색이 들어가 다채롭긴 하지만 빛이 바랜 간소한 망토와 로브를 걸친 차림에 갈색 머리를 짧게 자른 모습이었다. 이렇게 말하면 실례가 될지 몰라도 별로 신통찮아 보였다. 어딘가 모르게 주뼛거리는 것처럼도 보였다. 이렇게까지 완벽히 무장한 기사들에게 둘러싸여 있으니 어쩔 수 없는 일이라 생각은 하지만.

그 뒤로는 수행하는 사람 두 명이 따라왔다. 이쪽은 간소한 녹색 로브로 온몸을 두른 데다 얼굴도 가리고 있어 남자인지 여자인지 확인하기가 어려웠다. 머리카락의 색깔은 밤색과 검은색. 머리카락이 길지는 않았지만 여성스럽다는 느낌을 받았다.

세 사람은 옥좌 바로 앞까지 걸어와 거기서 무릎을 꿇었다.

"처, 처음 뵙겠습니다. 공왕 폐하. 노키아 왕국의 외교관, 파로 얀체라고 합니다."

"일어서 주십시오, 얀체 대사. 브륀힐드에 오신 것을 환영합니다. 공국의 공왕인 모치즈키 토야입니다."

나는 옥좌에 앉은 채 얀체 대사에게 말을 걸었다. 사실 가까이 다가가 악수 정도는 하고 싶은데 코사카 씨가 하지 못하게 하니 그럴 수는 없었다. 처음부터 내가 너무 친근하게 대하면 서로의 입장이 곤란해진다나 뭐라나.

"그런데 얀체 대사. 찾아오신 이유가 무엇입니까."

"네……. 실은, 그게……."

인사를 끝내자마자 코사카 씨가 곧장 본론을 꺼냈지만, 얀체 대사는 명확하게 대답하지 못하고 웅얼거리기만 했다.

'어~'라거나 '저어, 그러니까……'라고 말을 할 뿐 좀처럼 용건을 말하려 하지 않는데, 이 사람은 외교관으로서 문제가 심각한 것 아닌가……?

"그렇지! 고, 공왕 폐하께서, 조만간, 결혼하신다고 들었습니다. 겨, 경하드립니다!"

"네에……. 감사합니다……?"

응? 뭐야. 결혼 축하한다고 인사하러 온 건가? 굳이 대사를 보낼 필요 없이 편지든 뭐든 보내주면 그걸로도 충분한데.

주변 사람들도 맥이 빠진다는 표정을 지었다. 노키아 왕국 사람들은 거의 외교를 하지 않으니 그런 일도 어떻게 처리하면 될지 잘 몰랐던 건가? 설마 그럴 리는 없을 텐데.

"와, 왕비님이 되실 분들도 아홉 분이나 되신다고 들었습니다. 그 호탕한 기상에 관한 소문은 우리 노키아에도 전해졌습니다! 여, 역시 희대의 호색한이시라고……."

"하하하……. 그런가요……."

실룩거리며 억지웃음을 지은 나와 그 옆에서 웃음을 참는 린. 그 외에도 입매를 손으로 가리거나, 웃음을 참느라 몸을 부들거리는 사람들이 있었다.

이게 뭐야?! 내가 왜 이런 수치 플레이를 당해야 하지? 이 사람은 싸움을 걸려고 온 건가?

"……용건을 말씀해 주시죠, 얀체 대사."

"죄, 죄송합니다. 그, 그러면……."

코사카 씨가 헛기침을 한 번 한 뒤 얀체 대사를 재촉했다.

그렇겠지. 아무리 그래도 결혼 축하 인사가 본론일 리가 없다.

"고, 공왕 폐하께서는 여, 열 명째 왕비를 맞아들이실 생각은 없으신가 하여 이렇듯 급히 달려왔습니다!"

"엥?"

알현실 내의 분위기가 얼어붙었다. 적어도 난 그런 느낌을 받았다. 결코 옆에서 진짜 냉기가 새어 나왔기 때문에 그렇게 느낀 게 아니다.

힐끔 옆에 있는 린을 보니, 즐겁게 웃던 조금 전과는 달리 뭔가를 생각하는 듯한 불가사의한 표정을 짓고 있었다. 발치에 있던 폴라가 슬금슬금 옥좌 뒤로 이동했다. 내 옆에 있던 코하쿠까지 한 걸음 뒤로 물러섰다. 야, 너희! 도망치면 안 되지!

"그게 무슨 말씀입니까, 얀체 대사?"

"부디 노키아 왕국의 제2 왕녀, 파피아 라다 노키아 님과의 혼인을 고려해 주실 수…… 없을지요."

우와아. 언젠가는 올지도 모른다고 생각했던 아내를 맞아들이라는 (압박) 문제였던 건가. 약혼자가 9명이고 그중 절반 가까이가 왕족이라, 그 사실을 알게 된 나라들은 대부분 그런 이야기를 꺼내지 않았는데……. 어쩌면 노키아 왕국은 그 사실을 모를지도 모른다.

"무, 물론 정실로 받아주시길 청하는 것은 아니고, 측실의 말석이라도 허락해 주셨으면 하는 마음입니다……. 파피아 공주는 문무 모두 뛰어나고, 아름다우시니 결코 공왕 폐하의 명성에 흠이 될 분은 아니라고 생각합니다."

"죄송하지만 나에게는 너무나도 과분한 약혼자가 많아 더 이상은⋯⋯."

완곡하게 거절하려고 하자 얀체 대사 등 뒤에 대기하고 있던 머리카락이 밤색인 인물이 천천히 일어서더니 고개를 들었다. 역시 여성이다. 나이는 나와 크게 차이 나지 않아 보였다. 16, 17세의 소녀다. 가지런히 자른 쇼트커트 머리카락이 찰랑거리며 흔들렸다.

"폐하께서는 뛰어난 가신을 한 명 받아들인다고 생각하시면 그만입니다. 부디 저를 왕비님들의 말석에 앉을 수 있도록 허락해 주실 수 없을까요?"

"어⋯⋯? 설마⋯⋯."

여성이 수수한 로브를 스르륵 벗자, 빨간색과 흰색을 중심으로 컬러풀한 장식을 단 민족의상이 드러났다.

"소개가 늦었습니다. 노키아 왕국의 제2 왕녀, 파피아 라다 노키아라고 합니다. 만나 뵙게 되어 영광입니다. 브륀힐드 공왕 폐하."

도전적인 눈빛을 지닌 소녀는 그렇게 자신을 소개하며 작게 고개를 숙였다.

◇ ◇ ◇

　쇼트커트로 자른 밤색 머리카락에 가늘고 긴 눈. 그리고 자
신감이 넘치는 웃음을 지은 입매. 귀엽다기보다 미인이라고
불러야 더 알맞은 얼굴.

　노키아 왕국 제2 왕녀인 파피아 라다 노키아라고 자신을 소
개한 소녀는 전혀 주눅 들지 않은 모습으로 나를 바라보았다.
내가 어느 정도나 되는 사람인지 평가하는 듯한 시선이다. 결
코 얕보는 눈빛이 아니라 불쾌하지는 않았지만, 그렇다고 기
분이 좋다고는 할 수 없었다.

　"이야기는 잘 들었습니다. 파피아 공주 전하. 하지만 이 일
만큼은 공왕 폐하 혼자서 결정할 수는 없답니다. 약혼자인 우
리 9명의 동의가 필요합니다."

　웃으면서 그렇게 말한 사람은 내 옆에 있던 린. 외교 모드라
그런지 평소와는 말투가 달랐다.

　"실례지만 누구신지요? 말씀을 들어 보니 공왕 폐하의 약혼
자 중 한 분이신 듯합니다만."

　"실례했군요. 전 요정족 족장이자 브륀힐드 공국의 필두 궁
정 마술사, 그리고 공왕 폐하의 약혼자인 린이라고 합니다."

　린이 우아하게 스커트의 양 끝을 잡고 한 발을 뒤로 빼며 인
사했다. 필두 궁정 마술사라니, 지금 궁정 마술사는 린 한 명

밖에 없는데.

"린 님. 조금 전에 말씀드린 대로. 부디 저를 말석에 앉을 수 있도록 허락해 주실 수 없을까요? 결코 이 나라에 손해를 끼치지 않겠습니다."

"글쎄요……. 손해를 끼치지 않는다고 말씀하셨지만, 공왕 폐하께서는 손해 득실을 이유로 저희와 결혼을 하시려는 게 아니라……. 뭐라 대답하기가 어렵네요."

"그렇다면 무엇을 기준으로 반려를 결정하시는지요. 저는 문무, 용모, 집안 등, 무엇을 따져 봐도 결코 뒤떨어지지 않는다고 자부하고 있습니다."

"어머나, 그러시군요. 아주 자신감이 넘치시는 듯하네요. 하지만 노키아 왕국은 외국과 교류가 거의 없다고 들었습니다. 전하의 생각보다 세계는 더 넓지 않을까 생각하는데요."

어? 이 대화는 뭐지? 아까부터 린과 파피아 공주 사이에 파직거리며 불꽃이 튀고 있는데. 좀 무서워.

"……갑작스러운 제안이라 우리도 쉽게 대답할 수 없습니다. 잠시 시간을 주셨으면 합니다만…… 어떻습니까, 얀체 대사?"

린과 파피아 공주의 열띤 대화를 듣고 있던 코사카 씨가 주뼛거리며 눈알만 이리저리 굴리던 대사에게 말했다. 얀체 대사는 듣던 중 반가운 소리라는 듯이 코사카 씨의 말을 듣고 고개를 크게 끄덕거렸다.

"그그, 그거야 물론입니다! 아무쪼록 숙고해 주십시오! 호의적인 대답을 기다리고 있겠습니다!"

"메이드장. 대사와 공주님을 게스트룸으로 안내해 드리게."

"네. 이쪽으로 오시지요."

대기하고 있던 메이드장 라피스 씨가 세 사람에게 다가가 안내를 시작했다.

라피스 씨를 따라 이동하면서 파피아 공주가 나를 살짝 돌아보았는데, 그 눈동자를 보니 무언가를 결의한 듯한 눈빛이었다.

세 사람이 자리를 뜬 뒤, 나는 크게 한숨을 내쉬었다. 아~. 힘들어.

"무슨 얘긴가 했더니 정략결혼 신청이었어⋯⋯?"

"의외라면 의외군요."

코사카 씨가 턱수염을 쓰다듬으면서 중얼거렸다. 그건 그렇다. 지금까지 교류가 있었던 나라는 그런 얘길 꺼내지 않았으니까.

"이건 브륀힐드가 아니라 내 힘을 노린 거겠지⋯⋯?"

"보통은 그럴 겁니다. 금색 랭크 모험자이자 세계를 구한 영웅. 수백에 달하는 거인병을 이끌고, 수많은 왕국과 친교를 맺은 조정자⋯⋯. 세상 사람 중 그 힘을 원하지 않는 사람은 아무도 없습니다."

코사카 씨의 말대로 내 힘을 노리고 결혼하려는 게 아닌가 의심할 수밖에 없다. 친인척이 되면 내 힘을 이용할 수 있다고 생각하는 걸까?

"그런 점을 생각해 보면 아무래도 마음에 걸려. 노키아 왕국은 사실상 쇄국 상태잖아? 마왕국 제노아스와 약간의 교류가 있을 뿐, 몇 번이나 세계회의에 초대해도 참가하지 않았을 정도야. 변이종과 싸우는 동안에도 침묵을 지키던 그런 나라가 왜 갑자기 외국과 교류를 하려고 하는 걸까? 그리고 교류하려는 나라가 왜 하필이면 브륀힐드일까."

린이 팔짱을 끼고 혼잣말을 하듯이 중얼거렸다. 어? 생각보다 냉정하네?

"우리가 이런 상황을 예상하지 못했을 거라 생각하는 걸까? 난 언젠가 이런 미인계를 펼칠 거라 생각하고 있었어."

"미인계라니. 난 아직 미인계를 당한 적이 없는데?"

"이제부터 시작될지도 몰라. 자기 전에 기습을 당해 동침하지 않도록 문단속 철저히 해. 전이 계열 마법이나 마도구를 사용할지도 모르니 저해 결계도 철저히 펼쳐 두고. 공주가 정조를 잃어서는 아무래도 거절하기가 힘들잖아."

무슨 전개가 그래?! 왜 내가 기습당하면 동침할 거라고 생각하는 거지?!

"자자자, 잠깐. 내가 먼저 손을 대지도 않을 거고, 만약 방에 들어온다고 해도 충분히 제압할 수 있거든?"

"이건 사실이 어떻든 상관없는 일이야. 한밤중에 달링의 방에 들어갔다는 사실만으로 세상 사람들은 달링과 그렇고 그런 일이 있었다고 생각할 테니까. 물론 그 대사도. 그것만으로도 치명타야. 달링의 전이 마법은 세상이 다 아는 이야기이니, 무조건 달링이 공주를 불러냈다고 볼걸?"

"무섭게!!"

그래선 너무 일방적이잖아. 아무리 그래도 그런 바보 같은 짓은…… 안 하겠지?

"물론 정말로 그런 짓을 한다면 오히려 그걸 역이용해서 상대를 가해자로 몰아갈 거지만. 나이프라도 하나 들고 있게 하면 공왕을 노린 암살자로 만들 수 있어."

"무섭게!!"

"그런 위험도 있으니 동침을 노리고 밤에 잠자리를 덮칠 가능성은 작겠지만, 혹시 모르니 주의하라는 얘기야. 미혹 계열의 마도구에 당해서 네가 정말로 덮칠 가능성도 0퍼센트는 아니니까."

이제 신족이니 만에 하나라도 그런 힘이 통할 리 없겠지만, 좀 불안해지네…….

일단 방을 【프리즌】으로 방어해 두는 편이 좋으려나? 신기라도 쓰지 않는 한 절대로 사람이 들어올 수 없으니, 그렇게 해 두면 설사 상대가 그럴 마음이 있어도 어떻게 해 볼 도리가 없겠지.

"그런데 달링은 그 아이를 보고 어떻게 생각했어?"

"음~~. 예쁘다고 생각했어. 그런데 솔직히 말해 마음이 동하진 않더라고. 눈빛을 보니 나를 본다기보다는 지위와 힘을 더 크게 보는 것 같았거든. 나에게 호감이 있어서 결혼하고 싶어 하는 건 아닐 거야. 자신을 도구처럼 어필하는 모습도 마음에 들지 않아."

그 공주의 본질은 그게 다가 아니라는 생각이 들긴 하지만, 나는 별로 좋은 인상을 받지 못했다. 적어도 한눈에 반하진 않았다.

루와 힐다에게서는 명백한 호의를 느꼈었다. 내 지위나 직함이 아니라 나에게 호감을 가져 주었다. 그 파피아 공주와는 달리.

그리고 뭐라고 하면 좋을까…… 그 공주의 모습에서 언뜻언뜻 엿보인 감정은 사랑이니 뭐니가 아니라 사명이나 책임 같은 것이었다. 나쁜 사람은 아닌 것 같지만.

"나도 비슷한 느낌이 들었어. 그 아이는 '모치즈키 토야를 소중하게 생각한다'는 우리 약혼자들의 기본적인 조건을 만족하지 못해. 그 시점에 아웃인 거지. 미안하지만 난 인정할 수 없어."

린이 그런 말을 하더니 스마트폰을 꺼내 빠른 손놀림으로 메시지를 쓰기 시작했다. 뭐 하는 거야?

"우리는 우리대로 회의를 해야 하니까."

회의라면 그건가? 예전에 대수해의 팜이 왔을 적에 열었던 '아내 회의'?

내 아이를 낳고 싶어 했던 팜을 받아들이지 않았던 그 회의 겠지? 그때는 린이 없었지만.

메시지를 쓰는 린은 그대로 둔 채, 나는 츠바키 씨를 손짓으로 불렀다.

"정보가 필요해요. 노키아 왕국을 조사해 줄 수 있을까요?"

"네. 바로 필요한 인원을 보내겠습니다."

그렇게 대답하고 츠바키 씨는 그 자리에서 홀연히 사라졌다.

츠바키 씨가 대장인 기사단 첩보부대에는 전이 계열을 비롯한 다양한 마도구를 빌려주었다. 그걸 사용하면 노키아까지 다녀오기까지 이틀도 걸리지 않는다.

어떠한 천혜의 요새라 하더라도 모로하 누나와 타케루 삼촌에게 훈련을 받은 첩보부대 사람들이 가는 길을 막을 수는 없다. 그들이라면 틀림없이 정보를 가져올 것이다.

가져올 필요도 없이 전화 한 통이면 끝날 일이겠지만.

혼담을 거절하는 거야 쉬운 일이지만 조금 신경 쓰이는 일도 있었다. 나도 정보를 모아 볼까.

◇ ◇ ◇

〈미안하지만 모른다. 노키아와의 교류는 정말 얼마 되지 않거든. 노키아에서 정변이 일어났다고 해도 우리에게 직접 알려주지 않는 한 알 도리가 없어. 이렇게 말하긴 뭐하지만, 우리도 노키아에는 아무런 관심도 없으니까.〉

"그런가요……."

마왕국 제노아스의 마왕 폐하에게 전화해 봤지만 대답은 예상대로였다.

노키아와 육지가 이어진 이웃 국가지만 극히 일부가 접해 있을 뿐, 두 나라 모두 사실상 쇄국에 가까운 상태니까. 서로 관심이 없는 것도 어쩔 수 없는 일인지도 모른다.

〈얼마 전에 양쪽 세계의 합동 세계회의에 오지 않겠냐고 초대장을 보내니 '국내에서 벌어진 작은 소동에 대처하느라 여력이 없으니 사양한다' 라는 취지의 대답을 받긴 했는데…….〉

"누가 쿠데타라도 일으킨 걸까요?"

〈그건 작은 소동이라 할 수 없잖나……. 다만 유론이 멸망해 얼마간의 유론인은 주변국으로 흘러 들어갔어. 노키아는 제노아스처럼 척박한 땅이고 노키아 사람들은 유론인을 싫어하니 많이 유입되지는 않았다고 들었지만 유입된 사람이 제로는 아니야. 그 노키아로 흘러간 유론인이 무슨 소동을 일으켰을 가능성도 있어.〉

음……. 그럴 리가 없다고 단언할 수는 없겠는데.

아무튼 유론 사람들은 과장하는 경향이 있다. 1천을 1만이라고 말하거나, 1만을 1억이라고 과장한다. 유론인이 어떤 숫자를 말했다면 실제로는 10분의 1이라고 생각하라는 말이 있을 정도다. 남에게 얕보이길 아주 싫어해서 일단 과장하고 본다.

바깥 정보를 아무것도 모르는 노키아에 유론 사람들이 들어가 있는 말 없는 말을 지어낸 탓에 나라가 작게나마 충격을 받아 혼란에 빠졌을 가능성이 있을지도……?

"제노아스에도 조금은 흘러 들어갔죠?"

〈우리 나라에도 이상한 소문이 퍼지긴 했지만 금방 진화했어. 유론인이 호들갑스러운 소문의 출처라고 알게 되면 마족은 거의 믿지 않으니까.〉

신용도가 바닥이네. 나도 그렇게 생각은 하지만.

동방 대륙의 동부…… 이센을 제외한 제노아스, 하노크, 펠젠, 호른, 레스티아 등에서 문제를 일으키는 사람들은 대부분 유론인들이니까. 믿고 싶어도 못 믿지.

그렇지만 노키아는 유론의 압정에 반발해 떠난 사람들이 건국했다는 역사적 배경이 있었다. 즉, 유론을 가장 싫어하는 나라다. 유언비어 정도에 쉽게 속아 넘어가진 않을 듯한데.

아무래도 지금은 확실히 뭐라고 판단하기 어려울 듯하다.

이쯤에서 노키아 이야기가 끝나자, 이제는 딸인 사쿠라의 근황을 꼬치꼬치 캐묻기 시작하는 마왕 폐하. 나는 성가신 마왕 폐하의 질문에 적당히 대답하고 전화를 끊었다.

사쿠라는 착신 거부까지 하진 않은 모양이지만 대화가 툭툭 끊기는 모양이다.

〈오오, 파르네제. 잘······.〉

〈잘 있어.〉

〈피아나도······.〉

〈엄마도 잘 있어.〉

〈다음에 같이······.〉

〈바빠. 못 만나. 그럼 다음에 봐.〉

사쿠라는 그러고는 전화를 뚝 끊는다고 한다. 사쿠라는 여전히 마왕 폐하를 푸대접하는구나······. 전화를 받아주는 것만으로도 발전했다고 할 수 있지만.

사쿠라는 피아나 씨가 교장 선생님으로 일하는 학교에서 임시 교사 같은 역할을 맡았다. 간단히 말하자면 아이들에게 노래하는 법과 악기를 연주하는 법을 가르쳐 준다. 다크엘프 기사단원인 스피카 씨도 호위를 맡아 사쿠라와 같이 학교로 출근한다.

즉, 평소라면 사쿠라는 이 시간에 스피카 씨와 함께 학교에 있어야 한다.

그런데 오늘은 없다. 왜냐하면 지금쯤 약혼자들끼리 '회의'를 하고 있을 테니까.

"팜이 등장했을 때랑 비슷하니 거절하는 방향으로 정리되겠지만······."

파피아가 나에게 연애 감정이 없는 것은 확실할 것이다. 그건 단언할 수 있다.

왜냐고?

연애 감정이 있었다면 가장 먼저 연애의 신이 히죽거리며 달려왔을 테니까.

어쩌면 '아내 회의'에 가 있을지도……. 진행자를 자처하면서. 일이 까다로워지니 제발 그러지 말았으면 좋겠다.

내가 그런 생각을 하는데 린한테서 전화가 왔다.

"여보세요?"

〈달링이야? 일단 내일 파피아 공주와 약혼자 모두가 만나 보기로 했어. 나를 빼면 파피아 공주와 이야기해 본 사람이 없으니 판단을 내릴 결정적인 근거가 없거든. 결정은 실제로 만나 본 다음에 하게 될 거야.〉

"90퍼센트, 결정된 거나 마찬가지 같은데?"

〈그래도 직접 만나 이야기해 보지 않으면 예의 없는 행동이 될 수 있잖아. 다름 아닌 공주 본인이 직접 찾아오기도 했으니까.〉

그것도 그런가. 역시 무작정 거절해서는 예의상 좋지 않은 행동인가? 하긴 그걸 신경 쓰지 않았다면 알현실에서 딱 잘라 거절하면 됐을 문제니…….

〈달링은 내일까지 그 아이와 절대 접촉하지 마. 어떤 문제가 터져 나올지 모르잖아. 가능하면 밤에는 누군가와 같이 있는 게 좋은데…… 후후, 우리 약혼자 중에서 한 명을 정해 그 방으로 갈래?〉

"아니요, 그건 좀."

놀리는 듯한 린의 목소리를 듣고 나는 두근거리는 마음을 다 잡으며 목소리를 간신히 쥐어 짜냈다.

린의 말대로 밤새도록 약혼자의 방에 있으면 엉뚱한 미인계 시도는 실패하겠지만.

"그건 나름대로 해결 방법이 없지 않으니 괜찮아."

난 린과의 전화를 끊고 '연락처'에서 번호를 찾아 전화를 걸 었다.

"앗, 그건 퐁."

레굴루스 황제 폐하가 버린 1만을 집어 들었다. 좋아. 청노 두까지는 이제 조금만 더 가면 돼.

"무슨 일인가 했더니 마작을 하자는 이야기였을 줄이 야……. 마침 한가했으니 반가운 얘기긴 했다만."

미스미드 수왕 폐하가 패산에서 쯔모를 하고 버렸다. 탁자 를 둘러싸고 마작을 하는 멤버는 4명으로 나, 레굴루스 황제, 미스미드 국왕, 리프리스 황왕이었다. 벨파스트 국왕 폐하는 야마토 왕자를 돌봐야 한다며 참가를 거절했다. 아직도 밤에 자주 울고 그러나.

"가끔은 같이 해 주세요. 오늘 밤엔 돌아갈 수 없는 사정이 있거든요."

"응? 우리 루시아를 화나게 했나?"

"그럼 안 되지. 결혼은 처음이 제일 중요해. 처음에 확 휘어잡지 못하면 계속 주눅 들어 살게 되거든."

아직 결혼 안 했거든요. 말은 그렇게 하지만 난 다 안다. 리프리스 황왕도 젤다 왕비에게 잡혀 산다는 사실을. 아아, 경험에서 우러나와 하는 말인가?

루의 아버지인 레굴루스 황왕 폐하를 걱정시킬 수도 없는 노릇이라 나는 지금 무슨 일이 일어나고 있는지 간단히 설명해 주었다.

"노키아가 그런 수를 쓴다라. 의외로군."

"제대로 외교도 안 하는 나라가 갑작스럽게 찾아왔다면 무슨 꿍꿍이가 있는 게 아닐까?"

"다른 나라의 왕족과 혼인을 하여 관계를 다지는 일이야 전혀 이상한 일이 아니다만……."

맞다. 리프리스의 리디스 황자와 미스미드의 티아 공주가 최근에 약혼을 했었던가? 그러면 황왕과 수왕은 친척이 되는 거네?

수인을 차별했던 역사도 이제는 점차 과거의 일이 되어 가고 있었다. 특히 리프리스 황국은 그런 경향이 더욱 강해서, 황국에서는 차별적 행위를 거의 볼 수 없게 되었다는 듯했다. 밝고 쾌활한 사람들이 많아서 그런가?

"토야는 받아들일 생각 없는가? 이제 9명이든 10명이든 똑같지 않을까 한다만?"

"아니요. 적어도 지금은 생각이 없어요. 상대가 억지로 밀어붙인다고 결혼을 하게 되면 서로 불행해질 뿐인걸요."

"꼭 그렇지도 않아. 결혼한 뒤로 조금씩 서로를 알아가는 것도 나름대로 운치가 있거든."

그런가? 나는 미스미드 수왕의 말이 그다지 가슴에 와 닿지 않았지만 그런 거야 사람마다 다 다른 거니까.

"상대가 무슨 생각을 하는지 잘 파악해서⋯⋯ 앗, 그건 퐁."

리프리스 황왕이 버린 1통 부르기.

"음, 청노두인가?"

역시 들켰나. 그럼 쯔모를 할 수밖에 없는 건가. 난 손패에서 필요 없는 3통을 버렸다.

"어이구. 울더니 노리던 패가 나왔구먼⋯⋯ 론. 사암각 단기."

"켁?!"

"우오오, 황제 폐하 가차가 없군!"

"위험했어 정말. 3통을 남겨 둬서 천만다행이야."

큭⋯⋯. 역시 단기 대기를 예측하긴 힘들어. 뭐 어때, 밤은 한참 남았잖아.

임금님들 뒤에서 대기하고 있는 각국의 호위 기사들에게는 미안하지만 오늘은 아침까지 날 상대해 줬으면 한다. 내 방에는 【프리즌】도 걸어 두었고, 알리바이 증인이 될 만한 사람도 이렇게 많다. 이 정도면 이상한 일이 벌어질 리 없다.

점수봉을 황제 폐하에게 건네주고 나는 다음 게임을 위해 마음을 가다듬었다.

내일은 약혼자들과 파피아 공주가 대면한다. 일단은 그 이후에 다시 생각하자.

나에게 배분된 손패를 정리하면서 나는 깊게 숨을 내쉬었다.

"아야야……."

마작 탁자에 엎드려 이상한 자세로 잠을 잔 탓에 몸 이곳저곳이 뻐근했다. 나는 【리프레시】와 【리커버리】로 몸을 회복시켰다.

"그래, 어제는 어땠어?"

이른 아침, 내가 복도를 걷고 있는데 코교쿠가 푸드득 날아와 내 어깨 위에 앉았다. 코교쿠에게는 (정확하게 말하자면 코교쿠의 부하인 올빼미에게이지만) 파피아 공주와 수행원들을 밤새도록 지켜보라고 명령을 내려 두었다.

〈특별한 움직임은 없었습니다. 방에서는 한 발자국도 나가지 않았고, 마법을 쓴 흔적도 없습니다.〉

"지나친 걱정이었을까……?"

코교쿠의 보고를 듣고 나는 헛물을 켠 기분이 들었지만, 가만히 생각해 보면 한 나라의 공주가 잠자리를 노려 기습을 하다니 말이 안 되는 이야기다.

"오늘은 약혼자들과 파피아 공주가 대면하는구나……. 일이 이상하게 흘러가지 말아야 할 텐데……."

나는 크게 한숨을 내쉬면서 이른 아침의 복도를 걸었다.

"일이 이상하게 흘러가네……."

나는 기사단 훈련장에 서 있는 두 소녀를 바라보면서 혼자 그렇게 중얼거렸다.

소녀 두 명은 모두 목검과 방패를 들고 있었다. 한 명은 당연하지만 파피아 공주. 그리고 다른 한 명은 내 약혼자인 힐다였다.

견학하는 사람은 내 약혼자들과 노키아의 대사인 얀체 씨. 그리고 파피아 공주의 시녀라고 하는 리시아 여사. 거기에 더해 그냥 구경꾼일 뿐인 모로하 누나와 카리나 누나.

힐다와 파피아 공주가 훈련장 중앙에서 서로 마주 보고 섰다.

"정말로 괜찮으신가요?"

"네, 괜찮습니다. 부디 사양 마시고 진심으로 대결해 주세요. 저도 최선을 다하겠습니다."

힐다의 말을 듣고 대담한 웃음을 지으며 파피아 공주가 그렇게 대답했다. 굉장히 자신이 있는 모양이었다.

왜 이렇게 됐는가 하면, 파피아 공주가 약혼자들에게 일단 자신의 실력이 어느 정도인지 알려주고 싶다고 말을 꺼냈기 때문이었다.

굉장한 자신감이지만…… 좌절하게 될걸?

나는 파피아 공주와 대결하는 힐다에게 '너무 심하게는 하지 마'라고 눈짓을 보냈다. 힐다도 '알겠습니다'라고 하듯이 고개를 작게 끄덕인…… 그런 느낌이 들었다.

"그럼 준비, 시작!"

심판을 자처한 모로하 누나가 머리 위로 올린 손을 아래로 휘둘렀다.

그 순간 상대의 품으로 뛰어든 힐다가 검을 아래에서 위로 퍼 올리듯이 파피아 공주의 검을 튕겨냈다.

"아니?!"

깜짝 놀라는 파피아 공주의 목덜미에는 이미 힐다의 목검이 딱 맞닿아 있었다.

컥. 내 눈짓의 진의가 전혀 전달되지 않았잖아! '최선을 다해', '봐주지 마'라는 의미로 전달됐나 보네?!

"승자, 힐다."

모로하 누나가 짧게 힐다의 승리를 선언했다. 뒤늦게 딸그락, 하고 날아갔던 목검이 떨어지는 소리가 들렸다. 얼마나 높게 날아갔었길래.

옆을 슬쩍 훔쳐보니, 얀체 대사와 리시아 여사가 어안이 벙벙한 표정을 지었다. 그야 그렇겠지.

1초가 될까 말까 한 짧은 시간에 승패가 결정 났으니까. 무슨 일이 일어났는지도 파악하지 못하지 않았을까? 저 두 사람이 힐다의 움직임을 눈으로 좇았을 거라고는 생각하기 힘드니까.

"자, 잠깐만 기다려 주세요! 방금은 손이 미끄러져서……! 하, 한 번 만 더 대결을 부탁드려도 될까요?!"

당황한 파피아 공주가 그렇게 말하며 물고 늘어졌다.

"그렇다는데, 힐다. 어떻게 할래?"

"저는 상관없습니다."

힐다가 시합 시작 지점으로 돌아가면서 대답했다. 모로하 누나가 다시 손을 들자 마주 보던 두 사람이 검과 방패를 꽉 쥐고 자세를 고쳐잡았다. 조금 전에는 미소를 띠며 여유 있는 표정을 지었던 파피아 공주가 이번에는 긴장해서 굳은 표정을 지었다.

"시작!"

모로하 누나가 팔을 아래로 내리 휘두르자마자 파피아 공주는 방패를 앞으로 내밀어 견실하게 방어했다. 하지만 힐다는 이전처럼 품으로 파고들지 않았다.

두 사람은 서로 경계하면서 천천히 시계방향으로 돌았다. 힐다는 자연스럽게 자세를 잡고 칼끝을 상대에게로 내밀면서 서서히 상대와의 거리를 좁혀 갔다.

아까 공격적으로 나갔으니 이번에는 방어에 전념하려는 건가? 힐다의 표정은 변하지 않았지만 파피아 공주의 표정에서는 명백하게 초조한 감정이 엿보였다. 이래선 곧…… 앗.

"하압!"

더는 기다릴 수 없었는지 파피아 공주가 검을 앞으로 내뻗었다. 힐다는 그 공격을 간단히 방패로 받아넘겼다.

"큭!"

두 번, 세 번 검을 내뻗는 파피아 공주. 흐음. 자신감 넘치는 말을 한 게 이해될 만큼 그럭저럭 강하긴 하지만, 힐다의 상대가 될 정도는 아니다. 나와 처음 만났을 무렵의 야에였다면 졌을지도 모르지만.

상대의 검을 최소한의 움직임만으로 방패를 써서 막고 검으로 받아넘기며 상대를 농락하는 힐다. 격렬하게 움직이는 사람은 파피아 공주뿐으로, 당연히 그렇게 움직였다간 체력이 금방 떨어진다.

파피아 공주의 체력이 떨어진 틈을 노리고 힐다가 다시 상대의 검을 튕겨냈다.

그리고 아까와 마찬가지로 칼끝을 목덜미에 갖다 댔다.

"……계속하실 건가요?"

"……아니요, 제가 졌습니다."

힐다의 조용한 물음에 분한 표정을 지으면서도 자신의 패배를 인정하는 파피아 공주. 건투했다고 말해 주고 싶지만 비꼬는 말처럼 들릴지도 모르니 그만두자.

"힐다 님은 강하시군요. 이토록 검을 잘 다루시는 분을 만나긴 처음입니다."

"아니요. 저는 모로하 형님에 비하면 사자와 생쥐만큼 차이가 나는걸요. 뛰는 사람 위에 나는 사람이 있는 법이랍니다."

힐다의 말을 듣고 파피아 공주가 놀라며 모로하 누나를 돌아보았다.

"생쥐라니. 너무 겸손한 발언 아닐까? 힐다. 새끼 고양이만큼은 강해졌어."

"새끼 고양이요?"

힐다가 쓴웃음을 지었다. 검의 신과 비교해 아기 고양이 정도의 수준인 거니 굉장한 것 아닌가? 누나들과 비교하면 기준이 이상해져 문제다.

"이제 어떻게 할래? 검 다음은 마법 대결을 하기로 했었는데……."

"네, 하겠습니다. 검 대결에서는 패했지만, 마법 대결은 그렇게 되지 않을 겁니다. 제 실력을 보여 드리겠습니다."

"근성이 넘치는걸?"

모로하 누나가 파피아 공주를 칭찬했다. 태세 전환이 빠른 아이네. 아니면 마법에는 어지간히도 자신이 있는 건가?

힐다가 파피아 공주의 검과 방패를 회수해 우리가 있는 곳으로 돌아왔다.

"수고했어. 힐다가 보기에 어땠어?"

"처음 보는 유파의 검술이라 재미있었어요. 확실히 강하긴 강하지만, 조금 더 수행이 필요하다고 해야 할까요?"

마법의 과녁인 바퀴가 달린 커다란 나무 인형을 에르제와 야에가 훈련장으로 가지고 왔다.

저건 목제이긴 하지만 미스미드 왕국의 튼튼하고 잘 타지 않는 나무로 만들었다. 그러니 어떤 마법을 사용할 생각인지는 모르지만 쉽게 부서지진 않으리라 생각한다. 【아쿠아 커터】 같은 절단계 마법이라면 산산조각이 날지도 모르지만.

"그럼 시작할까. 저건 부숴도 상관없어."

"네."

모로하 누나가 파피아 공주에게서 멀어졌다. 파피아 공주가 인형을 향해 내밀고 있던 양 손바닥에 마력이 소용돌이처럼 모여들기 시작했다.

마력의 크기도 질도 상당히 뛰어나다. 게임 캐릭터로 치면 마법검사 타입에 해당하려나?

파피아 공주가 오른손에서는 파직거리는 빛의 구슬을, 왼손에서는 소용돌이치는 바람을 생성했다.

　그리고 그걸 떨리는 손으로 천천히 가운데로 옮겨서 합치더니 튀겨 내듯이 앞으로 발사했다.

　"【오너라 섬람(閃嵐), 전격의 폭풍, 플라즈마스톰】!"

　나무 인형을 중심으로 용오름이 발생하는 동시에 무수히 많은 전격이 나무 인형을 꿰뚫었다.

　놀라운걸? 위력은 그다지 강하지 않지만 저건 합성 마법이잖아. 고대 마법 문명 시대에는 일반적으로 사용됐지만, 점차 많은 사람이 다룰 수 있는 마법으로 다운그레이드된 결과 고대 마법은 쇠퇴하고 말았다.

　너덜너덜해진 나무 인형이 크게 흔들리다 쓰러졌다. 지면에 쓰러진 충격으로 인형은 산산조각이 났다.

　"어떤가요?!"

　파피아 공주가 으쓱한 표정으로 돌아봤지만, 우리의 반응이 시원치 않은 모습을 보고 눈썹을 찌푸렸다. 놀라긴 놀랐는데, 역시 '호오'나 '제법인걸' 이상의 반응을 보이긴 힘들었다.

　"【플라즈마스톰】. 빛과 바람의 합성 마법이구나. 빛보다 바람이 너무 강한 느낌이 들긴 하지만."

　"그러, 네요. 그 탓에 빛 속성의 위력이 죽어 버렸어요. 그 점만 개선해도 두 배의 파괴력을 낼 수 있으리라 생각, 해요."

　린과 린제가 방금 그 마법을 논평하자 파피아 공주가 크게 놀랐다. 쉽게 자신의 마법을 간파해서 신기하게 생각한 거겠지.

린과 린제가 아무 말 없이 가위바위보를 했다. 그리고 가위바위보에서 진 린제가 작게 한숨을 내쉬더니 훈련장으로 이동했다.

파피아 공주가 뒤로 물러서자, 야에와 에르제가 두 개째 나무 인형을 가지고 왔다.

린제가 파피아 공주와 마찬가지로 양손에 하나씩 얼음 알갱이와 광구를 생성해 빠르게 합쳤다. 물 흐르는 듯한 그 움직임은 조금 전 파피아 공주의 어색한 움직임과는 비교가 되지 않을 만큼 자연스러웠다.

"【오너라 빙광(氷光), 일곱 빛깔의 반짝임, 프리즈마 레인보우】."

린제가 일곱 가지 색으로 빛나는 레이저를 발사했다.

그 마법을 맞은 나무 인형의 상반신이 순식간에 소멸했다. 그래도 여전히 위력이 남아 있던 레이저는 훈련장에 펼쳐 둔 방어 장벽에 맞고서야 확산 소멸했다. 흩날린 얼음 알갱이가 반짝거리는 빛을 반사해 무지개를 만들었다.

"아니?!"

"오오, 아름답구먼!"

놀라는 파피아 공주와 무지개를 보고 신나 하는 스우. 대조적인 두 사람을 보니 조금 웃음이 나올 것 같았다.

"합성 마법은 어디에서, 배우셨나요?"

"네? 노, 노키아의 던전에서 발견한 고대 마법서로……."

"그렇군요……. 노키아에 조금 흥미가 생겼어요."

파피아 공주의 말을 듣고 린제가 작게 고개를 끄덕였다. 고대 마법 문명 시대, 유명한 마법사들은 연구 기록과 성과, 작품 등을 도난당하지 않기 위해 자신만의 아지트를 만들기도 했다고 한다. 그중에는 성과 탑도 있었지만, 가장 간단히 만들 수 있었던 것이 던전이었다는 모양이다. 구멍을 판 다음 흙 마법으로 막으면 그만이었으니까.

그래서 바빌론 박사는 하늘을 떠다니는 바빌론 섬을 만든 것이었는데, 아무튼 그와 비슷한 던전이라면 마법서 한두 권 정도야 발견된다 해도 이상하지 않다.

우리가 있는 곳으로 돌아온 파피아 공주에게 유미나가 말을 걸었다.

"공주님의 실력이 어느 정도인지는 잘 알았습니다. 조금 더 질문하고 싶은 일이 있어서 그러는데 테라스에서 차라도 한 잔 어떠신가요?"

대답할 기력마저도 잃었다는 듯이 파피아 공주는 유미나의 제안에 고개만 작게 끄덕였다.

우르르 걷기 시작한 약혼자들을 나도 뒤따라가려고 하는데 린이 막아섰다.

"이제부터는 여자들끼리 얘기하고 싶으니 달링은 물러나 줘. 리시아 여사는 오셔도 되지만, 얀체 대사도 물러나 주실 수 있을까요?"

얀체 대사는 조금 불만스러운 표정을 지었지만, 다행히 리시아 여사가 잘 다독여 주었다. 그리고 리시아 여사를 포함한 여성진은 우리를 남겨 두고 떠나갔다.

　성으로 돌아가 얀체 대사와 헤어지자 기둥 뒤에서 소리도 없이 츠바키 씨가 나타났다.

　"뭔가 알아냈나요?"

　"네. 노키아에 잠입한 부하들의 정보인데, 현재 노키아의 국왕인 루움 라드 노키아는 몸져누운 상태라고 합니다."

　"몸져누워……? 병이에요?"

　"거기까지는 알아내지 못했습니다. 단, 위독한 상황이라고 합니다. 국왕에게는 장녀인 레피아, 차녀인 파피아, 이렇게 두 명의 자녀가 있는데, 국왕이 붕어하면 장녀인 레피아가 왕위를 잇게 될 거란 소문입니다."

　음~. 남자가 없으니 당연하다면 당연한가.

　"아니요. 물론 그런 이유도 있지만 조사에 따르면 노키아 왕국의 제2 왕녀 파피아 공주는 3개월 전에 돌아가셨습니다."

　"네?!"

　돌아가셨어? 죽었다는 거지? 그럼 여기에 있는 파피아 공주는 누구지?!

　"……가짜라는 건가?"

　"쇄국이라는 점을 역이용해 공주로 신분을 숨기고 폐하의 환심을 사려고 했는지도 모르지만……. 그렇다고 하기엔 너무 허술합니다. 3개월 전, 파피아 공주는 소풍을 갔다가 말과 함께 낭떠러지 아래의 강으로 떨어지는 사고를 당했고, 며칠 후에 사체로 발견되었다는 모양입니다."

시체를 발견했다면 역시 가짜인가……? 공주가 죽은 줄도 모르고 이름을 사칭했다든가?

이야기가 뒤죽박죽이라 잘 이해가 안 되네.

만약 내가 그 공주를 10번째 아내로 맞겠다고 했다고 치자. 그렇게 되면 당연히 노키아로 인사를 갈 텐데, 노키아에서는 그 사람이 누군지 모른다고 말할 테니 정체는 쉽게 들킨다. 대체 무슨 의미가 있지?

아니면 인사는 나중에 천천히 가자고 말해 시간을 끌 셈이었나. 그사이에 나와 기성 사실을 만들어 두면 된다고 생각해서……? 무섭게!!

"아직 첫 번째 보고이니 추가 소식도……."

"폐하!"

츠바키 씨의 말을 중간에 끊듯이 기사단장 레인 씨가 토끼 귀를 흔들며 복도를 달려왔다. 저기요, 지금은 단장님이니 조금 더 침착하게 행동을 해 주셨으면 하는데요…….

그렇게 급한 일이면 그냥 전화를 하면 될 텐데.

"서둘러 알현실로 가 주십시오. 노키아 왕국의 사자가 왔습니다!"

"네? 얀체 대사가요? 막 헤어진 참인데요. 그런데 왜 알현실로 가죠?"

"아니요, 아닙니다. 얀체 대사가 아니라, 다른 대사가 왔습니다! 노키아에서!"

……응? 무슨 말이지?

"제2 왕녀 파피아 공주의 이름을 사칭하는 괘씸한 자를 바로 넘겨주길 바란다고 합니다!"

어? 역시 가짜였나? 아직 상황을 정확하게 파악하지 못했지만, 일단 우리는 바로 알현실로 가 보았다.

"신분증은요?"

"가지고 있었습니다. 제노아스에 문의해 사진으로 확인해 보니, 제노아스에 제출했던 노키아 대사의 메달과 똑같았습니다. 적어도 메달 자체는 진짜로 보입니다."

복도를 빠르게 걸으면서 나는 레인 씨에게 그러한 점을 확인해 보았다. 죽여서 빼앗은 게 아닌 이상에야 노키아의 대사가 맞긴 맞는 건가.

"얀체 대사가 가져온 메달하고 똑같나요?"

"완전히 똑같아 보였습니다. 물론 똑같은 메달이 여러 개 있어도 이상할 것은 없지만…….”

동시에 여러 나라로 외교관을 보낼 수도 있는 거니까. 노키아는 사실상 제노아스 이외의 나라와는 교류하지 않지만.

그런데 얀체 대사가 가짜고 이번에 온 대사가 진짜라면, 어떻게 가짜가 이곳에 있다는 사실을 밝혀낸 거지? 여긴 낯선 땅이고, 노키아는 쇄국 정책을 펼치는 나라인데. 【서치】 같은 탐색 계열 마법을 사용한 걸까?

“만나 보면 알겠지.”

알현실에 들어가자 다섯 명이 무릎을 꿇고 고개를 숙였다. 한 명은 조금 뚱뚱한 중년 남자였고, 다른 네 명은 튼튼해 보이는 가죽 갑옷을 입은 사람들로 중년 남자보다는 젊어 보였다. 중년 남자 이외의 네 명은 호위인가 보네.

“폐하. 노키아 왕국의 대사인 드라이프 차오마 님입니다.”

코사카 씨가 두 번째 대사를 소개하려고 했지만, 내가 손을 들어 말을 제지했다.

“인사는 생략하지. 그래, 드라이프 대사. 파피아 공주와 얀체 대사를 넘겨 달라고 했다던데, 어떻게 된 일인지 설명해 주겠습니까?”

“……네. 그자는 절대 공주가 아닙니다. 파피아 공주님은 3개월 전, 소풍을 가셨다가 낭떠러지 아래의 강으로 떨어지는 사고를 당해 목숨을 잃으셨기 때문입니다.”

음. 츠바키 씨의 보고대로네. 고개를 든 드라이프 대사의 얼굴을 보니 눈초리가 사납고 삼백안인 남자로 짧게 수염을 기른 모습이었다. 조금 뚱뚱한 체형으로, 입매에 살짝 웃음을 짓고 있었지만 눈은 웃고 있지 않았고 눈 아래로는 다크서클이 내려와 있었다.

손가락에는 반지를 끼고 있고, 팔에는 팔찌를 짤랑거리며 달고 있는데 부적 같은 건가?

"얀체 대사도 당신이 가지고 있는 것과 똑같은 노키아 대사 메달을 가지고 있었는데……."

"……파로 얀체는 우리 노키아 왕국을 섬기는 외교관이 맞습니다. 메달 자체는 진짜이지요. 얀체는 제노아스에 갔다가 귀환하는 도중에 어떻게 된 일인지 가짜 공주 일행과 합류해 브륀힐드로 방향을 틀었습니다……."

"당신이 그들을 뒤쫓아 왔다?"

"네."

흠. 제노아스로 파견된 외교관이 얀체 대사였던 건가. 그 사람이 우리한테 왔다라. 그런데 용케도 얀체 대사를 발견했네?

"가짜 공주에 관한 정보는 어떻게 알아냈죠?"

"……공개적으로 말할 수는 없지만, 우리 나라는 중오스러운 유론이 멸망한 이후로 제노아스 이외의 나라와도 외교 관계를 갖기 위해 나라 밖에서 정보를 모으고 있었습니다."

"밀정인가요?"

"……밀정이라고 할 만큼 대단한 자는 아니지만, 우연히 그

자가 브륀힐드로 가는 얀체를 발견했습니다. 그 중대한 보고를 받고 저희는 곧장 이곳으로 온 것입니다."

노키아 왕국은 따지자면 산속 깊은 곳으로 밀려난 민족이다. 쇄국 정책을 펼쳤다기보다는 지형적인 이유로 쇄국을 할수밖에 없었던 나라다. 바로 그 방해꾼이자 가증스러운 유론이 사라져 자유롭게 외국에 갈 수 있게 되었으니 외국과 외교를 가지려고 모색하기 시작했더라도 이상할 것은 없다.

"여러분은 가짜 공주라고 하지만, 우리는 그걸 판단할 방법이 없습니다. 유일하게 귀국과 교류가 있던 제노아스만이 판단할 수 있는 일인데, 그곳을 방문했던 노키아의 대사가 얀체님이니 이곳을 찾은 공주를 진짜라 생각해도 어쩔 수 없는 일아닐까요? 혹시 노키아 왕의 칙서는 없습니까?"

"……국왕 폐하는 건강이 좋지 않으셔 정무는 제1 왕녀인레피아 님이 맡고 계십니다. 하지만 레피아 님은 가짜 공주와관련해서는 아무것도 모르십니다. 저희는 군무경(軍務卿)인카이저 노트리스 님의 명령으로 임무를 수행하는 중입니다."

건강이 좋지 않다라. 역시 노키아 국왕이 죽을 만큼 위독하다고는 말하지 않는구나.

그런데 국왕과 그다음 가는 제1 왕녀가 이 사실을 모른다니말이 되나?

"……레피아 님은 여동생이신 파피아 님을 매우 아끼는 분이시니, 레피아 님이 그 사실을 아시고 크게 상심하실까 우려하여 군무경이 배려 차원에서 보고를 하지 않았습니다. 군무경인 카이저 님은 레피아 공주님의 약혼자이기도 하시니까요."

흐음. 소중한 여동생은 3개월 전에 죽고, 아버지도 위독한 상황. 정신적으로 힘든 이 시기에 가짜 공주가 다른 나라에 간섭하려고 했다는 얘길 들으면 마음고생이 너무 심해져 제1 왕녀도 어떻게 될지 모르긴 하지. 그걸 이해 못 할 바는 아니지만…… 아무래도 마음에 걸려. 이 남자.

드라이프 대사의 눈은 초점이 맞지 않다고 해야 하나? 나를 보고 있지 않다고 해야 하나. 내 말을 듣고 대답할 때의 반응도 어딘가 모르게 둔하고 말이야.

"지금 당장 판단할 수는 없겠네요. 당신도 얀체 대사도 노키아 왕국 대사 메달을 가지고 있으니까요. 우리로서는 그것으로 판단할 수밖에 없습니다."

둘 다 같은 나라의 정식 외교관이라면, 어떻게 할지는 자기네끼리 결정해야 한다. 우리가 참견할 일이 아니다.

참견할 일이 아니긴 한데……. 이 드라이프라는 남자는 어딘가 모르게 기분이 나빠. 사람을 겉모습으로만 판단해선 안 된다는 사실은 잘 알지만…….

"……이 일은 귀국과는 아무런 상관도 없는 일이니, 가짜 공주와 그 일행을 넘겨주셨으면 합니다만."

"거절할 이유가 없긴 한데——."

"아니요. 거절하겠습니다."

"어?"

갑자기 들려온 목소리에 고개를 돌려보니, 어느새 유미나가 옥좌 옆에 서 있었다. 다른 약혼자들은 없는데 무슨 일이지?

"이야기는 전부 파피아 전하에게 들었습니다. 노키아로 돌아가 카이저 군무경에게 전달하세요. 도망치려면 빨리 도망치는 편이 좋다고요. 이미 전달되었을지도 모르겠지만요."

똑바로 드라이프 대사를 노려보며 엄한 목소리로 말을 이어가는 유미나. 유미나가 이렇게까지 분노하다니 웬일이지? 파피아 공주한테 무슨 얘기를 들었길래. 조금 무서운데.

"토야 오빠."

"으, 응?!"

"【신안(神眼)】으로 저자를 한번 봐주세요."

"어? 【신안】으로?"

유미나의 말대로 나는 두 눈에 신기를 모은 다음 드라이프 대사를 바라보았다. 어…….

이게 뭐야?! 드라이프 몸 안에서 안개 같은 뭔가가 보였다. 안개라고 해야 할지 연기라고 해야 할지는 모르겠지만, 그 안개는 드라이프의 몸 전체에 퍼져 있었다.

"뭐가 보였나요?"

"몸 안쪽에 안개 같은 뭔가가 자욱하게 퍼져 있어. 이게 뭐지?!"

"이자는 무언가에 씌어 있어요. 아마 악령 종류 아닐까요?

제 마안으로도 복수의 존재가 확인돼요."

유미나의 말을 들은 드라이프 대사가 천천히 자리에서 일어섰다. 초점이 맞지 않는 눈은 멍하니 허공을 바라보고 있었다.

〈크, 가아아, 으어어. 괘씸하기 짝이 없구나……. 파피아……. 그때 죽었으면, 좋았을 것을…….〉

드라이프 대사가 평소와는 다른 목소리로 그렇게 말했다. 정확하게는 드라이프와 다른 누군가의 목소리를 합성한 음성에 가까웠다.

"드라이프 대사는 조종당하고 있다는 말이야?"

"아마 그럴 거예요. 제 마안으로 보면 한쪽은 매우 탁한 느낌이지만, 다른 한쪽은 탁하지 않아요. 이 탁하지 않은 쪽이 이 사람이 지닌 본래의 자질이 아닐까 해요."

즉, 지금까지 대화를 나눴던 드라이프는 본래의 모습이 아니었다는 건가.

그건 그렇고 악령이라. 의외로 사람에게 빙의하는 마물은 비교적 많은 편이다. 하지만 대부분은 날뛰거나 의미를 알 수 없는 행동을 하는데, 조금 전까지 드라이프는 정상적으로 대답까지 했다. 마물이라기엔 '너무 이성적이다'. 그렇다면…….

"소환수인가."

〈내, 내 이름은, 이프티마스. 위대, 하신 카이저 님의 종…….

파피아에게 죽음을.〉

이프티마스? 호오, 말도 하네. 대화가 가능한 소환수를 불러낼 정도면 상당히 실력 있는 술사다.

일반적으로 소환수를 현실에 계속 머무르게 하기 위해서는 술사의 마력이 필요하다. 그런데 이 녀석은 드라이프에 깃들어 필요한 마력 소모량을 절약하고 있다. 일종의 기생인데, 숙주 본인처럼 행동했던 걸 보면 기억도 공유할 수 있는 걸지도 모르겠다.

"일단 정상이 아니라는 건 알았어."

드라이프 주변에 있던 노키아의 기사 네 명이 일어섰다. 무기는 몰수했으니 맨몸이긴 하지만 【신안】으로 보니 이 사람들 안에도 악령 같은 뭔가가 들어가 있었다.

알현실 안에 있던 레인 씨와 기사들이 떠돌기 시작하는 불온한 분위기를 느끼고 허리에 차고 있던 검을 빼냈다.

일단은 저 악령 같은 것부터 빼낼까.

"【빛이여 오너라, 반짝임의 추방, 배니시】."

"어?"

내가 쓰려고 했던 마법을 갑자기 뛰어든 린제가 먼저 발동해 드라이프와 수행원들을 향해 날렸다.

〈크, 아, 으갸아아, 아아아아아아악?!〉

고통스러워하는 외침과 함께 드라이프와 기사들의 입에서 탁한 연기 모양의 무언가가 튀어나왔다. 우와아……. 꼭 엑토플라즘 같아.

연기를 토해낸 다섯 명은 그 자리에서 털썩털썩 쓰러졌다.

언데드라면 소멸시킬 수 있었겠지만, 일단 저건 소환수인 모양이라 그냥 두었다.

〈네 이놈……! 네 이놈 네 이놈 네 이노오오오오옴!〉

악령 다섯 마리……. 이건 스펙터인가? 그렇게 생각했는데 곧장 악령들이 하나로 합체했다. 아무래도 몸을 분리하면 여러 사람을 조종할 수 있는 듯했다. 원래는 이프티마스인가 하는 하나의 개체였다는 건가.

탁한 연기 속에서 금색으로 빛나는 괴이한 눈 두 개가 보였다. 스펙터가 미워서 못 견디겠다는 듯이 두 눈으로 우릴 바라보았다.

"【부스트】!"

쌍둥이 여동생 뒤에서 뛰쳐나온 에르제가 바닥을 박차며 스펙터를 향해 크게 도약했다. 에르제의 양손에는 정재 장갑 건틀릿이 장비되어 있었다.

〈바보 같은 녀석! 스펙터에게 주먹이 통할 것 같나?! 네 몸에 빙의해 주마아아아아아아아!〉

"바보는 너야!"

에르제의 건틀릿이 황금빛을 날렸다. 저건 에르제가 원하는 대로 내포된 여섯 속성의 마력을 부여할 수 있는 건틀릿이었다. 에르제의 부탁을 받고 내가 최근에 인챈트해 두었다. 따라서 상대가 스펙터라고 해도 대미지를 줄 수 있었다.

"타케루류, 광패섬권(光覇閃拳)!"

〈크어, 크어어어어어어어어어어?!〉

에르제가 내뻗은 빛의 주먹에 몸의 중심이 꿰뚫린 스펙터. 스펙터의 영체는 곧장 산산이 찢어져 흔적도 없이 소멸하였다.

〈카이, 저…… 님, 죄송, 합니…….〉

주인에게 사념을 보냈던 것이겠지. 소멸하기 전에 스펙터의 목소리가 들려왔다.

노키아에 있는 카이저 군무경은 이 상황을 파악하고 있을 것이다. 소환수와 계약자는 텔레파시로 대화를 할 수 있기 때문이다.

그런데…… 멋진 장면을 전부 빼앗기고 말았네.

"토야 오빠, 저 사람들에게 【리커버리】를 걸어 주세요."

"응? 그래, 알았어."

유미나가 그런 말을 하기 전까지 멍하니 옥좌에 앉아 있던 나는 서둘러 자리에서 일어섰다. 나도 그 정도는 해야지.

나는 쓰러진 다섯 명에게 【리커버리】, 【리프레시】, 【에어리어 힐】을 걸어 주었다. 이제 곧 눈을 뜨겠지.

"드라이프 님……!"

부단장 니콜라 씨가 얀체 대사를 알현실로 데리고 왔다.

이어서 야에, 루와 함께 피파아 공주와 시녀인 리시아 씨도 나타났다.

閃光拳覇

노키아 왕국에서 온 세 사람은 쓰러져 있는 동향 사람들의 얼굴을 들여다보았다.

"괜찮아. 이 다섯 명은 정신을 잃었을 뿐이니까. 영적 마물에게 조종당하고 있었지만 몸에는 이상이 없어 보여."

"역시 조종당하고 있었나요……. 카이저 자식……! 용서할 수 없어……!"

이를 꽉 물며 분노한 표정을 짓는 파피아 공주. 잠깐, 공주 맞나? 일단 그 점을 확인해 보자.

"드라이프 대사가……. 아니지. 정확하게는 빙의하고 있던 스펙터가 당신을 가짜라고 말했는데 진실은 뭐지? 내가 따로 알아본 바에 따르면 파피아 공주는 스펙터의 말대로 3개월 전에 사고로 사망했다고 하던데."

"아닙니다. 저는 정말로 노키아 왕국의 제2 왕녀, 파피아 라다 노키아입니다. 그 죽음은 군무경인 카이저가 저의 가짜 시체를 사용해 꾸며낸 거예요."

나를 똑바로 바라보는 그 눈빛에는 한 점의 흐림도 없는 것 같았다. 다른 사람에게 몸을 빼앗겨 조종당하는 사람의 말을 쉽게 믿는 게 이상한 거지만.

"그렇다면 낙마 사고도 혹시 카이저가 한 짓인가?"

"네. 방해가 되는 저를 죽이고 언니와 결혼해 노키아를 빼앗을 속셈입니다. 제가 그자의 꿍꿍이를 알아채자 그가 제 목숨을 노려 저는 노키아로 돌아갈 수 없게 되었습니다. 그러던 중에 저는 제노아스에서 얀체를 만나게 된 겁니다."

파피아 공주가 얀체 대사를 바라보았다. 얀체 대사는 미덥지 못하게 어색한 웃음을 지었다.

"저, 저는 제노아스에서 노키아로 돌아가는 도중이어서 어떻게 된 일인지 거의 몰랐기 때문에 파피아 공주님의 말씀대로 행동했을 뿐입니다……. 저도, 그, 그 군무경은 수상하다고 계속 생각을 했었으니까요."

카이저는 몇 년 전부터 급속히 힘을 키워 두각을 나타내기 시작한 사람이라고 한다. 하지만 너무나도 부자연스러운 출세와 카이저를 따르는 사람들의 이상한 행동을 보고 의구심을 품은 자들도 있었다고 한다.

"드라이프도 그런 사람 중 한 명입니다. 예전에는 온후하고 대인 관계가 좋았던 남자였는데 어느 날 갑자기 카이저의 신봉자가 되어선, 카이저가 유리해지도록 궁정 내에서 암약하기 시작했습니다. 너무 갑작스러운 변화라 무언가에 씐 게 아니냐는 소문까지 돌 정도였어요……."

소문대로 정말로 씌었던 것인데, 그렇게까지 평범한 사람처럼 행동하면 역시 알기 힘들다.

"파피아 공주님은 군무경을 쓰러뜨리기 위해 도와줄 사람을 찾았어요. 그래서 토야 오빠한테 온 거래요."

"그럼 그냥 부탁했으면 됐을 텐데……."

10명째 신부가 되겠다느니 하면서 이상하게 어필하지 말고. 유미나의 말을 듣고 내가 얼굴을 찡그리자 파피아 공주가 당황한 듯 고개를 숙였다.

"죄, 죄송합니다……! 저, 저, 저어. 폐하는 비할 데 없이 여자를 좋아하여 약혼자들에게도 매우 친절하게 행동하신다고 들었기에 저도 결혼을 한다면 틀림없이 도움을 받을 수 있을 거라고……."

"또 그거냐?!"

왜 이야기가 자꾸 비약되는 거야?! 나한테 원한이 있는 사람이 있는 말 없는 말 막 퍼뜨리고 다니는 건가?! 뜬소문으로 인한 피해가 이만저만이 아니거든?!

"토야 오빠. 조금 전에 이야기를 듣고 저희는 파피아 공주를 도우러 가기로 했어요. 토야 오빠가 허락만 해 주신다면 저희끼리만 노키아 왕국으로 가 보고 싶은데요."

"어? 너희만?"

왜?

"너희만 노키아에 가겠다고……? 어째서?"

"아까 파피아 공주에게 일의 전모를 모두 들었어. 조금 전에 본 소환수나 파피아 공주의 이야기를 종합해 보면, 카이저 군무경이란 사람은 틀림없이 빙의술사야. 악령을 다루고, 사람에게 빙의하게 하여 마음대로 조종하는 사령술사의 일종인 거지."

린이 유미나 대신 대답해 주었지만 아직 잘 이해가 되지 않는다. 빙의술사? 그러자 린제가 보충해서 설명해 주었다.

"바빌론의 '도서관'에서 읽었어요. 빙의술은 의지가 약한 사람이나 부정적인 감정이 강한 사람, 마음의 틈새가 있는 사람에게 악령을 빙의시킬 수 있는 마술이에요. 궁정은 권모술수의 소굴이니, 사람을 마음껏 조종하지 않았을까, 하고 추측이 돼요."

아, 나도 조금이지만 읽은 적이 있는 것 같다. 사체는 조종할 수 없지만 살아 있는 인간을 꼭두각시로 만들어 버리는 어둠 속성의 고대 마법이었던가? 잘 기억은 안 나지만.

"어……. 그 빙의술을 사용해 카이저라는 남자는 노키아에서 높은 지위로 올라갔다는 거야?"

"그뿐만이 아니에요. 그 남자는 젊은 처녀도 조종해 자기 마음대로 다뤘대요. 도저히 남자라고도 할 수 없는 저질이에요."

힐다가 경멸스럽다는 듯이 중얼거렸다. 정정당당이 모토인 레스티아 공주 기사로서는 결코 용납할 수 없는 일이겠지. 힐다의 두 눈에는 이글거리는 분노의 불꽃이 깃들어 있었다.

다른 사람을 조종하는 힘. 그런 힘을 손에 넣으면 대부분의 사람은 자신의 욕망을 채우기 위해 그 힘을 사용할 가능성이 크다. 카이저인가 하는 사람도 그런 욕망에 패배한 한 사람이란 건가.

"그 카이저란 놈은 귀족에게 악령을 빙의시킨 뒤에 자기 딸을 내놓게 명령을 하기도 했대. 마음에 드는 여자를 거느렸다 질리면 버리는 짓도 서슴없이 했다는 모양이야."

"용서할 수 없어요. 여자의 적이에요! 끓어오르는 분노를 억누를 수 없어요!"

"저도 동감입니다. 사람의 마음을 가지고 노는 악인에게 천벌을 내려야 합니다."

에르제, 루, 야에도 상당히 화가 난 모양이었다. 뭘까. 내 일이 아닌데도 좀 무섭다……. 나도 어둠 마법을 쓰면 다른 사람을 조종할 수 있어서 그런가?

"다행이라고 하긴 뭐하지만, 노키아 국왕과 제1 왕녀는 심지가 강해 악령에게 빙의되지는 않았다고 하지만……."

힐끔. 린이 파피아 공주를 돌아보았다.

"카이저는 귀족 회의를 열고 언니를 자신의 약혼자가 되게 만들었어요. 회의 사람은 대부분 카이저 지지자였는데, 지금 생각해 보면 그것도 악령을 빙의시켜 조종한 거겠죠. 병상에 계신 아버지의 힘으로는 그걸 뒤집을 수 없었어요……. 게다가 카이저는 저까지 노리고 있었어요. 그걸 알고 언니는 저를 도망치게 해 주었죠. 희생자는 자신 한 명으로 충분하다며……. 하지만 도망치는 도중에 추격자에게 따라잡혔고, 결국 싸우다가 리시아와 함께 낭떠러지 아래의 강으로 떨어져……."

추격자들은 그 일로 두 사람 모두 죽었다고 보고 철수했던 건가……? 응? 그럼 가짜 시체는?

"아마…… 카이저가 언니를 동요하게 만들려고 한 짓일 거예요……."

"마음의 버팀목이 사라지면, 사람은 마음에 뻥하고 구멍이 뚫리거든. 마음이 약해지는 거지. 악령이 들러붙기엔 딱 좋은 환경이 조성되는 거야."

팔짱을 끼며 린이 그렇게 말했다. 발치에서 폴라가 발끈하며 발을 세차게 굴렀다. 봉제인형 주제에 너무 분노하지 마. 나도 쓰레기 같은 놈이라고는 생각하지만.

"그럼 제1 왕녀는 벌써 카이저의 꼭두각시가……."

"아니요. 언니는 그렇게 약한 여자가 아니에요. 제가 죽었다는 말을 들었다 해도, 개인적인 일로 나라를 내버려 둘 리가 없어요. 그렇기에 카이저는 언니와 결혼을 강행하려고 할거예요. 아버지가 돌아가시면 언니가 차기 왕위를 이을 테니, 결혼하면 카이저는 여왕의 남편이 돼요. 그리고……."

"왕위를 이은 제1 왕녀가 죽으면, 카이저에게 그 차례가 돌아오는구나……."

파피아 왕녀가 고개를 끄덕였다. 결국 왕위를 찬탈하기 위한 건가.

얀체 대사에게 브륀힐드로 오기 전에 왜 제노아스에 중개를 부탁하지 않았는지 물어보니, 예전에 마왕 폐하에게 내 얘기를 했더니 매우 불쾌해했었기 때문이라고 한다.

얀체 대사는 그걸 알고 있어 직접 우리에게 오기로 했던 모양이었다. 사이가 나쁜 건 아니에요. 평소에 딸이 자신을 차갑게 대하니, 내가 샘이 나서 그런 게 아닐까?

노키아의 집안 사정은 대략 잘 알겠는데…….

"왜 너희만 가려고 하는데?"

"여자를 도구로밖에 보지 않는 쓰레기는 여자의 손으로 심판해야 해. …………싹뚝 자를 거야."

사쿠라가 무표정하게 소름 돋는 말을 하더니, 손가락으로 가위 모양을 만들어 싹뚝 자르는 시늉을 했다. 뒤를 이어 힐다가 말했다.

"우리는 노키아 왕국 제2 왕녀인 파피아 전하의 요청을 받아 진의를 확인하러 노키아로 가겠습니다. 적어도 노키아의 군무경인 카이저라는 자의 소환수가 브륀힐드의 왕궁에서 날뛰고 국왕인 토야 님의 약혼자를 습격한 것은 사실. 그는 응분의 대가를 치러야만 합니다."

약혼자를 습격해……? 약혼자에게 습격당한 게 아니고?

"뭔데?"

"아니, 아무것도 아니야."

에르제가 노려봐서 나는 시선을 피했다. 그, 그래. '빙의해 주겠다'는 말을 했으니, 해치려고 한 건 분명한 사실이다.

"역시 나도 가야 하지 않을까……? 상대는 빙의술사잖아? 악령에게 빙의라도 당하면 어쩌려고. 게다가 스우까지 가는 건……."

"언제까지고 나를 어린애 취급하지 말게나. 이제 훌륭한 숙녀가 아닌가. 조금은 날 믿게. 토야는 날 믿지 못하는 겐가?"

"아니, 당연히 믿기야 하지만……."

조금 발끈하며 스우가 나를 노려보았다. 요즘 스우는 자신을 어린애 취급하면 삐친다.

믿고 있지만, 걱정되는 건 어쩔 수가 없어…….

"나도 따라가니 걱정하지 말거라."

"어?"

끙끙대며 고민하는데 내 뒤에서 다정한 목소리가 들렸다. 돌아보니 그곳에는 손으로 직접 짠 숄을 두른 시공신……. 아니지. 토키에 할머니가 서 있었다.

"토키에 할머니도 가세요?!"

"나도 가끔은 움직여야지. 게다가 나라면 모두를 전이시켜 줄 수 있으니 오갈 때 편리하잖니."

할머니가 생글생글 웃었다. 배웅과 마중 정도는 내가 해도 되는데.

"네가 이 아이들을 소중하게 생각한다는 사실은 잘 안단다. 하지만 지켜주는 것만이 애정은 아니야. 때로는 믿고 기다리는 것도 애정의 하나지. 앞으로 이런 일이 종종 있을 테니, 지금 적응해 두렴. 이번 일은 좋은 예행연습이 될 거야."

할머니의 말을 듣고 정신이 번쩍 들었다. 내가 이대로 이 세계를 관리하는 한 사람 몫의 신족이 되면 이런 상황과 자주 맞닥뜨리게 될 것이다. 지상에 간섭하고 싶어도 규칙을 깨지 않는 선에서 도울 수밖에 없는 상황과.

약혼자들은 나나 카렌 누나를 비롯한 신들의 '신의 사랑'으로 권속이 되어가고 있다. 게다가 토키에 할머니도 같이 간다. 뭘 걱정할 필요가 있을까.

"……좋아. 그렇지만 무리는 하지 말아 줘. 무슨 일이 있으면 연락."

"그~러~니~까~. 괜찮다고 하잖아. 넌 너무 걱정이 많아 탈이야."

으윽. 에르제가 한숨을 쉬며 그렇게 말했다. 역시 너무 끈질겼나…….

"들은 대로 우리가 널 도울 거야. 마음 푹 놓아."

"여러분……. 저를 위해서…… 감사합니다! 정말 감사합니다……!"

무척 감동했는지 린의 말을 들은 파피아 공주가 굵은 눈물방울을 뚝뚝 흘리며 고개를 숙였다. 뒤를 이어 얀체 대사와 리시아 씨도 약혼자들에게 깊이 고개를 숙였다.

"……만약 여기서 토야 씨가 직접 파피아 공주를 구하기라도 하면, 틀림없이 열 번째 약혼자가 되어 버리니까, 요."

"완전히 똑같진 않아도, 이건 루랑 패턴이 비슷해."

"제, 제가 약혼자가 됐을 때하고는 경우가 달라요!!"

"토야의 색시가 늘어나면 좋은 일이 아닌가 생각하네만."

"스우는 너무 느긋해. 지금보다 더 늘어나면 우리 몫이 줄어들어."

"몫이라니 어떤 몫을 말씀하시는지……?"

"아무튼 쓰레기 같은 저질 남자는 우리가 해치우는 게 제일이에요……."

뭔가 불온한 대화가 들려왔지만, 이런 건 못 들은 척해야 똑똑한 남자가 아닐까 한다. ……아마도.

◇ ◇ ◇

"이런 일이 있었어……."

"그렇구나. 토야도 고생이네."

엔데는 손에 들고 있던 과실수를 벌컥 들이켜더니, 주점의 바텐더에게 추가 주문을 넣었다.

모험자 길드 옆에 있는 주점 '발키리의 날개'는 오늘도 사람들로 북적였다. 그곳의 제일 눈에 띄지 않는 구석 자리가 우리의 지정석으로, 요즘엔 엔데와 서로 불평을 털어놓거나, 불평을 들어주기도 하면서 이런저런 잡담을 자주 나눈다.

이곳에는 기사단 사람들도 자주 와서【미라주】로 모습을 바꾸고 온다. 괜히 마음 쓰게 하면 미안하니까.

"여자만 있다는 그 사실이, 중요한 커뮤니케이션의 조건이 아닐까? 우리도 그렇거든."

"엔데네도?"

"메르, 리세, 네이가 자주 셋이서만 외출하거든. 나는 누구 씨처럼 걱정하진 않지만."

큭. 미안하네요. 걱정 많은 남자라서. 아이들이 근처에 심부름 가는 일과는 다르거든?

"남자는 떡하니 버티고 앉아 중심을 잡아 주면 되는 거야. 그런 모습을 보고 여자친구들도 마음을 놓지. 토야는 이해할 수 없는 말이려나?"

"……밤샘 파티에 방해가 된다며 집에서 쫓겨난 애한테 그런 말은 듣고 싶지 않은데?"

"크윽."

엔데가 가슴을 부여잡고 테이블에 엎드렸다. 메르, 리세, 네이는 우리뿐만 아니라 숙소 '은월'의 미카 누나, 웨이트리스인 플레르 씨, 기사단의 레베카 씨와 스피카 씨, 모험자인 소니아 씨, '홍묘'의 에스트 씨와도 사이가 좋아졌다. 오늘은 그 사람들 모두를 불러 밤샘 파티를 한다고 한다. 그래서 방해가 되는 엔데는 집에서 쫓겨났다.

"메르한테 친구가 생긴 건 좋은 일이지만……. 우리도 남자들끼리 모여서 밤새도록 떠들어야 하나?!"

"미안. 얼마 전에 했었어."

"왜 난 안 불렀어?!"

별로 재미있는 일도 아니었으니까. 밤새도록 마작을 했을

뿐. 그래도 다음에 또 하게 되면 불러줄게.

나는 테이블 위에 있던 감자칩을 입에 던져 넣었다. 맛있네.

"자, 나왔습니다."

바텐더가 다가와 추가 주문한 과실수를 엔데 앞에 놓고, 술안주 세 접시를 테이블 위에 늘어놓았다. 그리고 마지막으로는 증류주와 얼음이 들어간 유리잔을 쾅 하고 내려놓았다. 응?

"저어, 주문 안 했는데요……?"

"냐하하~. 레굴루스산 술을 마실 날을 계속 기다려 왔거든~. 잘 들여놓지도 않고, 카리나가 쩨쩨하게 돈도 안 줘서 마시질 못했는데 드디어~. 어디 보자, 일단은 한 잔……."

어느새 우리 테이블석에 앉아 있던 스이카가 유리잔을 집어 들었다. 너였냐, 이 녀석!

나는 향기를 즐기고 유리잔을 단숨에 비우려는 스이카의 손을 덥석 붙잡았다.

"마셔도 된다고 한 적은 없는데?"

"냐하하……. 귀, 귀여운 여동생한테 한턱내는 줄 알았지……."

"나랑 한 약속 안 잊었지?"

"뭐더라……. 밤에는 마시러 가지 않는다, 였던가……?"

스이카는 술의 신이지만 겉모습은 7살짜리 어린이다. 대낮이라면 몰라도 밤에 어린애가 밖을 돌아다녀선 여러 가지로 문제가 있기도 하고, 분쟁이 일어나는 원인이 될 수도 있다.

그래서 특별한 이유가 없는 한 날이 저문 뒤에는 주점에 드나들지 말라고 스이카에게 단단히 일러두었었다.

"나는 토야 오빠를 찾았었거든. 그런데 엔데 오빠랑 주점에 같이 있다고 하니까."

"겸사겸사 술을 마시겠다고?"

"그, 그래. 겸사겸사. 응, 겸사겸사."

초조해하면서도 스이카는 냐하하 하고 웃었다. 이미 주문한 이상 어쩔 수 없긴 하지만⋯⋯.

"⋯⋯오늘만이다?"

"얏호~. 토야 오빤 말이 통한다니까~."

내가 손을 놓자 스이카는 유리잔을 기울이며 꿀꺽 술을 마셨다.

"크하아~. 죽이네~. 오장육부에 스며들어~."

"아저씨냐?"

그런데 진짜 맛있게 마시긴 한다. 엔데도 어이없다는 듯이 웃었다. 이것도 술의 신의 힘인가? 그 장소의 분위기를 누그러지게 하는 것도?

"난 왜 찾았는데? 애초에 스마트폰으로 전화 한 통만 하면 끝날 일 아닌가?"

"냐하하. 주점에 있다는 얘기를 듣는 순간 그런 선택지는 이미 선택할 여지가 없었지. 왜 찾았냐면~. 조만간 혼자서 지상에 내려올 테니 잘 부탁한대."

"응? 결혼식 하객이?"

"아니, 그게 아니라. 토야 오빠랑 얘기하고 싶으니 직접 내려온대."

내려온다니……. 별것 아닌 것처럼 얘기하지 마. 상급신이 아닌 이상 세계신님의 허가가 없으면 내려오지 못하는 거 아니었어? 누군데 그러지?

나는 과실수를 마시면서 스이카에게 물었다.

"누구더라. 아, 파괴신."

"푸후웁?!"

"더럽게?!"

나는 정면에 있던 엔데의 얼굴에 입에 머금고 있던 과실수를 전부 내뿜고 말았다.

파, 파괴신?! 필요 없어진 세계나 신들의 관리를 받지 않는 세계를 없앤다는 그 파괴신?!

"자자, 잠깐만! 왜 파괴신이 세계신님이 아니라 너한테 그런 전언을 부탁하는데?!"

"응? 내 술친구니까."

진짜냐?! 그렇게 허물없는 사이였어?

"파괴신이 뭐 하러 와……?"

"글쎄? 토야 오빠의 선배로서 따끔하게 한마디 해 주려는 것 아닐까냥~? 그 신도 세계신님의 권속이니까."

그렇구나……. 그럼 직계 대선배네? 정말 뭐 하러 오려는 건지……

"토야……. 별로 듣고 싶지 않은 이야기를 들은 느낌인데…….
이 세계가 소멸하거나 하진 않는 거지? 만약 소멸된다면 메르 데
리고 도망치고 싶은데."

"아냐. 그건 괜찮을 거야…… 아마도."

실룩거리며 웃는 엔데를 보고 나도 마찬가지로 얼굴을 실룩
이며 웃었다. 아무리 파괴신이라지만 정당한 이유 없이 세계
를 파괴하지는 않으리라 생각한다. ……확신은 없지만.

하느님 컴퍼니의 신입 사원 모치즈키 토야. 대선배인 파괴
신에게 구박당하다 편……은 아니겠지?

약혼자들과는 별개로 이쪽은 이쪽대로 고민거리가 생겼네.
나는 남은 과실수를 벌컥 들이켰다.

"흥. 이프티마스. 당했나……. 쓸모없는 놈. 계집애 한 명에
게 당하다니……."

남자는 텔레파시가 끊어진 소환수에게 욕설을 퍼부었다. 차
가운 바람이 부는 성의 발코니로 나가 보니 함께 험준한 산들
사이에 세워진 도시의 전경이 보였다. 노키아 왕국의 왕도 셴

바라는 산악 지대에 둘러싸인 천혜의 요새였다. 성 아랫마을의 곳곳에는 노란색 이등변삼각형인 국기가 펄럭이고 있었다.

남자는 이 나라의 모든 군을 이끄는 총사령관인 군무경이었다. 몸에 걸친 검은 창파오와 목에 건 금은 산호, 마노로 만든 약장이 그 지위를 증명해 주었다.

나이는 30대 중반. 붉은 머리칼에 키가 컸으며, 턱수염은 없지만 콧수염은 기른 남자. 성 아랫마을을 내려다보는 남자의 약간 처진 두 눈에는 탁한 빛이 깃들어 있었다.

철컥. 문을 열고 남자 한 명이 방 안으로 들어왔다. 남자는 등이 굽은 작은 남자로 파란 옷을 입고 있었다. 옷은 무관의 지위를 나타냈다. 즉, 작은 남자는 군무경의 부하였다.

〈부르셨습니까, 카이저 님…….〉

"이프티마스가 당했다. 파피아가 브륀힐드를 아군으로 끌어들인 모양이더군. 참으로 괘씸한 아이다. 포기하고 내 인형이 됐으면 좋았을 것을……."

〈브륀힐드는 두려워할 필요가 없습니다. '에르쿠스의 유산'을 이어받은 카이저 님에게는 발끝에도 미치지 못합니다.〉

"흥, 당연하다."

파란 옷을 입은 작은 남자는 입술을 전혀 움직이지 않고 목소리를 냈다. 그건 그 남자의 목소리가 아니었다. 카이저가 빙의시킨 악령, 스펙터의 목소리였다.

이 작은 남자는 이미 의식이 없었다. 빙의술사인 카이저의 꼭두각시일 뿐이었다.

"제베타. 네가 이프티마스가 하던 일을 이어받아서 하도록. 파피아를 납치해 와라. 납치가 불가능하면 죽여라."

〈알겠습니다.〉

"그리고 침대 위의 여자는 치워라. 그리고 평소대로 노예 상인에게 팔아 버려."

제베타라고 불린 작은 남자가 침대 위에서 흰자위를 드러낸 채 기절한 알몸 여자를 흘긋 바라보았다. 이 여자는 백작 가문의 딸……이었던 사람이다. 이 여자의 아버지인 백작은 카이저 탓에 막대한 빚을 지게 되어 자살했다.

빚을 대신 갚는 조건으로 건네받은 여자였을 텐데.

〈정말 괜찮으시겠습니까? 이 여자를 얻기 위해 고생을 하셨다고 알고 있습니다만.〉

"하라는 대로 안 하는 여자는 필요 없다. 하룻밤 즐겼으면 충분해."

카이저는 이제 더는 흥미가 없다는 듯이 말을 내뱉고는 방을 빠져나갔다.

방에 남은 제베타가 자세히 보니 여자의 몸 이곳저곳에는 채찍으로 맞은 듯한 멍이 나 있었다. 여자는 상당히 거칠게 저항한 듯했다.

카이저의 빙의술은 마음이 강한 사람에게는 통하지 않는다. 이 여성은 아버지의 빚을 대신 짊어지게 됐지만 마음은 꺾이지 않았던 모양이었다.

그래서 이 여성을 좌절시키기 위해 카이저는 온갖 무리를 했고 그 결과가 바로 이 모습이었다.

〈여전히 사람의 마음을 제대로 파고들지 못하는 분이군. 조금만 더 사람의 마음을 홀리는 기술을 익히면 희대의 빙의술사가 될 수 있을 텐데.〉

주인을 비판하면서 제베타는 침대 위에 누워 있는 여성을 공중으로 띄웠다. 온몸이 상처투성이다. 전 백작 가문의 딸이라지만 이래선 헐값에 넘기게 생겼군. 제베타는 그런 생각을 하며 한숨을 내쉬었다.

"호오. 여기가 노키아 왕국의 왕도입니까."

야에가 신기하다는 듯이 주변을 두리번거리며 둘러보았다.

노키아의 왕도 센바라는 분위기만 따지면 미스미드의 왕도인 베르주와 비슷했다. 하지만 햇볕에 말린 벽돌이 아니라 나무 기둥과 회반죽으로 만든 건물이 대부분이라 굳이 따지자면 이셴과 비슷하다고도 할 수 있었다. 다양한 집이 줄지어 있는 거리의 곳곳에서는 이등변삼각형인 노란색 국기가 펄럭이고 있었다.

시공신인 토키에가 사용한 전이술의 도움으로 토야의 약혼자인 유미나, 루, 에르제, 린제, 야에, 힐다, 스우, 린, 사쿠라, 이 아홉 명과 안내 역할인 파피아 공주, 시녀 리시아, 곰 봉제 인형 한 마리가 노키아의 왕도에 발을 들였다.

파피아 공주는 쫓기는 몸이라 얼굴을 후드가 달린 망토로 가렸다. 다만 다른 사람도 같은 모습이었다.

노키아는 거의 쇄국 상태의 나라라 다른 민족 사람은 거의 없었다. 그래서 복장만 봐도 외지인은 쉽게 눈에 띈다. 일단은 이 나라에서 흔하게 입는 옷을 입수할 필요가 있었다.

파피아 공주도 노키아의 민족의상은 두세 벌밖에 가지고 있지 않았던 데다 옷의 사이즈도 맞지 않아 옷은 현지에서 구매하기로 미리 결정했었다.

"저기로 들어가시죠."

모두는 공주의 시녀인 리시아가 가리킨 옷 가게로 들어갔다. 가게 안은 꽤 큰 편으로, 형형색색의 다양한 의상이 선반과 옷걸이에 가득했다. 게다가 옷 이외에도 모자, 목도리, 액세서리도 팔고 있었다.

"노키아의 옷은 색이 다채롭네요."

"그러네, 요. 마을 사람들을 보고 생각했는데, 색을 하나로 통일하기보다는 다양한 색의 옷을 입어야 더 세련되다고 생각하나, 봐요."

진열된 옷을 들고 확인하면서 루가 그렇게 중얼거리자, 린제가 작게 고개를 끄덕이며 대답했다. 물론 색의 조합이 세련되게 보일지 어떨지는 센스에 달린 일이다. 단지 많은 색을 뒤섞어서 입는다고 해서 센스가 좋다고 평가받지는 않을 것이다.

"옷과 잘 어울리는 액세서리도 참 많구면. 나는 주렁주렁 잔뜩 몸에 걸치는 걸 별로 좋아하지 않는다만."

스우가 벽에 설치된 막대기에 걸려 있는 많은 목걸이를 보면서 얼굴을 찡그렸다.

"액세서리는 몸에 어떤 보석과 돌을 다는지에 따라 의미가 달라진답니다. 예를 들어 마노는 독신을 상징하고 비취는 기혼자를 상징하는데, 이건 남녀 모두에게 적용돼요. 반대로 각각 남자와 여자에게만 의미가 생기는 보석도 있는데 예를 들면 호안석은 장남을 상징하고 자수정은 장녀를 상징합니다."

"그렇군요. 한눈에 그 사람의 인물상을 어느 정도는 알 수 있는 거네요?"

리시아의 설명을 듣고 유미나가 감탄했다. 그렇지만 너무 솔직하게 적지에서 자신의 정체를 드러낼 필요는 없으니 액세서리는 파피아 공주가 적당히 조합해 주기로 했다.

허리띠는 이 색이 낫다, 모자는 이게 더 좋다. 그런 대화를 나누며 모두 떠들썩하게 코디네이트를 즐겼다. 만약 여기에 토야가 있었다면 너무 오래 걸린다며 분명히 핼쑥한 모습이 되었을 것이다.

혼자서 얼른 자신의 옷을 정한 토키에는 옷을 잘 입지 못해 고생하는 스우를 도와주었다.

"자, 이제 됐단다."

"할머니, 참으로 고마우이."

스우는 웃으며 토키에에게 안겨들었다. 스우는 금세 토키에와 친해졌다. 원래 스우는 할머니를 좋아했던 아이라, 다정하고 고상한 토키에를 금방 좋아하게 되었다. 스우는 린제와 메르가 배우고 있는 뜨개질을 자신도 배울 생각이었다.

다른 사람들도 대체로 갈아입을 옷을 다 고른 듯했다. 그런데 파피아 공주와 리시아만큼은 아직도 후드가 달린 로브를 입은 채였다.

안에는 다른 사람과 마찬가지로 평범한 옷을 입고 있었지만, 공주란 사실을 들켜선 곤란하니 후드와 로브를 벗을 수 없었다. 어디서 카이저에게 발견될지 알 수 없는 일이다. 리시아도 아는 사람이 있을지도 몰라 만약의 만약을 대비해 후드를 계속 쓰고 있었다.

토야가 있었으면 무속성 마법인【미라주】를 사용해 모습을 바꿨을 상황이었다. 빛 마법인【인비저블】로 파피아와 리시아의 모습을 지우면 같은 편도 그 모습을 인식할 수 없으니 그건 그거대로 일이 성가셔지기 때문이다. 게다가【인비저블】은 사람이 밀집해 있는 장소와는 궁합이 좋지 않았다.

옷을 다 갈아입고 값을 치른 뒤 모두 다 같이 가게 밖으로 나갔다. 번화한 거리에서도 어딘가 색다른 면이 있는 집단처럼 보이긴 했지만 특별히 사람들의 주의를 끌지는 않았다.

"이제 여기서부터가 문제네."

에르제가 방금 사서 입은 옷의 옷깃을 여미면서 멀찍이 있는 노키아 왕성을 바라보았다.

노키아의 왕성은 조금 높은 산 위에 세워져 있는 데다, 산보다도 높은 흰 벽으로 둘러싸인 하얀 궁전이었다. 산 위에 세워졌다기보다는, 산 그 자체가 궁전 같은 모습이었다.

노키아 궁전은 원래 고대 유적이 있던 곳에 세워진 건물로, 파피아 공주의 말에 따르면 궁전 지하에는 몇 개나 되는 던전이 아직도 존재한다는 모양이었다. 공주가 사용했던 합성 마법도 그 던전에서 발견한 마법서를 읽고 배운 것이라고 한다.

"먼저 아버지와 언니에게 어떻게든 연락을 취해야 할 텐데요……."

"하지만 왕궁에는 그 흑막인 카이저라는 군무경이 있죠?"

"그자가 꼭두각시로 만든 사람들도 있습니다. 왕궁은 그야말로 마굴로 변했다고 보면 될 듯합니다."

파피아 공주의 말을 듣고 힐다와 야에가 그렇게 말했다.

왕궁에는 파피아 공주를 알고 있는 사람도 많을 수밖에 없다. 그만큼 카이저에게 발견될 위험도 크고, 일을 복잡하게 만들었다간 무고한 희생자가 생길 수도 있다. 카이저에게 조종당하는 인간들이 반드시 나쁜 사람들이라고는 할 수 없다.

"토야 씨가 있었으면 전이 마법을 써서 몰래 들어갈 수 있었을지도, 모르는데요……."

린제가 역시 전이 마법을 사용할 수 있는 토키에를 슬쩍 바라보았지만, 다정해 보이는 할머니는 생긋 미소를 지으며 말했다.

"나라면 너희를 저 성안으로 보내줄 수 있지만, 너희는 정말 그래도 괜찮니? 토야에게는 그렇게 우리의 힘으로 해결하겠다고 장담해 놓고 바로 내 힘을 빌려선 아무래도 체면이 안 서지 않을까?"

"……그러네요. 좀 한심해 보일 거예, 요."

"그러네요. 이번엔 토키에 님의 힘을 빌리지 않고 가 봐요. 우리라면 할 수 있을 거예요."

루의 말을 듣고 모두가 작게 고개를 끄덕였다. 그때 사쿠라가 손을 척 들었다.

"나라면 【텔레포트】로 성안에 들어갈 수 있을지도 몰라. 【게이트】와는 달리 【텔레포트】는 방해를 잘 받지 않으니까."

"【텔레포트】는 【게이트】처럼 한 번 갔던 곳이 아니라도 전이할 수 있긴 하지만, 달링처럼 여러 사람을 데리고 갈 수 있겠어?"

"……으음. 한두 사람씩이라면, 어떻게든."

"어디로 전이하면 될지 모르니 자칫하면 그 카이저의 바로 코앞으로 전이할지도 모르는데?"

"윽……."

【텔레포트】는 방향과 거리를 설정해 전이하는 마법이다. 그 설정은 술자의 감각에 크게 의존한다. 예를 들자면, 멀리 떨어진 쓰레기통에 빈 캔을 던져서 넣는 행위에 가깝다.

운이 좋게 들어가면 다행이지만, 조금만 어긋나도 빈 캔은 쓰레기통에 들어가지 않는다. 물론 연습을 많이 하면 정확하게 던져 넣을 수 있게 되겠지만, 전이해야 하는 곳을 몰라서는 눈을 가리고 빈 캔을 던지는 행위나 마찬가지였다.

【텔레포트】가 장거리 전이에 적합하지 않은 이유는 그렇듯 감각에 크게 의존하기 때문이었다. 물론 보이는 범위 내에서 크게 빗나가도 상관없는 곳이라면 상당히 유용한 마법이긴 하다.

"잘못 전이했다가 발각되면 경계를 강화할 테니 그런 일은 피해야 할 듯해요."

"일단 연락을 할 수 있으면 되니 유미나 언니나 사쿠라가 소환수를 불러내 왕궁으로 보내면 어떻겠는가?"

"난 임금님에게 받은 반지의 마력이 냥타로와 직결되어 있어서 냥타로 이외의 소환수를 부르면 내 마력이 버티지 못하니 그럴 수 없어. 그리고 냥타로는 은밀 행동에 적합하지 않아. ……고양이인데."

"저도 은밀 행동에 적합한 소환수는 계약하지 않았어요. 새로 계약을 하려고 해도, 제가 원하는 소환수가 와 줄지 어떨지 알 수 없고요……."

"그렇구나. 토야가 쉽게 해내니 우리도 그럴 거라고 그만 착각을 했었네……."

"소환수는 사실 뭐가 소환될지 알 수 없으니, 까. 토야 씨는 자유롭게, 불러내지만."

"으으음. 어찌하면 좋겠습니까."

"저, 저어……."

여자들의 숙덕공론 같은 대화가 계속되는데 잠시 소외되어 있던 파피아 공주가 머뭇거리며 손을 들어, 모두의 시선이 집중되었다.

"저어, 왕족만이 아는 비밀 통로가 있어요. 그곳을 지나면 왕궁 내부로 몰래 잠입할 수 있을지도……. 죄, 죄송합니다. 말을 꺼낼 타이밍을 놓쳐서……!"

그런 건 먼저 말했어야지! 라고 말하는 듯한 아홉 명의 시선과 침묵 탓에 파피아가 몸을 잔뜩 움츠렸다.

"……어흠. 그런데 그 비밀 통로는 어디인가요?"

헛기침을 하고 루가 물었다.

"적이 성안까지 침입했을 때를 대비한 탈출 루트예요. 거의…… 아니지, 전혀 사용한 적이 없으니 저도 자세히는 잘 모르지만요."

건국 이래로 이 천혜의 요새에서 쇄국을 이어온 노키아 왕국이다. 오랜 역사를 두고 유론이 몇 번이나 침공했지만 왕도까지 공격당한 적은 한 번도 없었다. 탈출로를 사용해 본 적이 없다는 말도 이해가 되었다……. 아니, 그렇다기보다는 나라가 멸망하기 직전이 아니고서야 사용하지 않을 테니 대부분의 나라도 마찬가지일 것이다.

비상시에 왕족이 빠져나가기 위한 탈출로는 왕궁에 반드시 만들어 놓는다. 벨파스트 왕국의 성에도 있었고, 그 벨파스트 성을 모델로 삼아 만든 브륀힐드성에도 일단은 탈출로가 존재했다.

파피아 공주의 제안은 이 피난 통로를 거슬러 올라가 왕궁 안으로 잠입하자는 것이었다.

"임금님의 탈출로 말이군요. 그걸 우리에게 말씀해 주셔도 되는 것인지요?"

"이미 그런 걱정을 할 단계가 아닌걸요. 게다가 그 통로는 원래 던전의 일부를 이용해 만들어서 탈출로로는 적합하지 않아요. 일이 모두 정리되면 새로 만들 생각입니다."

원래는 국왕인 아버지와 의논해 사용할지 말지를 정해야 한다. 하지만 이미 나라를 탈취당했다고 해도 과언이 아닌 상황이다. 파피아 공주는 그런 하찮은 일에 구애되었다간 꼼짝도 할 수 없을 것이라 판단했다. 어차피 이대로 가면 노키아는 카이저의 수중에 떨어진다. 우선순위를 잘못 판단해선 안 된다. 일단은 병상에 누워 있는 부왕과 언니의 안전을 확보해야 한다.

"그런데 그 탈출로는 어디에 있나, 요?"

"왕도 북쪽에 왕가 소유의 광산이 있습니다. 그 안으로 연결되어 있어요."

"그렇구먼. 좋아! 그럼 그곳으로 출발하세!"

"스우, 기다려! 왕가 소유라고 하셨죠? 그렇다면 경비도 꽤 삼엄할 거예요. 일단 밤까지 기다리는 게 좋겠어요."

"그러네요. 대낮인데 그런 곳에 여러 사람이 어슬렁거리면 의심해 달라고 말하는 거나 마찬가지예요. 게다가 밤이 되어야 왕궁 안의 사람도 더 적어질 테고요."

기세 좋게 달려가려던 스우를 유미나와 루가 말렸다. 불만스럽긴 했지만 스우도 이치에 맞다고 생각해 아무 말 없이 유미나와 루의 의견을 따랐다.

"그러면 밤까지 뭐 하지?"

"숙소를 잡고 밤을 대비해 잘래."

에르제의 말을 듣고 즉시 사쿠라가 그렇게 대답했다. 따지고 보면 올바른 대답이었다. 체력 온존은 기본 중의 기본이다.

"그전에 식사하시지 않을래요? 기왕에 여기까지 왔으니 노키아의 요리를 맛보고 싶어요!"

"그거 좋군요! 배가 고파선 싸울 수도 없습니다. 무슨 일을 하든 먼저 배가 든든해야 합니다!"

루의 제안을 듣자마자 야에가 곧장 찬성했다. 루와 야에는 식사만큼은 최고의 콤비였다.

루가 성에서 시험적으로 만든 요리를 압도적으로 많이 먹어 보는 사람도 야에였다. 루는 많은 시행착오를 거치고 싶지만 아무래도 음식 재료를 낭비하고 싶지는 않았다.

하지만 대식가 야에가 있으면 요리를 버릴 일이 없다. 심각한 실패작이 아닌 이상 야에는 기쁘게 요리를 먹어 주기 때문이다. 게다가 맛 평가도 확실히 해 주니 루로서는 매우 고마운 존재였다.

그런 두 사람이 노키아의 요리를 먹고 싶어 하는 건 당연한 일이었다.

다른 사람들도 식사하자는 의견에 아무런 불만도 없었기에 반대하는 사람은 없었다.

"그럼 양고기는 어떨까요? 얇게 자른 양고기와 신선한 채소를 달고 짠 향신료로 볶은 요리나, 양고기를 섞은 소를 밀가루 피로 주머니처럼 감싼 요리가 있는데요."

여전히 후드를 쓴 파피아 공주의 시녀, 리시아가 말했다. 파피아는 왕도에서 태어나 자랐지만 왕도의 레스토랑이나 식당에 들어가 본 적이 한 번도 없다. 하지만 리시아는 학생 시절에 왕도에서 몇 번인가 외식을 해 본 적이 있어 그나마 사정에 밝은 편이었다. 단, 리시아도 귀족 출신이라 그나마 나은 수준에 불과하긴 했지만.

어찌 됐든 다 같이 식사를 하기로 결정했으니 이동하기로 했다. 그 이후에는 숙소를 잡고 밤까지 때를 기다리면 된다.

결행은 오늘 밤. 긴 밤이 시작된다.

여자밖에 없는 12명이나 되는 집단이 숨을 죽이며 줄지어 밤길을 걸었다.

다행인지 불행인지 오늘 밤은 달이 떠서 그다지 어둡지 않았다. 그렇지만 신중하게 나아가지 않으면 들킬 가능성도 있다.

노키아 왕국 왕도의 북쪽에 있는 왕가 소유의 광산에는 큰 어려움 없이 몰래 들어가는 데 성공했다. 그럴 수밖에 없는 것이, 이 광산은 이미 값나가는 광석이 거의 고갈되어 사실상 폐쇄된 곳이나 마찬가지였다.

"이쪽이에요. 이쪽에 왕궁 지하의 유적으로 이어지는 입구가 있을 거예요."

파피아 공주의 안내를 받아 앞으로 나아가자, 광산의 일각에 암석을 뚫고 흙 마법으로 굳힌 터널 같은 길이 나타났다.

터널의 높이는 3미터 정도로 지하를 향해 뻗어 있었다. 당연하지만 안쪽은 컴컴해서 아무것도 보이지 않았다.

"【빛이여 오너라, 작은 조명, 라이트】."

린제가 작은 빛의 구체을 손바닥 위에 생성했다. 그 불빛을 의지해 울퉁불퉁한 길을 걸어 완만한 내리막길을 끝까지 가 보니 조금 넓은 갱도가 나타났다.

길은 T자형 삼거리로, 길은 좌우로 이어져 있었다. 마침 그 교차 지점에서 파피아가 걸음을 멈췄다.

"여기가…… 맞을 텐데요. 이 앞에 지하 통로가 있을 거예요. 그런데 이쪽에서는 들어가지 못하게 막아 놓은 모양이에요."

"이 앞에 통로가? 평범한 암벽처럼 보입니다만……."

암벽을 착착 만져 보면서 야에가 중얼거렸다. 린도 야에처럼 암벽을 만져 보기도 하고 똑똑 두드려 보기도 했다.

"【미라주】처럼 환영을 사용해 암벽으로 착각하게 한 곳은 아닌가 봐. 이곳은 그냥 부수고 지나가게 만든 걸까?"

"저편의 통로에는 왕족의 마력에 반응하는 마석이 있어서, 그게 열쇠가 되어 이곳의 문이 열리는 구조라고 들었어요."

"아, 그렇구나. 흙 마법을 이용한 거야."

린이 이해가 된다는 듯 작게 고개를 끄덕였다. 옛날부터 이런 지하 유적이나 던전에는 흙 마법을 이용한 트랩이나 기믹을 마련해 놓는 경우가 많았다. 이것도 그런 기믹 중 하나이겠지.

"어떻게 할까? 부술까?"

"【익스플로전】으로 날려 버릴까, 요?"

주먹을 꽉 쥔 언니 에르제와 마법을 발동하려고 하는 여동생 린제. 다른 듯하면서도 생각하는 게 비슷한데, 쌍둥이라서 그런 걸까.

"여기를 부수면 문제가 생길지도 몰라요. 누군가가 침입했다는 흔적을 남기는 셈이니까요."

쌍둥이의 행동을 보고 쓴웃음을 지으면서 유미나가 그렇게 대답하는데, 사쿠라가 발치에 떨어진 돌을 주워 암벽을 두드리기 시작했다. 스우가 그 모습을 보고 의아한 표정을 지으며 물었다.

"뭘 하고 있는 겐가?"

"바위를 두드리는 중이야."

"아니, 그건 보면 안다만……."

"울리는 소리가 달라. 두께는 50센티미터도 안 돼. 이 정도라면 건너갈 수 있어. 【텔레포트】."

화악 사쿠라의 모습이 사라졌다.

"앗!"

토키에 이외의 모든 사람이 놀라고 있는데, 몇 초 후에 사쿠라가 다시 원래의 장소에 나타났다.

"괜찮아. 이 앞은 던전 통로야. 마수도 없어 보이니 두 명씩 데리고 건너갈게."

"어? 어엇, 사쿠라 님?!"

"사쿠라 씨?!"

"【텔레포트】."

슈웃. 야에와 힐다의 손을 잡고 사쿠라가 다시 사라졌다. 두 사람을 가장 처음으로 선택한 이유는 전이한 곳에 뭔가가 있을지도 모를 상황을 대비해서였다.

　돌아온 사쿠라는 다음으로 린과 루의 손을 잡고 또 전이했다.

　파피아와 리시아, 유미나와 스우, 에르제와 린제. 이런 순서
로 사쿠라는 계속해서 벽 너머로 사람들을 전이시켰다. 토키
에는 직접 전이했지만.

　"……지쳤어."

　말은 그렇게 하지만 사쿠라의 얼굴은 별로 지쳐 보이지 않았
다. 실제로도 그런 말을 할 만큼 지치지는 않았다.

　【텔레포트】의 소비 마력은 그 거리에 비례한다. 데리고 가는
사람의 숫자에도 좌우되지만 1미터도 되지 않는 거리를 순간
이동한다고 해서 큰 마력이 소모되지 않는다는 사실은 모두가
잘 알고 있었다. 사쿠라의 '지쳤다'는 말은 세세한 좌표 설정
을 컨트롤해야 해서 정신적으로 지쳤다는 뜻에 가까웠다.

　"흐~음. 정말 유적의 던전 같은 느낌일세."

　스우가 주변을 두리번거리면서 감상을 말했다. 막다른 곳의
벽에는 흙 속성인 마석이 박혀 있었다. 이곳에 마력을 흘리면
암벽이 열리는 구조인 듯했다.

　지하 통로는 브륀힐드 소유인 작은 외딴 섬의 던전과 똑같았
다. 돌로 만들어진 벽과 바닥. 틀림없이 흙 마법으로 만든 인
공물이다. 린제의 【라이트】를 비출 필요도 없이, 흐릿한 빛이
돌에서 발생되었다.

　"흙 마법으로 돌을 만들면서 빛 마법을 합성한 걸까요……?"

"합성 마법이네. 아무래도 고대 마법 문명 시대의 물건인 것 같아."

석벽을 만지면서 린제와 린이 고찰했다. 똑바로 뻗어 있던 지하 통로는 오른쪽으로 굽어 있었다.

야에와 힐다를 선두로 뚜벅뚜벅 돌바닥 통로를 걸었다. 통로는 폭도 높이도 4미터 정도의 정사각형으로 무기를 휘두를 수 없을 만큼 좁지는 않았다.

유미나가 앞서 걷는 파피아 공주에게 물었다.

"이 지하 통로는 원래 유적의 던전이었죠?"

"정확하게 말하면 던전의 일부예요. 왕궁 지하에서 유적의 던전으로 가는 입구가 있거든요."

"던전과 왕궁이 연결되어 있다고요……? 그래도 괜찮은가요? 마물이 왕궁으로 들어온다거나 할 수도 있을 텐데……."

"괜찮아요. 왕궁 안에는 몇 겹이나 결계가 쳐져 있어 마물이 접근하지 못하니까요. 이 통로에는 마물이 나타나지만 슬라임처럼 약한 마물뿐이에요."

걱정할 거 없죠? 그렇게 말하는 것처럼 미소 짓는 파피아 공주를 보고 유미나, 에르제, 린제, 야에, 이 네 명은 흠칫하며 걸음을 멈췄다.

"슬라임은 발견하는 대로 처리하도록 해요……."

"그러네. 철저하게 처리하자……."

"한 마리도, 남김없이요……."

"발견 즉시 처분해야 합니다…….”

중얼중얼하는 네 사람의 눈은 완전히 차갑게 식어 있었다.

예전에 이 네 사람은 슬라임에게 호된 꼴을 당한 경험이 있어, 그 이후로는 슬라임을 혐오하게 되었다.

그런 사정을 알 리 없는 파피아 공주는 갑자기 분위기가 변한 네 사람을 보고 딱딱하게 굳은 웃음을 지으며 살짝 뒷걸음질을 쳤다.

"앗, 슬라임일세.”

"【얼음이여 꿰뚫어라, 빙결의 첨침(尖針), 아이스니들】.”

앞에 있던 그린 슬라임을 스우가 발견하자마자 린제가 얼음 침을 발사했다. 순식간에 고슴도치가 된 슬라임은 그 자리에서 핵이 꿰뚫려 깔끔하게 숨을 거두었다.

"무섭구먼…….”

"그린 슬라임은 여자의 적, 이에요. 카이저와 똑같아요.”

"여자의?”

"그린 슬라임은 의복 같은 섬유를 즐겨 먹거든. 여성 모험자의 천적이야.”

의아해하는 스우에게 린이 설명해 주었다. 스우는 이해가 된다는 듯 고개를 끄덕이고는 앞서가던 사람들에게로 달려갔다.

그 이후로 계단을 오르기도 하고 몇몇 갈림길과 맞닥뜨리기도 했지만 거의 헤매지 않고 왕궁을 향해 나아갈 수 있었다.

그 이유 중 하나는 이 길을 파피아 공주가 정확히 기억하고

있었던 덕분이었다.

언니인 레피아는 언젠가 이런 일이 있을지도 모른다며 반복해서 파피아 공주에게 이 길을 외우게 했다. 그게 도망 경로가 아니라 카이저를 쓰러뜨리기 위한 침략 경로로 사용될 줄은 꿈에도 몰랐겠지만.

"갈림길이에요……."

"여긴…… 왼쪽으로 가면 돼요. 그쪽으로요."

앞서가던 힐다의 질문에 대답이 늦은 이유는 기억하고 있는 길의 순서가 반대라서 그랬다. 파피아의 지시에 따라 모두가 왼쪽 통로로 방향을 꺾었다.

"통로가 꽤 기네, 요. 이미 굉장히 많이 걸었는데요……."

"이제 조금만 더 가면 돼요. 이미 왕궁 지하에는 도착한 상태일 거예요."

"그런, 가요……? 그럼 이제부터는 주의 깊게 걸어야겠네, 요."

상대적으로 체력이 부족한 편인 린제가 파피아의 대답을 듣고 다시 기합을 넣었다. 조금 전과 비교해 보면 확실히 슬라임 같은 마물도 더는 나타나지 않았다. 이미 왕궁에 펼쳐 둔 결계의 영향력 아래에 들어온 모양이었다.

잠시 더 가자 앞서 걷고 있던 야에와 힐다가 걸음을 멈췄다.

"무슨 일이신가요?"

그 뒤에 있던 루가 야에의 어깨너머로 고개를 빼꼼 내밀었다. 정면에는 계단이 쭉 뻗어 있었는데, 그 계단은 끝이 천장과 맞닿아 있었다.

"여기가 도착 지점인 걸까요?"

계단을 올라가 야에가 천장을 두드려 보았다.

"소리가 달라. 그 천장은, 얇아 보여."

사쿠라의 말을 듣고 야에가 천장을 주의 깊게 조사해 보니, 희미한 정사각형 이음매가 보였다. 뒤에 있던 파피아가 말했다.

"그 위가 지금은 사용하지 않는 왕궁의 한 방과 연결되어 있을 거예요."

"그렇군요. 그럼 이걸 들어 올리면 되는 겁니까? ……흐읍!"

야에가 천장에 손을 대고 힘을 주자 정사각형의 돌이 조금 어긋나더니 위로 올라갔다. 하지만 얇다고는 해도 돌은 돌. 상당히 무거운 듯, 야에가 얼굴을 빨갛게 물들이며 들어 올리려고 했지만 돌은 좀처럼 위로 올라가지 않았다.

"크으으으윽, 우오오오오오오……!"

"야, 야에 씨? 얼굴이 다른 사람에게는 차마 보여 줄 수 없는 상태로 변하고 있어요!"

"푸핫!"

힐다의 목소리를 듣고 힘이 확 빠졌는지 무릎을 꿇는 야에. 그 모습을 본 에르제가 팔을 휘두르며 앞으로 나섰다.

"이런 일은 나한테 맡겨. 단번에 들어 올려 주겠어."

"크윽. 참으로 아쉽습니다……."

가볍게 에르제와 바통 터치를 하고 야에가 계단 아래로 내려갔다.

야에처럼 천장의 돌에 손을 댄 에르제는 숨을 한 번 크게 내쉬었다.

"【부스트】!"

쿠구구! 돌이 어긋나는 소리가 들리더니, 에르제의 머리 위에 있던 돌이 순식간에 위로 올라갔다.

돌을 들어 올리고 자리에서 일어선 에르제의 눈에 어둑어둑한 방안의 모습이 보였다.

에르제는 들어 올린 돌을 정면에 조용히 내려놓고 구멍 밖으로 살금살금 기어 올라갔다. 뒤를 돌아보고서야 에르제는 자신이 난로 안에서 기어 나왔다는 사실을 깨달았다.

파피아의 말대로 사용하지 않는 방인 듯, 생활용품은 거의 없었다. 난로 안도 텅 비어 있었다.

에르제는 주변을 주의 깊게 조사해 아무도 없다는 사실을 확인했다.

"문제없어 보여. 올라와."

"【바람이여 저지하라, 정숙의 내방, 뮤트】."

에르제의 말에 대답하듯이 린의 마법이 지하에서 실행되었다. 이것으로 방 안의 소리는 밖으로 새어 나가지 않는다.

바빌론의 '도서관'에서 발견한 이 마법은 토야가 사용하는 무속성 마법인 【사일런스】와 비슷한 효과를 지닌 바람 마법이었다.

난로 안에서 잇달아 한 사람씩 밖으로 기어 나왔다. 사쿠라와 토키에는 전이를 했지만.

"겨우 침입 성공, 이네요."

"다음은 어떻게 할 겐가?"

"아버지와 레피아 언니에게 사정을 설명해 안전한 곳으로 대피시키겠어요. 그리고 카이저를 이 손으로……!"

꽉 주먹을 쥐는 파피아. 그 눈에서는 분노의 불꽃이 소용돌이쳤다.

"국왕 폐하의 방은 어디야?"

"침소는 3층의 제일 안쪽 방이에요. 어디 보자……."

에르제에게 대답하면서 어둑어둑한 방 안을 달려 창가로 다가가는 파피아. 그리고 닫혀 있던 커튼을 살짝 열었다.

"보세요, 여기서 보여요. 저 3층의 가장 안쪽에 있는 방이에요."

파피아가 서 있는 정면의 창문 밖에는 달빛이 빛나는 안뜰이 펼쳐져 있었다. 파피아는 그 창문의 왼쪽 대각선 위의 건물을 가리켰다.

"의외로 가깝네."

"보이는 범위라면【텔레포트】로 단번에 건너갈 수 있어."

사쿠라가 창문으로 국왕의 침소를 바라보며 거리를 확인했다.【게이트】와는 달리【텔레포트】는 전이하는 곳에 영향을 미치지 않아서 부적이 있어도 방해를 받지 않았다. 문제는 뛰어넘어 간 그곳에 국왕 이외의 누군가가 있는가 없는가인데…….

"아마 괜찮을 거예요. 카이저가 명령을 내려 아버지의 복심이었던 분들과 메이드마저도 접근하지 못하게 했으니까요. 안으로 들어갈 수 있었던 사람은 저희 자매와 주치의뿐이었어요. 물론 주치의는 카이저의 꼭두각시였지만요……."

주치의가 꼭두각시라면 얼마든지 국왕을 죽일 수 있다는 말이다. 또는 그런 절망적인 상황을 계속 유지하며 국왕의 마음이 약해지길 기다리고 있는지도 모른다.

"그럼 사쿠라 씨와 같이 파피아 씨와…… 린 씨가 전이해 주세요. 전이하면 이곳의 방처럼【뮤트】를 발동해 주세요."

"그래. 알겠어."

사쿠라가 파피아와 린의 손을 잡았다. 그에 더해 폴라도 린의 다리를 꽉 붙들었다. 사쿠라가 창문으로 보이는 국왕의 침소까지의 거리를 새삼 확인했다.

"【텔레포트】."

세 사람은 순식간에 다른 방으로 전이했다. 그곳은 조금 전에 있던 방만큼 어두컴컴했다. 방의 구석으로 전이한 듯 뒤는 벽이었고 정면에는 커다란 천개가 달린 침대가 놓여 있었다.

"【바람이여 저지하라, 정숙의 내방, 뮤트】."

곧장 린이 차단 마법을 발동했다. 그 행동에 반응한 사람은 사쿠라도 파피아도 아닌 다른 사람이었다.

"누구야?!"

덜걱거리는 소리와 함께 침대 옆에 있었던 듯한 인물이 일어서더니 세 사람을 향해 누구냐고 물었다.

국왕은 아니었다. 여자 목소리였다. 아무래도 침대에 누워 있는 국왕 외의 다른 사람이 이 방에 있었던 듯했다. 상대를 제압하기 위해 린이 마법을 발동하려는데 그전에 옆에 있던 파피아가 앞으로 뛰쳐나갔다.

"레피아 언니!"

"파피아……? 파피아니?! 아아, 무사했구나……!"

린이 있는 곳에서는 희미하게 보일 뿐이었지만, 아무래도 파피아의 언니인 제1 왕녀 레피아인 듯했다.

자신의 가슴에 뛰어든 파피아를 꼬옥 껴안는 레피아. 3개월 만의 재회였다.

3개월 전, 카이저는 파피아가 죽었다며 가짜 시체를 가지고 왔지만, 레피아는 조금도 동요하지 않았다. 아무리 비슷하다고는 해도 여동생을 몰라보지는 않는다. 본인의 시체가 아니니 여동생은 아직 살아 있는 게 분명하다고 계속 믿었다.

역시 여동생은 살아 있었구나. 그런 생각을 하며 레피아는 가슴에 안긴 소중한 보물을 껴안았다.

달빛에 비친 노키아 왕국의 제1 왕녀 레피아의 얼굴을 보니 파피아와 매우 닮았다.

나이는 20세 초. 흰색 바탕의 노키아 민족의상 차림이었고,

머리카락은 파피아와 같은 밤색으로 허리까지 뻗어 있었다. 파피아만큼 눈초리는 날카롭지 않지만 심지가 강해 보이는 여성이었다.

"아무래도 괜찮은 모양이야. 여기는 나한테 맡기고 다른 사람들을 데리고 와줘."

"응."

린의 말을 듣고 고개를 끄덕인 사쿠라는 곧 방 안에서 사라졌다.

그리고 30초도 되지 않아 에르제와 린제를 데리고 나타났다가, 또 혼자 사라졌다. 계속해서 왕의 침실에 나타나는 낯선 사람들을 보고 레피아는 눈을 휘둥그렇게 떴다.

"파피아……. 이, 이분들은 누구셔?"

"우리에게 협력해 주시는 브륀힐드 공왕 폐하의 약혼자분들이에요."

"뭐?! 저 나이 드신 분도?!"

"아니요. 저분은 공왕 폐하의 할머님으로……."

어느새 직접 전이해서 온 토키에를 보고 레피아가 놀라서 눈을 크게 뜨자 파피아가 서둘러 설명을 정정했다. 레피아는 조금 엉뚱한 면이 있는지도 모른다.

토키에와 파피아의 시녀인 리시아를 제외한 9명의 약혼자를 보고 그 많은 수에 할 말을 잃은 레피아.

유론 멸망 이후 간간이 바깥 세계의 정보도 들어오기 시작했는데, 가장 큰 화제는 역시 가증스러운 천제국 유론을 멸망시킨(멸망시켰다고 생각되는) 브륀힐드 공왕이었다. 그중에서도 공왕의 일화는 너무 많아서 일일이 세기도 힘들 정도였다.

'혼자 거대한 악마를 물리쳤다', '적은 수의 병력을 이끌고 용의 무리를 토벌했다', '마왕국의 공주를 빼앗아 갔다', '신대륙의 군사 대국을 멸망시켰다' 등등. 무엇이 진실이고 무엇이 거짓인지 판단하기 힘들 정도였다.

그런데 그중에서도 자주 듣는 이야기가 '공왕은 비할 데 없이 여자를 좋아한다'는 소문이었다. '영웅은 여자를 밝힌다'라고들 하지만 카이저에게 시달리는 레피아다 보니 브륀힐드 공왕을 그다지 좋게 생각할 수 없었다.

카이저와는 달리 공왕은 정식으로 신부로서 맞아들이겠다는 의사를 표시하고 소중하게 대한다고 하니 그 점만큼은 평가하고 있었지만.

"레피아 님이시죠?"

"네."

"귀국의 카이저 군무경은 우리 나라에서 소환수를 이용해 공왕 폐하의 약혼자를 공격했습니다. 따라서 카이저 군무경에게 그에 합당한 처벌을 내리겠습니다……. 이건 명목에 불과하고, 파피아 님이 곤경에 처하신 듯하여 도우러 왔습니다."

유미나가 어딘가 모르게 장난스러운 말투로 레피아에게 말을 걸었다. 유미나의 말을 듣고 레피나는 깊이 고개를 숙였다. 노키아의 사정을 모두 알면서 카이저를 타도하겠다고 선언했다. 이보다 더 마음 든든한 아군이 또 어디 있을까.

"감사합니다……! 노키아의 공주로서 여러분과 브륀힐드에 정말 감사드립니다……!"

〈브륀힐드……. 카이저 님의 방해를 하려는가……. 용서 못 한다……. 용서 못 한다아아아!〉

갑작스럽게 땅바닥을 뒤흔드는 듯한 목소리가 주변에 울려 퍼졌다. 방에는 【뮤트】가 걸려 있었다. 한마디로 이 목소리는 이 방 안에서 발생한 것이었다.

"저기예요!"

유미나가 가리킨 곳을 보니 침대 위에 누워 있는 국왕의 입에서 흰 안개 같은 물질이 피어올랐다.

안개는 점차 커지더니 그 안에서 눈처럼 보이는 금색빛 두 개가 떠올랐다. 그 모습은 브륀힐드에서 날뛴 악령 스펙터와 동일한 형태였다.

〈내 이름은 가라베람. 카이저 님의 충실한 종…….〉

"설마……! 아버지가 이미 악령에게 빙의되셨다니……!"

〈몸은 빼앗지 못했지만 카이저 님의 명령을 받들어 서서히 목숨을 깎아내는 중이다……! 언제든 죽일 수 있도록……!〉

놀라 소리치는 레피아를 비웃듯이 그렇게 대답하는 스펙터. 이 사령도 카이저의 소환수였다.

몇 마리나 되는 소환수를 조종하려면 그 리더에 해당하는 소환수와 계약을 맺어야 한다.

악령에게도 그 집단의 중핵이 되는 영이 존재한다. 카이저는 그 영과 계약을 맺어 그 부하 영까지 조종하고 있는 것이었다.

"일단 거기 있지 말고 밖으로 나와. 【빛이여 오너라, 반짝임의 추방, 배니시】."

〈크으으으으으윽?!〉

린이 날린 빛 마법을 맞고 국왕 폐하에게서 떨어져 나와 버린 가라베람. 자욱한 연기 같은 본체가 국왕에게서 멀어졌다.

〈네 이놈……! 빛 마법을 사용한다고?! 건방진 계집아이 같으니!〉

"누가 계집아이야. 아마 난 너보다 연상일걸?"

린이 천장 근처에 떠 있는 스펙터를 노려보면서 주문을 외웠다. 그러잔 린이 들어 올린 다섯 손가락에서 각각 하나씩, 다섯 개의 빛의 화살이 동시에 발사되었다.

"【빛이여 오너라, 반짝이는 연탄(連彈), 라이트 애로우】."

〈으그윽?!〉

빛나는 화살은 스펙터에 전부 명중되었고, 구멍투성이가 된 가스 형태의 그 본체는 조각조각 찢어지면서 소멸해 갔다. 말단 스펙터는 린의 적수가 되지 않는다.

"흥. 사람 몸속에 숨는 능력밖에 없는 주제에 잘난 척은."

완전히 소멸한 가라베람을 보고 번뜩 정신을 차린 레피아, 파피아 자매는 침대 위에서 잠든 아버지에게 달려갔다.

"아버지! 들리시나요?! 아버지!"

"깨워서 몸을 움직이게 되면 오히려 좋지 않단다. 스펙터가 체력을 소모시켰으니 무리를 하면 위험하거든."

아버지에게 매달리는 두 사람을 토키에가 말렸다. 그리고 토키에는 여전히 잠들어 있는 노키아 국왕의 이마에 손을 댔다.

"체력은 떨어져 있지만 몸에 문제는 없어 보이는구나. 며칠 있으면 의식도 돌아올 게다."

"다행이야……. 아버지……!"

눈물을 글썽이며 가슴을 쓸어내리는 자매와는 달리 토야의 약혼자들의 표정은 험악했다. 이미 귀가 밝은 사쿠라는 왕궁 내부가 소란스러워진 사실을 감지했다. 【뮤트】 마법은 내부의 소리가 밖으로 새어 나가지 않게 차단하지만 외부의 소리까지 차단되는 것은 아니었다.

"방금 그 스펙터도 카이저의 소환수라고 한다면……."

"힘들게 잠입했는데 들키고 말았겠군요."

"지금쯤 부하들을 잔뜩 데리고 이곳으로 오는 중…… 아닐, 까요?"

그대로 맞상대해도 문제는 없지만, 이곳은 방 안이라는 문제점이 있다. 게다가 국왕 폐하를 비롯해 레피아, 파피아 자매, 시녀 리시아까지 있다. 말려들지 않게 조심하며 싸우기는 조금 힘들다.

"어쩔 수 없구나. 여기는 내가 지키고 있을 테니 너희는 마음껏 싸우고 오렴. 이 아이들에게는 그 누구도 손가락 하나 대지 못하게 하마."

모두의 마음을 읽었다는 듯이 토키에가 그렇게 말했다. 토키에는 시간과 공간을 관장한다. 공간과 관련된 고도의 결계술도 토키에는 쉽게 다룰 수 있다. 토야의 【프리즌】보다 더 강력한 결계도 얼마든지 만들어 낼 수 있다.

"할머니가 계셔서 참으로 안심이 되는구먼."

"그럼 이제 아무런 걱정도 없어. 요괴 퇴치하러 갈까?"

"발소리가 많이 들려. 조심해."

사쿠라의 말대로 문 저편에서 많은 사람의 발소리가 들렸다.

야에와 힐다가 앞장서며 외날검과 양날검을 뽑았다. 에르제도 허리에 차고 있던 건틀릿을 양손에 장착했다.

뒤에서 토키에가 무슨 말인가를 중얼거리자 토야의 【프리즌】처럼 침대 주변이 창백한 뭔가에 둘러싸였다. 공격으로부터 몸을 지키는 결계이겠지.

"겸사겸사 보이지도 않게 해 둘까?"

스윽. 토키에, 노키아 국왕, 레피아와 파피아 자매, 리시아의 모습이 사라져 갔다. 침대 위에 있었던 노키아 국왕이 사라지고 이불이 평평해진 것을 보면 투명 마법이 아니라 환각을 보여 주는 환시 마법인 듯했다.

"역시, 대단해요."

"후후후. 칭찬해도 아무것도 안 나온단다."

린제가 감탄하자, 어디에선가 토키에의 목소리가 들려왔다.

그사이에 난폭하게 빠앙! 문을 열고 무기를 든 여러 명의 병사가 방 안으로 쏟아져 들어왔다.

"먼저 싸우기 편한 장소로 이동해요! 야에 씨, 힐다 씨, 에르제 씨, 지금은 정면 돌파 부탁해요!"

"알겠소이다!"

"알겠습니다."

"맡겨둬!"

유미나의 지시에 따라 세 사람은 쏟아져 들어오는 병사들을 향해 정면으로 내달렸다.

야에의 외날검과 힐다의 양날검은 정재로 만들어져 있어, 원래는 철마저도 쉽게 베어낼 만큼 날카롭다. 그에 더해 토야가 【모델링】을 부여해 두어서 소유자의 의사에 따라 칼날이 들지 않게도 할 수 있다. 요컨대, 소유자의 의사에 따라 벨 것인가, 베지 않을 것인가를 선택할 수 있다는 말이다.

다른 나라의 병사들을 생각 없이 베어 버려선 노키아 왕국이 나중에 곤경에 처할 수도 있다. 그렇게 판단한 야에와 힐다는 상대의 전투력을 빼앗는 정도면 충분하다고 생각해 칼날의 예리함을 떨어뜨렸다. 물론 그렇다 해도 뼈 한둘은 부러질지도 모르지만.

"크헉?!"

"으윽?!"

"쿠어억?!"

방 안으로 돌입하던 병사들을 잇달아 쓰러뜨리고 세 사람은 복도로 뛰쳐나갔다.

노키아 국왕의 침실은 복도 가장 안쪽에 있어서 도망갈 곳이 없었다. 문밖으로 나가 오른쪽 정면을 보니 병사들이 우르르 몰려오고 있었다. 왼쪽은 벽이고 벽 너머는 안뜰이었다.

밀려오는 병사들과는 야에와 힐다가 맞서 싸웠고, 에르제는 두 사람과 등을 맞대고 앞의 벽과 대치했다.

"에르제 님!"

"맡겨둬! 【부스트】!"

에르제는 힘찬 정권지르기를 적중해 앞을 가로막고 있던 벽을 일격에 분쇄했다.

벽이 후두두둑 무너져 내리자 눈 아래로 넓은 안뜰이 보였다. 3층 복도에 차가운 밤바람이 불어왔다.

"【얼음이여 오너라, 빙결의 방벽, 아이스월】."

바로 노키아 국왕의 침실에서 뛰쳐나온 린제가 언니가 무너뜨린 벽 앞에다 마법을 사용했다.

두꺼운 얼음벽이 에르제가 뚫은 구멍에서부터 아래의 안뜰까지 마치 미끄럼틀처럼 주욱 이어졌다. 탁월한 마법사라면【아이스월】의 변형도 어느 정도는 가능하다.

　에르제가 선 채로 여동생이 만든 얼음 위를 미끄러져 내려가 안뜰에 가볍게 착지했다.

　이어서 린제, 유미나, 사쿠라, 스우, 린과 폴라, 루가 미끄러져 내려갔고, 병사들을 막고 있던 힐다와 야에가 마지막으로 미끄러져 내려갔다.

　당연하지만 밀려온 병사들도 얼음으로 만든 미끄럼틀로 내달렸다.

　그 순간에 안뜰에 있던 유미나는 마법 하나를 발동시켰다.

　"【흙이여 오너라, 토루(土壘)의 방벽, 어스월】."

　린제가 만든 얼음 미끄럼틀을 파괴하고 이번엔 지면에서 솟아올라온 흙벽이 에르제가 뚫은 구멍 전체를 뒤덮었다. 이윽고 지면에서 3층까지 뻗은 흙벽은 정확히 벽의 구멍을 막아 버렸다.

　벽을 파괴할 수 없다는 사실을 깨달은 병사들은 급하면 돌아가야 한다는 듯 발걸음을 돌리더니 안뜰로 가는 루트를 내달리기 시작했다.

　"여기라면 대대적으로 싸워도 문제없겠어요."

　허리에서 쌍검을 빼낸 루가 중얼거렸다. 창문으로 조금 전까지 있었던 3층의 복도를 보니 다급히 달리는 병사들의 모습이 보였다.

　안뜰을 향해 별동대도 달려오는 모습이 보였다. 그 모습을 보고 문득 유미나는 이상한 감각에 휩싸였다.

　노키아 병사들은 간소한 복장에 가죽 갑옷과 손 보호대 등을 장비한 경무장이 주류였다. 그런데 이곳으로 달려오는 자들은 온몸을 갑옷으로 두른 기사 복장이었다.

　게다가 온몸이 검은색 일색인 그 갑옷의 디자인은 본 적이 없었다. 투구의 바이저를 위로 올려서 사람의 얼굴은 보였지만 그 얼굴에서는 감정이 사라져 있었다.

　"빙의된 자들일까요? 린제 님, 【배니시】를 부탁합니다."

　"알겠습니다. 【빛이여 오너라, 반짝임의 추방, 배니시】!"

　검은 기사들이 지면에 나타난 반짝이는 마법진에 감싸였다. 그런데 검은 갑옷이 빛의 입자를 튕겨내더니 순식간에 마법진을 지워 버렸다.

　"효과가 없어?!"

　"평범한 갑옷이 아니야. 마도구^{아 티 팩 트}…… 그것도 고대 마법 왕국 시대의 물건이야……."

　"그렇다. 고대 마법 왕국 시대의 마도구, '내마의 갑옷'이다. 마법 방어 능력이 뛰어나지. 너희의 빛 속성 마법은 통하지 않아."

　린의 분석을 듣고 대답을 하듯이 그렇게 말한 자가 검은 기사들 뒤에서 나타났다. 검은 창파오를 두르고, 몇 개나 되는 약장을 건 붉은 머리카락의 키가 큰 남자. 노키아 왕국의 군무경인 카이저 노트리스였다.

"브륀힐드의 암컷들이 무리 지어 찾아온 건가. 파피아는 어디 있나. 대답해라."

카이저가 오만불손한 태도로 소녀들을 깔보며 추궁했다. 카이저에게 여자란 자신에게 무릎을 꿇어야 하는 존재이자 얼마든지 대체할 수 있는 도구였다. 그 일그러진 생각이 이러한 태도로 나타났다.

"흥. 당신이 카이저야? 린제, 내 말이 맞지? 역시 여자에게 인기 없을 좀스러운 얼굴이었어."

"언니……. 나도 그렇게 생각하지만 너무 노골적으로 말하는 건 좀……. 사람은 얼굴이 전부가 아니라고, 생각하거든. 물론 이 사람은 성격도 저질일 것, 같지만."

처음 만난 사람을 깎아내리는 언니에게 주의를 주던 여동생도 상당히 거리낌 없이 할 말은 했다. 이러니저러니 해도 감각이 매우 비슷한 쌍둥이다.

한편 무시당한 카이저는 코 근육을 움찔거리며 에르제와 린제를 노려보았다.

"이놈들……! 감히 이 몸을 바보 취급하는 것이냐……?!"

"'이 몸'! 푸핫! 자신을 '이 몸'이라고 표현했습니다, 힐다 님! 마치 잘난 듯이!"

"야에 씨, 그러면 실례예요. 푸픕, 물론 딱해 보이긴 하지만요⋯⋯."

야에가 팍팍 힐다의 어깨를 때렸다. 웃음보가 터져 억지로 웃음을 참고 있는 두 사람과는 달리 카이저는 관자놀이에 몇 개나 되는 핏대를 세우고 있었다.

"⋯⋯⋯큭⋯⋯⋯! ⋯⋯⋯! ⋯⋯좋다. 너희 모두 붙잡아 파피아가 어디 있는지 불게 해 주마. 차라리 죽여 줬으면 할 만큼 엄청난 고통과 굴욕을 안겨 주마⋯⋯!"

"⋯⋯카이저라고 했나요? 목숨을 건졌군요. 이 자리에 토야 님이 계셨다면 틀림없이 당신의 얼굴에 주먹을 꽂아줬을 거예요."

"네⋯⋯. 토야 오빠라면 그랬겠죠. 자신보다도 우리가 무시 당했을 때 더 폭발하는 분이니까요⋯⋯."

"그렇지만 그 모습을 보면 좀 기뻐."

루의 말을 듣고 고개를 끄덕이며 유미나와 사쿠라가 말을 이었다. 애인 자랑이냐.

카이저는 그 말을 듣고 이마에 더 많은 핏대를 세웠다. 군무 경 카이저는 지금껏 이렇게까지 무시당해 본 적이 없었다.

원래 쉽게 분노를 터뜨리는 남자다. 게다가 평소에 늘 깔보던 여자다. 그런 여자들에게 이런 모욕을 받은 적은 한 번도 없었다. 분노는 폭발하기 직전이었다. 분화하기 직전의 화산 같았다.

아직 분노를 터뜨리지 않고 있는 이유는 강자의 여유를 과시하고자 하는 쩨쩨한 자존심 때문이었다. 한마디로 자신이 깔보는 여자를 상대로 분노를 터뜨리면 강자로서 꼴사납다고 생각하기에 참는 중이었다. 얼굴에 다 드러나고 있으니 아무 소용도 없는데.

그런 카이저의 눈에 고개를 작게 갸웃하는 스우의 모습이 들어왔다.

"자네, 머리가 나빠 보이는 얼굴이구먼."

─────────────빠직.

"이자들을 잡아들여라아아아아아아아!"

카이저가 노발대발하며 호령하자 검은 기사들이 일제히 무기를 들고 토야의 약혼자들에게 달려들었다.

"드디어 덤비는구나. 해충 퇴치를 시작해 볼까."

날름, 메마른 입술을 적신 에르제가 자세를 낮추고 단숨에 거리를 좁히더니 번개 같은 어퍼컷을 검은 기사 한 명의 턱에 적중시켰다.

어퍼컷을 맞아 날아간 검은 기사는 공중에 떠올랐다가 지면에 떨어지더니 더는 움직이지 않았다.

스펙터가 빙의해 조종하고 있다고는 해도 그 신체는 인간이다. 대미지를 입으면 움직임이 둔해지고, 뇌진탕을 일으키면 스펙터조차도 몸을 움직이기 힘들어진다. 예를 들자면, 말을 타는 기수도 말이 쓰러져서는 어떻게 해 볼 도리가 없는 것과 비슷하다고 할까.

스펙터 자신이 몸을 움직이는 것이 아니라, 스펙터가 몸의 소유자에게 움직이라고 명령을 내리는 것뿐이니까.

〈네 이놈들……!〉

"너 바보지? 소환수는 계약자와 닮는 건가?"

쓰러진 기사의 입에서 엑토플라즘처럼 기어 나온 스펙터에 에르제가 정권지르기를 날렸다. 물론 빛 속성의 마력을 두르고.

〈으갸아아아아아악?!〉

"갑옷 밖으로 나오면 널 쓰러뜨리는 정도야 슬라임을 해치우는 것보다 쉬워."

에르제의 주먹에 꿰뚫린 스펙터가 외마디 비명을 외치며 사방으로 흩어졌다. 그런 에르제를 등 뒤에서 다른 검은 기사가 검을 치켜들고 습격하려고 했다. 그런데 발걸음을 내디디려고 했는데 발이 움직이지 않았다. 검은 기사는 어느새 자신의 양다리가 지면에 얼음으로 고정되어 있었다는 사실을 깨달았다. 린제가 날린 【아이스바인드】였다. 마법이 직접 통하지 않는 상대에게 어떻게 대처해야 하는지, 토야의 약혼자들은 너무나도 잘 알고 있었다.

"지금이야, 언니!"

"나이스, 린제!"

움직이지 못하는 검은 기사에게 공중에서 반쯤 회전하며 날린 에르제의 발차기가 작렬했다. 이전에 토야가 호랑이 복면을 쓴 전사를 보여 준 적이 있는데, 이건 그 전사를 흉내 낸 기술이었다.

갑옷의 흉부가 크게 찌부러진 검은 기사가 그 자리에서 쓰러졌다. 조금 전에 스펙터가 어떤 최후를 맞았는지 봐서 그런지 엑토플라즘은 갑옷 밖으로 나오지 않았다. 겁쟁이 소환수다.

"마법이 통하지 않을 뿐, 이래서는 평범한 병사와 다를 바가 없군요."

"프레이즈처럼 이상한 걸 발사하지 않으니 그것만으로도 편해."

"재생도 안 하고요."

야에, 루, 힐다가 에르제에게 지지 않겠다는 듯이 검은 기사들을 닥치는 대로 쓰러뜨렸다.

"【흙이여 뚫어라, 어리석은 자의 나락, 핏폴】."

"【물이여 오너라, 청렴한 수류(水流), 워터폴】."

"【벼락이여 오너라, 백련(白蓮)의 뇌창(雷槍), 선더 스피어】."

유미나가 흙 마법으로 발밑의 지면을 함몰시켜 검은 기사들을 구덩이에 빠뜨렸다. 그러자 사쿠라가 물 마법으로 대량의 물을 흘려보냈고, 결정타라고 하듯이 린이 날린 번개의 창이 검은 기사가 아니라 수면에 내리꽂혔다.

본체를 직접 공격하면 대미지가 사라질지 모르지만, 간접적인 방법이라면 아무 문제 없다. 구덩이 안에서 감전당한 검은 기사들은 몸을 축 늘어뜨린 채 움직이지 않았다.

개중에는 엑토플라즘 상태가 되어 몸 밖으로 튀어나오는 스펙터도 있었지만, 그들은 모두 대기하고 있던 스우의 【샤이닝 재블린】에 꿰뚫렸다.

계속해서 당하기만 하는 검은 기사들을 보자 카이저의 분노는 점점 더 커졌다.

"제베타!"

〈네. 여기 있습니다.〉

카이저가 고함을 치자 등 뒤에서 파란 옷을 입은 작은 남자가 새우등을 하고 나타났다.

"대체 어떻게 된 거냐! 저 갑옷을 입으면 병사들이 강해진다고 하지 않았나!"

〈아닙니다. 저 갑옷은 우리의 약점인 빛 마법이 통하지 않을 뿐, 기본적인 전투력은 변하지 않습니다. 애초에 스펙터가 빙의한 사람은 평상시의 2배나 되는 근력을…….〉

"에이잇. 장황한 설명은 필요 없다! 어떻게든 해 봐라!"

〈네. 그럼 '에르쿠스의 유산'에서 8번을 꺼내시지요.〉

제베타의 말을 듣고 카이저가 품에서 작은 상자처럼 보이는 물건을 꺼냈다. 그리고 뚜껑을 열고 그 안에서 '8'이라는 숫자가 찍힌 직경 4센티미터 정도의 구체를 집어 들었다.

"이거군."

카이저는 그 물건을 힘껏 지면에 내던져 산산조각 냈다. 분풀이가 아니었다. 이 구체는 수납 마법이 부여된 마도구로, 안의 내용물을 꺼내려면 산산조각을 낼 필요가 있었다.

산산이 부서진 파편이 사라짐과 동시에 그곳에서는 순식간에 거대한 용이 나타났다.

"이, 이것은……!"

〈'기갑룡'입니다.〉

용은 용이지만 이건 평범한 용이 아니었다. 온몸을 강철 기계와 융합한 용이었다. 사이보그인 용이라고 하면 될까. 갑옷을 입은 용처럼도 보였다.

크기는 몸길이가 15미터 정도. 날개가 없어 종류를 따진다면 육룡에 해당했다. 발톱 네 개가 달린 손발과 긴 꼬리. 후두부에서 꼬리의 끝까지 날카로운 가시가 돋아나 있었다. 큰 입에는 날카로운 송곳니가 즐비했고 두 눈은 둔탁한 빛을 내뿜었다.

〈그럼 실례하겠습니다.〉

새우등을 한 작은 남자의 입에서 엑토플라즘이 분출되었다. 엑토플라즘을 다 뱉어낸 작은 남자는 흰자위를 드러내며 그 자리에 털썩 쓰러졌다. 연무처럼 보이는 물질이 입을 통해 기갑룡의 체내로 들어갔다.

그러자 등 뒤에 달린 팬처럼 보이는 물건이 천천히 회전하더니, 이윽고 고속으로 회전했다. 그렇게 대기 중의 마소를 흡수해 용이 움직이기 시작했다.

기갑룡은 고개를 들고 두 눈에서 사악한 붉은 빛을 내뿜은 뒤, 하늘을 올려다보며 큰 천둥소리처럼 포효했다.

기갑룡의 입에서 증기 같은 연기가 분출됐다. 생물이면서 기계라는 점에서는 셰스카 같은 바빌론 넘버즈와 공통되는 부분이 있을지도 모른다.

〈이보시오, 아가씨들. 이제부터는 이 제베타가 상대해 드리지요.〉

기갑룡의 입에서 증기와 함께 조금 전까지는 작은 남자에게서 들렸던 그 목소리가 새어 나왔다.

'기갑룡'. 육룡의 뇌에 마수를 조종하는 '지배의 향침'을 박은 뒤 마공기계와 융합시켜 더욱 강력한 힘을 발휘하게 만든 고대 마법 왕국의 유산.

마법공예사 데보라 에르쿠스 박사가 만든 '프레이즈 대책용 전투기룡'이었다.

'기갑룡'은 5000년 전, 마법공예사 데보라 에르쿠스 박사가 만든 전투용 아티팩트였다.

베이스는 전투력이 높은 용으로, 그 용의 의사를 박탈하고 세뇌하여 강화의 강화를 거듭한 끝에 만든 생체병기다. 이 병기는 프레이즈 대책용인 만큼 프레이즈의 강력한 몸을 부술 수 있을 정도의 파워를 갖추고 있었다.

카이저가 불러낸 이 용은 데보라 박사가 만든 '기갑룡' 중 하나였다. 그리고 지금, 그 몸에 카이저의 종인 제베타가 빙의했다.

〈시험 삼아 움직여 볼까.〉

옆에 있던 성벽을 향해 기갑룡이 왼손을 뻗자 폭발음과 함께 왼손의 손목 앞부분이 튀어나가 성벽을 산산이 부수었다.

"오오."

카이저가 환성을 지르는 동안에 날아갔던 왼손은 연결된 와이어로프에 이끌려 순식간에 원래대로 돌아왔다.

〈사용하는 데엔 문제가 없어 보이는군요. 그러면.〉

제베타는 눈앞에 있는 아홉 명 중 가장 먼저 노릴 타깃을 정했다. 이런 경우에는 일단 수를 줄여야 한다. 제일 약해 보이고, 그러면서도 물리치면 남은 사람들이 동요할 만한 그런 상대를 향해 제베타는 오른손의 사출되는 발톱인 '스트라이크 클로'를 발사했다.

발사된 발톱이 멀뚱히 서 있는 스우를 향해 날아갔다.

날카로운 발톱이 스우의 가슴을 꿰뚫으려고 하던 그 순간, 스우는 아무것도 아니라는 듯이 살짝 몸을 옆으로 비틀어 그 발톱을 피했다.

〈아니?!〉

여자와 아이들이 피할 수 있을 리 없는 공격을 가볍게 피하자, 제베타가 놀라서 그렇게 외쳤다.

"느리구먼. 모로하 형님의 검에 비하면 파리가 앉는 수준이야."

다른 여덟 명은 비교 대상이 잘못됐다고 생각했지만 굳이 그런 얘기를 꺼내지는 않았다. 실제로 나머지 여덟 명도 발사되어 날아온 발톱 공격이 훤히 다 보였고, 분명히 느리다고도 생각했기 때문이다.

〈큭……. 그럼 이건 어떻습니까?!〉

양쪽 어깨에서 초승달처럼 생긴 비행체가 연속으로 발사되었다. 미스릴로 만들어진 수리검 같은 그 칼날은 고속으로 회전하면서 불규칙하게 소녀들을 덮쳤다.

그런데 다른 사람보다 앞서 나온 야에와 힐다가 그 초승달 칼날을 모두 쳐서 떨어뜨려 버렸다. 굳이 자르지 않은 이유는 두 동강이 나면 파편이 튀어서 오히려 성가셔지기 때문이었다.

"발사 도구가 많은 장난감이군요."

"가지고 가면 박사가 아주 기뻐할 듯하네요."

힐다가 키득키득 웃으면서 야에의 말에 대답했지만, 사실 바빌론 박사는 5000년 전에 이미 '기갑룡'을 본 적이 있다. 게다가 '졸작'이라며 마구 깎아내려서 에르쿠스 박사를 화나게 한적이 있을 정도라, 가져간다고 해도 기뻐할 리가 없었다.

바빌론 박사가 '기갑룡'을 졸작이라고 혹평한 이유 중 하나가 양산이 힘들다는 점이었다. 기본 베이스가 용이다 보니 숫자를 많이 확보하기가 힘들었다. 그에 더해 명백하게 용족이 적으로 돌아선다. 인간족에 해를 끼친 떠돌이 용이라면 몰라도, 그 이외의 용을 포획해서 개조했다간 용족 전체가 적이 된다. 그랬다간 프레이즈에 멸망당하기 전에 용들의 습격으로 나라가 망한다. 바빌론 박사의 우려대로, 용들이 분노해 '기갑룡' 계획은 좌절되었다.

토야의 약혼자 9명 앞에 있는 '기갑룡'은 그 시대의 몇 안 되는 유산이었다.

"【물이여 오너라, 충격의 물거품, 버블봄】."

기갑룡과 일체화한 제베타의 주변에 무수히 많은 비눗방울이 떠올랐다. 린제가 날린 부유하는 비눗방울은 제베타가 접촉할 때마다 마치 기뢰처럼 폭발을 일으켰다.

〈크으윽! 제법이군요……!〉

제베타는 주변의 비눗방울을 향해 후두부에서 꼬리 끝까지 주루룩 박혀 있는 칼날 같은 가시를 발사했다. 비눗방울은 가시와 함께 폭발하여 잇달아 사라졌다.

그리고 그 순간에 몸을 회전시켜 긴 꼬리를 옆으로 휘둘러 9명 모두를 쳐서 날려 버리려고 했다. 금속 갑옷으로 둘러싸인 굵은 꼬리에 맞으면 소녀 한둘 정도야 그 자리에서 죽고도 남을 것이다.

하지만 그 제베타의 계획은 보기 좋게 빗나갔다.

양손에 건틀릿을 장착한 소녀가 꼬리의 일격을 아무렇지 않게 받아내 버렸기 때문이다.

〈아, 아니?!〉

"최근 깨달은 건데 아무래도 내【권속 특성】은 '맷집'인 것 같아……. 아무렇지도 않거든."

에르제가 통나무보다 굵은 꼬리를 막으면서 혼자 중얼거렸다. 신의 권속에게 부여되는【권속 특성】. 현재 점차 각성하고 있는 특성은 유미나의 '미래시', 사쿠라의 '초청각', 루의 '절대 미각'이었다.

에르제는 정확하게 말해 '맷집'이 아니라, 온몸에 신기가 섞인 투기를 두르는【권속 특성】이었는데, 이건 토야를 비롯한 신들이 사용하는 '신위해방'의 간이판에 해당하는 것이었다. '투신전의(鬪神纏衣)'라고 부르면 될까.

"오호. 에르제 님답다고 한다면 답다고 할 수 있겠습니다."

"좀 마음에 걸리는 말투인데…….【부스트】랑 비슷하니 사용하기 쉽기야 하지만!"

〈크억?!〉

꼬리의 끝을 붙잡고 바로 비틀어 쉽게 뚝 꺾어 버리는 에르제. 그리고 곧장 끝이 구부러진 꼬리를 발로 차서 날려 버렸다. 그러자 균형을 잃은 제베타가 비틀거렸다.

"이 여자들은 어떻게 돼 먹은 거냐! 젠장! 대체 어떻게 된 거야?! 어떻게든 해 봐라! 제베타!"

제베타의 한심한 꼴을 보고 화를 터뜨리는 카이저.

하지만 제베타가 그 명령에 따르기보다 힐다가 한발 먼저 기갑룡의 품으로 뛰어들어 손에 들고 있던 검을 번뜩였다.

"레스티아류 검술, 삼식(三式) '참철(斬鐵)'."

〈아니……!〉

'기갑룡'의 목이 순식간에 힐다의 검에 댕강 잘렸다. 갑옷으로 둘러싸인 커다란 목이 안뜰에 데굴데굴 굴렀다.

동시에 목을 잃은 본체도 실이 끊어진 꼭두각시처럼 지면에 힘없이 쓰러졌다.

"오오, 역시 드래곤 슬레이어구먼."

"이걸 드래곤이라고 부르기엔 용족에게 좀 실례야."

스우의 말을 듣고 사쿠라가 냉정하게 대답했다. 확실히 잘린 목에서 피 한 방울 나오지 않는 존재를 최강종인 용이라고 인정하기는 꺼려지는 게 사실이었다.

〈으음……!〉

쓰러진 용의 몸에서 혼탁한 연무가 피어올랐다. 더는 움직이지 않는 기갑룡의 육체를 버린 제베타가 카이저가 있는 곳으로 날아갔다.

"네 이놈! 이게 무슨 꼴이냐! 계집아이들한테 당하다니! 쓸모없는 것!"

〈…………3번을.〉

"뭐라고?!"

〈'에르쿠스의 유산'에서 3번을 꺼내 주십시오. 어서 꺼내십시오.〉

"사, 삼 번?"

제베타의 억양 없는 목소리 탓에 당황하면서도 카이저는 작은 상자에서 '3'이라고 적힌 구체를 지면에 내던져 부서뜨렸다.

부서진 파편이 사라지자마자 검은 기사들이 입은 것과 같은 갑옷이 나타났다. 하지만 그 갑옷은 검은색이 아니라 마치 수정처럼 투명했다.

"어?"

"저건……."

야에를 비롯한 모두가 움직임을 멈췄다. 모두 그 갑옷, 정확하게 말하면 그 소재가 무엇인지 짚이는 데가 있었기 때문이다.

수정 갑옷은 공중에 떠오르더니, 창파오를 벗은 카이저의 몸에 잇달아 장착되었다.

먼저 손등에서 아래팔, 팔꿈치, 위팔, 어깨 순으로 양팔에 장비되었고, 이어서 신발, 정강이, 무릎, 허벅지 순으로 양다리도 갑옷으로 뒤덮였다. 그리고 허리, 배, 가슴, 목의 순서로 몸이 뒤덮이고, 마지막으로는 투구가 장비되었다. 그렇게 카이저는 온몸에 수정 갑옷을 두른 모습이 되었다.

"오, 오오……! 이것은……!"

"수정 악마인 프레이즈로 만들어진 최강의 갑옷입니다. 어떠한 칼날도 통하지 않고, 어떠한 마법도 통하지 않는 궁극의 갑옷. 카이저 님의 갑옷입니다."

온몸에 수정 갑옷을 장착한 카이저의 모습은 갑충을 두른 기사라기보다는 튼튼한 파워드 슈트를 입은 병사 같았다.

겉보기에는 중무장한 보병처럼 온몸을 방어하고 있었지만, 경량화 마법이 적용되어 있어 카이저는 그다지 무게를 느끼지 못했다.

허리에는 검, 등에는 방패가 장비되어 있어 카이저가 그것들을 손에 들어 보니 마치 목검을 들고 있는 것처럼 가벼웠다.

"오오! 아름답군⋯⋯!"

카이저가 성벽을 향해 검을 한 번 휘두르자 마치 종이가 찢어지는 것처럼 벽이 썰려 나갔다.

"후⋯⋯ 후하하하하! 멋지구나! 이것만 있으면 이 몸을 막을 수 있는 자는 이 세상에 아무도 없다!"

카이저는 원래 이 노키아 왕국을 섬기는 일개 병사에 지나지 않았다. 그런데 불과 몇 년 만에 군무경이란 지위까지 올라온 데는 당연히 이유가 있었다.

그게 바로 '에르쿠스의 유산'이었다. 카이저가 노키아 북방에 있는 유적에서 그것을 발견한 건 완전한 우연이었다.

그 '에르쿠스의 유산'에 있었던 상자에서 수납 구체 1번을 실수로 떨어뜨려 깨뜨린 이후로 카이저의 운명은 크게 변했다.

봉인이 풀린 수납 구체에서는 자신을 제베타라고 소개하는 스펙터 한 명이 나타났다.

'에르쿠스의 유산'을 사용하는 법을 알려 주는 종으로, 5000년이나 봉인되었던 소환수였다.

그 이후로 카이저는 제베타에게 빙의술을 배워 자기 마음대로 성안 사람들을 조종했다. 이용할 수 있는 사람은 철저히 이용하고, 방해되는 사람은 처리했다.

그러다가 카이저는 자신이야말로 선택받은 사람이라고 생각하게 되었다. 힘없는 우민들을 이끌 존재라고 착각하게 된 것이다.

언젠가는 이 나라를 지배하고, 바깥 세계에서 잘난 척하고 있는 이웃 국가를 공격해 멸망시키겠다고 결심했다. 그리고 기껏해야 빙의술사이면서, 위대한 세계의 왕이 될 사람은 자신이라는 망상에 사로잡혔다.

그 왕이 이런 데서 쩔쩔매고 있을 수는 없다. 이 계집아이들을 물리쳐 세계의 왕에게 거역한 벌을 내려야 한다.

카이저는 검과 방패를 들고 소녀들을 바라보았다.

"한 번 더 물으마. 파피아는 어디에 있나? 솔직히 말해라. 목숨을 구걸하면 노예로 살아가게 살려둘 수도 있다."

"그전에 넌 일단 네 모습을 거울에 비춰 보면 어떨까? 투명한 갑옷을 입은 모습이 굉장히 멍청해 보이거든."

린이 신랄하게 말했다. 그 토야마저도 브륀힐드 기사단의 갑옷을 정재가 아니라 미스릴로 만들었을 정도다. 온몸이 투명한 갑옷을 입으면 매우 멍청해 보인다. 완전히 투명해서 갑옷이 보이지 않거나, 반투명하다면 그 정도까지는 아닐지도 모르지만.

"그리고 또 하나. 넌 눈뜬장님인가 보구나?"

"아니. 발끈하면 주변을 돌아보지 못하는 타입이 아닐까요?"

"위정자에는 걸맞지 않은 사람이네요."

"주제 파악도 못하는 듯하고 말입니다."

"한마디로 바보야."

"사쿠라 씨, 그건……."

소녀들이 연달아 자신을 무시하는 발언을 할 때마다 카이저의 이마에는 핏대가 늘어났다.

"이놈들! 각오는 되었겠지이이이이?!"

카이저가 검을 번쩍 들어 올리고 소녀들을 향해 똑바로 돌격했다.

"정말로 눈뜬장님인 모양입니다."

"네. 우리의 무기를 보고 눈치채지 못했던 걸까요?"

야에와 힐다가 정재로 만든 '투명한 칼'을 쥐고 자세를 잡았다. 이게 똑같은 소재로 만들어졌다는 거야 얼핏 봐도 알 수 있을 텐데. 정신머리가 나가도 보통 나간 게 아닌 듯했다.

돌진해 와서 휘두른 카이저의 검을 힐다의 검이 받아냈다. 아니, 받아내지 못했다. 힐다의 검과 맞부딪쳐 카이저의 검이 둘로 동강 나 버렸으니까.

"아니?!"

쉽게 동강 난 검을 믿을 수 없다는 눈으로 바라보는 카이저 앞으로 자신의 애용검인 '투화'를 들고 야에가 바짝 다가섰다.

"코코노에 진명류 오의, 비연열파(飛燕裂破)!"

몇 줄기나 되는 섬광이 카이저의 눈앞에서 번뜩였다. 다음 순간, 산산조각난 수정 갑옷이 둔탁한 소리를 내며 땅에 떨어졌다. 야에가 검으로 카이저가 두른 갑옷만을 베어 버린 것이다.

같은 프레이즈의 정재로 만들었지만, 카이저의 무기와 야에, 힐다의 무기에 주입한 마력의 양은 비교 대상도 되지 못했다. 따라서 강도도 날카로움도 차원이 달랐다.

"이, 이럴, 수가……!"

프레이즈로 만든 갑옷을 잃은 카이저가 손에 들고 있던 검의 손잡이를 힘없이 떨어뜨렸다.

그 순간에 뛰어든 에르제가 상반신을 숙이고 있던 카이저의 몸통을 아래에서 오른 주먹으로 때려 몸을 띄웠다.

"날아가라!"

"크어어억?!"

내장이 파열되지 않게 힘을 조절했지만 에르제의 일격을 맞은 카이저가 하늘 높이 날아올라 10미터 정도 높이까지 공중에 떠올랐다.

복부를 엄습하는 극심한 고통을 느끼며 공중에서 얼굴을 찡그리는 카이저. 그 시야의 끝에서 국왕 침실이 있는 3층 발코니에 서 있는 누군가가 보였다.

"너에게 조종당했던 사람들의 분통함을…… 뼈저리게 느껴라!"

"파, 파피아…………!"

"【오너라 섬람(閃嵐), 전격의 폭풍, 플라즈마스톰】!"

무방비한 카이저를 향해 파피아 공주가 합성 마법을 날렸다. 카이저는 자신의 유일한 아군을 지상에서 발견하고는 큰 소리로 외쳤다.

"제, 제베타! 어, 어서 이 몸을 구해라!"

〈죄송합니다만, 거절하겠습니다.〉

"뭐……?!"

자신을 철저하게 섬기던 종이 그렇게 거절하자 자신의 귀를 의심하는 카이저. 다음 순간, 사방으로 튀는 번개 빛과 무시무시한 폭풍이 카이저를 덮쳤다.

"크아아아아아아아아아아아아아아아!"

어마어마한 속도로 회전하며 반대편 벽에 격돌하는 카이저.

이 나라의 군무경이었던 남자는 걸레짝처럼 곧장 땅으로 떨어졌다. 살아는 있었지만 이미 정신을 잃은 상태였다.

지면에 떨어져 부서졌는지 품에서 망가진 상자가 튀어나왔고, 그 안에 있던 구체도 밖으로 흘러나왔다.

"완벽했어요. 파피아 씨, 토키에 님."

유미나가 스마트폰의 통화를 끊었다. 유미나의 눈에는 몇 초 후에 하늘로 날아 올라가는 카이저의 미래가 보였었다. 【권속 특성】인 '미래시' 능력이다.

그래서 결계 안에 있는 토키에에게 전화를 걸어 파피아가 대기하게 해 달라고 부탁했다. 결정타는 역시 이 나라를 사랑하는 사람이 날려야 어울린다고 생각해서였다.

"자, 이자의 처벌은 나중에 하기로 하고……."

번갯불에 감전돼 연기를 피워올리는 카이저를 흘끔 본 뒤, 야에가 칼끝을 제베타에게 내뻗었다.

"주인을 버리다니 어이가 없군요."

〈착각하지 마시길 바랍니다. 제 진정한 주인은 그곳의 그 남자가 아닙니다.〉

"뭐?"

소환수는 기본적으로 자신을 소환한 자를 주인으로 삼는다. 계약에 따라 소환한 사람이 그 계약을 깨지 않는 한 순종적으로 따른다.

카이저도 이 제베타라는 스펙터와 계약해 자신을 따르게 했을 것이다. 하지만 그것을 부정하는 제베타의 언동을 보고 유미나를 비롯한 모두가 고개를 갸웃했다.

〈저의 진정한 주인은 데보라 에르쿠스 오직 한 사람뿐. 데보라 님의 명령에 따라 저는 그 사람에게 따랐을 뿐입니다…….〉

"데보라 에르쿠스? 어디서 들어본 적이 있는데……."

"'지배의 향침'인가 하는 마도구를 만들었던 마법공예사 아니야? ……잠깐만. 그 사람은 5000년 전에 살았던 사람인데?"

예전에 세스카에게 들었던 이름을 떠올리고 린이 놀란 표정을 지었다.

〈저는 '에르쿠스의 유산'을 잇는 자를 섬기라고 명령을 받았습니다……. 하나, 이제 끝낼 시기가 온 듯합니다…….〉

둥실둥실 떠다니는 스펙터의 감정은 알아볼 수 없었지만, 소녀들에게는 이 스펙터가 어딘가 지쳐 있는 것처럼 보이기도 했다.

〈그자가 팔에 끼우고 있는 금색 팔찌를 벗기십시오. 그러면 빙의되었던 자들은 해방됩니다…….〉

폴라가 쓰러진 카이저에게 타다다닷 하고 달려가 바로 팔을 들더니, 그곳에 끼워져 있던 금색 팔찌를 영차영차 쑥 빼냈다. 그러자 쓰러져 있던 검은 기사들의 입에서 탁한 가스가 분출되더니 신음 소리를 내며 소멸되었다.

흐이이익, 하고 겁을 먹은 듯 몸을 떨면서 폴라가 린에게 달려가 그 다리에 매달렸다.

폴라가 들고 있던 금색 팔찌를 건네받은 린은 눈을 가늘게 뜨며 관찰했다. 마도구다. 린은 직감적으로 그것이 어떤 마도구인지 꿰뚫어 봤다.

요정족은 그러한 안목을 지닌 자가 많지만, 린은 그 감각이 점차 날카로워지고 있다는 사실을 자각하고 있었다. 그게 린의

【권속 특성】이라는 것도. '감정안' 능력이라고 하면 좋을까?

"흐음. 이게 마력의 원천이구나. 이것으로 소환수의 마력을 보완했던 거야. 이걸 **빼앗았으니** 소환수를 유지할 수 없게 된 거지."

〈그렇습니다. 그 남자에게는 다소나마 빙의술사가 될 재능이 있었습니다. 그걸 살리기 위한 마도구^{아 티 팩 트}입니다.〉

카이저가 계약했던 스펙터들은 마력이 공급되지 않게 되어 모두 송환되었다.

제베타를 유지하는 마력은 '에르쿠스의 유산'이 담겨 있는 상자에서 공급되고 있어 이 팔찌와는 상관없었다. 하지만 그 상자도 쓰러진 카이저의 품에서 부서지고 말아 그 힘을 잃었다. 제베타가 송환되는 것도 시간문제였다.

이제야 해방된다. 제베타는 그 상자에 램프의 요정처럼 얽매인 채 5000년이란 세월을 보냈다. 눈을 떴는데 어린아이 같은 남자에게 혹사당하고 온갖 하찮은 일을 도와야 했다. 자신을 호출 상자에 얽매어 놓은 데보라에게 원망이라도 한마디 하고 싶었지만 그조차도 이룰 수 없었다.

〈카이저 저택의 지하에 붙잡힌 여자들이 있습니다. 풀어주십시오. 그럼, 이만…….〉

존재를 유지할 수 없게 된 제베타가 밤바람에 휩쓸려 점차 소멸되었다. 5000년이나 자신을 얽매던 저주에서 해방된 것이다.

밤바람이 그친 뒤에는 제베타의 흔적을 더는 찾아볼 수 없었다.

"……자기 할 말만 하고 사과도 없이 사라져, 버렸네요."

"어딘가 개운하지 않구먼……."

"그래도 가장 큰 해악은 제거했으니 충분하지 않아?"

에르제가 쓰러져 있는 카이저를 내려다보았다. 이미 이 남자에게는 힘이 없었다. 조종했던 귀족들도 원래대로 돌아왔고, 국왕도 조만간 눈을 뜨게 될 것이다. 극형은 피할 수 없겠지만 그전에 이 남자가 여자들에게 한 수많은 잘못을 속죄하게 할 작정이다.

불행해진 여자들을 생각하면 그것도 너무 관대하다는 말을 들을지도 모르지만.

카이저가 눈을 떠 보니 그곳은 어둑어둑한 공간이었다. 주변을 둘러보고서야 자신이 지하 감방 침대에 누워 있다는 사실을 깨달았다. 목에 걸고 있던 약장도 없는 걸 보면, 자신이 지위를 박탈당하고 투옥된 상태라는 건 명백했다.

"제베타! 나와라, 제베타!"

카이저가 불렀지만 대답하는 이는 아무도 없었다. 쳇. 혀를 차고 소환수를 부르려고 했지만 마법을 사용할 수 없었다. 죄인을 가두어 두는 지하 감방이다. 당연하지만 마법을 쓰지 못하게 대책을 세워 놓았다.

"빌어먹을! 그 브륀힐드의 암컷들! 두고 봐라! 다음에 만나면 온갖 고통 속에서 죽게 만들어 주마······!"

자신이 어떤 상황에 놓였는지도 판단하지 못하고 욕설을 내뱉는 카이저. 너무 분노한 나머지 머리가 잘 돌아가지 못하는 건지도 모른다. 아니, 원래부터 그랬던가?

그런데 문득 기묘한 소리가 들려오기 시작했다. 움찔. 카이저가 몸을 움츠렸다.

푸르르, 푸르르. 동물의 숨소리였다.

뭔가가 있다. 이윽고 카이저는 지하 감방 구석에 커다란 생물이 존재했음을 깨달았다.

"마, 말······?"

흐릿한 불빛을 받아 보이는 그 윤곽은 틀림없이 말이었다. 하지만 말은 이마에 뿔이 나 있지 않다. 아니다. 이건 말이 아니다. 뿔이 짧긴 하지만 유니콘이었다.

"어째서 유니콘이 여기에······?!"

카이저는 공포에 휩싸여 자기도 모르게 자리에서 일어섰다. 유니콘은 처녀에게는 순종적이고 얌전하게 굴지만, 남자에게는 난폭한 공격성을 보이는 마수였기 때문이다.

하지만 유니콘은 날뛰지 않고 가만히 카이저를 바라보기만 했다. 카이저는 이유는 모르겠지만 매우 불쾌한 시선이란 생각이 들었다.

유니콘이 천천히 카이저를 향해 다가갔다. 도망치려고 해도 지하 감방에서는 어찌할 도리가 없어 카이저는 막다른 곳에 몰렸다.

"히익?!"

딱! 유니콘이 앞다리의 발굽으로 카이저의 얼굴 옆의 벽을 때렸다. 벽쿵이다. 유니콘의 벽쿵은 좀처럼 볼 수 없는 모습이다. 평범한 상황이 아니다.

〈좀 더 근육질이었으면 좋았을 텐데……. 어쩔 수 없지, 참자. 이건 이거대로 괜찮으니…….〉

"말했어……?!"

카이저가 놀라든 말든, 유니콘은 카이저의 어깻죽지를 물고 단숨에 옷을 찢어 버렸다. 카이저의 상반신이 드러났다.

〈오호. 의외로 몸이 괜찮네. 옷을 입으면 말라 보이는 타입인가? 응, 좋네 좋아. 기분이 좋아졌어!〉

"히이이이이익?!"

유니콘이 날름 카이저의 가슴을 핥았다. 카이저는 눈앞의 유니콘이 어딘가 이상하다는 점을 눈치챘다. 이거 뭐지?! 이거 뭐냐고!!

유니콘이 순식간에 속옷까지 포함해 바지를 찢어 버리자,

카이저는 비로소 몸의 위기를 느꼈다.

"저, 저리 가! 그만둬! 제발 그만해!"

〈괜찮아. 걱정할 거 없어. 안 아파. 금방 끝나.〉

"뭐가?!"

알몸으로 도망 다니는 카이저와 그를 쫓아다니는 유니콘. 둘의 호흡이 점점 거칠어졌다. 틀림없이 이 말은 흥분해 있다.

"제베타?! 제베타! 나와 줘, 제베타아아아아아!"

〈그게 누군데? 좀 샘이 나는걸? ……내가 그 사람을 잊게 해 줄게.〉

"그만……!"

그날, 노키아의 지하 감방에서 하루 내내 울린 비명은 모두 묵살되었다……!

"그래? 그럼 잘 해결된 거네?"

"네. 먼저, 노키아 국왕 폐하는 건강이 편찮으시니 제1 왕녀인 레피아 님이 왕위를 잇기로 했어요. 여동생인 파피아 씨는 언니의 보좌를 할 예정이라나 봐요."

유미나의 보고를 받고 나는 다행이라며 가슴을 쓸어내렸다.

카이저라는 사람은 극형을 받게 되었고, 조종당하던 사람들은 원래대로 돌아왔다.

카이저가 가지고 있던 '에르쿠스의 유산' 은 악용될 것을 우려한 레피아 공주…… 아니지, 여왕이 모두 파기했다고 한다. 결단력이 강하네. 제2, 제3의 카이저가 나타날까 봐 우려해서 그런 건가?

"아무튼 모두 무사해서 다행이야."

"어머, 걱정했어?"

린이 미소를 머금으며 나를 바라보았다.

"아니? 난 괜찮을 거라고 생각했어. 걱정은 전혀……."

〈주인님은 계속 집중을 하지 못하고 멍하니 있을 뿐이었습니다. 스마트폰이 울려서 화면을 볼 때마다 맥이 풀린 표정을 지으시고…….〉

"코하쿠……!"

유미나의 무릎 위에 올라가 있던 코하쿠가 쓸데없는 소릴 했다. 물론 왜 이렇게 전화를 안 하나 걱정하긴 했지만…….

발코니의 원탁 앞에 둥글게 앉아 있던 다른 약혼자들도 나를 돌아보았다. 에르제가 쓴웃음을 지으며 한숨을 내쉬었다.

"넌 걱정이 너무 많아. 괜찮다고 말했잖아?"

"머리로는 잘 아는데, 주변에 너희가 아무도 없으니 좀…… 마음이 진정되지 않는다고 해야 하나?"

나 혼자 외출했을 적엔 그런 느낌을 받은 적이 없는데. 성에 없다는 사실 자체만으로도 불안해지는 걸까? 약혼자들이 싸우고 있는데 나 혼자 자도 괜찮나? 그런 생각을 하게 되어 잠을 자지 못했다. 몇 번이나 전화하려다 말았는지.

생각해 보면 나도 약혼자들에게 이런 불안을 느끼게 했던 거구나…… 싶어서 반성하기도 했다. 많은 생각을 해 볼 수 있는 시간이었다.

"노키아도 앞으로는 외교 관계를 조금씩 늘려갈 생각이라고 하는 듯하니, 이것으로 한 건 해결이네요."

"그렇군요. 그런데 토야 님. 조금 전부터 신경 쓰이는 일이 있습니다만……."

힐끔. 야에가 실내에서 토키에 할머니와 소파에 마주 앉아 있는 인물을 바라보았다. 그래, 신경 쓰일 수밖에…….

"건강해 보이네? 아직 안 뒈졌었구나, 시공신 할멈."

"후후후. 머리를 쪼개 버릴까 보다, 이 말썽꾸러기 애송이. 그 입을 내가 꿰매 주랴?"

말만 들으면 굉장히 험한 말이 오가는 중이었지만, 서로 구김 없이 웃으면서 이야기를 하는 걸 보면 저게 평소의 모습인지도 모른다.

토키에 할머니는 눈앞의 상대를 말썽꾸러기 애송이라고 불렀지만, 그 사람의 겉모습은 전혀 애송이로 보이지 않았다.

겉으로 보이는 나이는 할머니와 비슷한 정도였지만, 잘 단련된 근육이 마치 강철 갑옷처럼 몸을 뒤덮고 있었다. 바바 할

아버지와 좋은 승부가 되겠는걸? 눈과 머리카락, 수염이 모두 검은색인 노인은 어딘가 모르게 일본인을 연상케 했다. 입고 있는 옷도 일본식 승려복이고, 신발도 일본식 짚신이니.

"저분도 하느님 관계자, 인가요?"

"응, 그렇지 뭐……. 갑자기 내려올 줄은 몰랐어……."

린제의 질문을 듣고 나는 어색한 웃음을 지으며 그렇게 대답했다.

"대체 어떤 하느님이신가요?"

"그게………………… 파괴신."

"파괴?!"

힐다의 질문에 솔직히 대답하자, 주변의 약혼자들 모두가 얼어붙었다. 그렇겠지. 그렇게 될 수밖에.

루가 덜덜 떨면서 컵을 내려놓고는 나에게 말했다.

"파, 파…… 파괴신, 님이, 뭘 하러 여기에……?"

"무슨 할 말이 있다나 봐. 오자마자 술을 내놓으라길래 술을 줬더니 저러고 있네."

파괴신 앞에 있는 테이블 위에는 커다란 술병과 술잔이 놓여 있었다. 당연하지만 파괴신의 왼쪽에는 약빠르게 스이카가 동석해 있었다.

"설마 토야 씨의 아버지 포지션으로……?"

"파괴신이 시아버지?"

"참말로 강해 보이는구먼……."

"아니. 그런 포지션은 아닐 거야."

아닐 거야……. 아니겠지. 그 포지션은 딱 잘라 거절했으니까. 잘해야 백부님 정도 아닐까? 부드럽고 온화한 농경신인 코스케 숙부와 저 우락부락한 파괴신이 형제라니, 전혀 그렇게 안 보이지만. 겉모습도 나이도 차이가 많이 나니까.

앗, 토키에 할머니가 손짓을 하네.

"잠깐 얘기하고 올게."

"무운을 빕니다."

"아냐. 그냥 얘기만 하는 건데 뭘."

야에의 어딘가 엉뚱한 응원의 말을 듣고 쓴웃음을 지으면서, 나는 신들이 둘러싸고 있는 테이블로 갔다.

"자, 앉으렴."

토키에 할머니의 권유를 받고 나는 할머니 옆에 앉기로 했다. 정면에는 술잔을 들고 술을 단번에 들이켜는 파괴신이 있었다.

"너도 마실 테냐?"

"아니요. 술은 즐기지 않아서요."

"그러냐."

그렇게 말한 파괴신은 술병을 들고 쫄쫄쫄 술을 술잔에 직접 따르고는 다시 벌컥 술을 들이켰다.

"하고 싶은 말은 다른 게 아니다. 너, 이 몸의 뒤를 이을 생각 없나?"

"네?"

뒤를 이으라고? 뭘?

"파괴신이 될 생각 없냐고 묻는 거다."

"네에?! 자자자, 잠깐만요! 왜 제가요?!"

파괴신이 되라니?! 왜 그렇게 됐어?! 하느님 컴퍼니, 부서 변경인가요?!

"지금 바로 결정하라는 건 아냐. 이 몸이 현역에서 은퇴하면 그 이후에 어떠냐고 묻는 거다. 넌 의외로 소질이 있어 보이거든. 냉철하게 세계를 파괴할 수 있는 타입이야."

마음대로 그렇게 판단을 하면 안 되죠. 내가 파괴신이라니 말도 안 돼요. 냉철하게 세계를 파괴할 수 있다니 무슨 말이죠?! 내가 뭐 악마인가?

"파괴신이 되면 여러모로 융통성 있게 생활할 수 있어. 일이 있을 때 이외에는 자유롭게 지내도 되고. 다른 신들에게 뭘 하란 소릴 들을 일도 없지. 어느 정도 재량권을 인정받고 있으니 마음에 안 드는 세계를 마음대로 멸망시킬 수도 있고."

"무서운 소릴 아무렇지 않고 하네?!"

안 되겠어, 이 사람은. 나쁜 의미에서 하느님답다고 해야 하나? 제멋대로야.

"오해하지 말았으면 하는데, 파괴신이란 존재는 이러니저러니 해도 필요한 존재란다. 우리 같은 신의 관리를 받지 못하는 세계는 마계라고 해도 과언이 아닐 만큼 참혹한 세계가 되어 버리니까. 그걸 끝내 주는 존재는 역시 필요해. 새로운 세계를 만들기 위해서도."

토키에 할머니가 그렇게 파괴신을 거들어 주었다. 그건가? 파괴는 창조의 어머니라고 하는 그거.

"아무튼 조금은 생각해다오. 이 세계가 끝난 다음이라도 좋으니까."

"불길한 소리 하지 마세요."

간단히 끝나게 누가 둘 줄 알고? 다 같이 고생해서 겨우 멸망을 막았는데.

파괴신은 술병에서 마지막으로 따른 술을 들이켜더니 천천히 자리에서 일어섰다.

"어디 보자. 일이 끝났으니 하계의 주점을 한번 들러볼까. 술의 신, 안내해라."

"오~! 아 참. 토야 오빠, 돈 줘."

"어?! 내가 내야 돼?!"

그러지 말고 돌아가! 파괴신이 지상을 어슬렁거리다니 너무 무섭잖아!

그렇긴 하지만. 내일 돌아간다고 하는 데다, 돈을 주지 않으면 불법적인 방법으로 손에 넣으려고 할 것 같아서 얌전하게 돈을 건네주었다. 어? 이건 협박을 받은 거나 마찬가지 아닌가?

나는 스이카에게 넉넉하게 돈을 주고, 무슨 일이 있으면 꼭 연락하라고 다짐을 받아 두었다. 내가 어떻게 해 볼 수 있는 상황이라면 좋을 텐데.

파괴신이라도 규칙은 지키니 지상에서는 신의 힘을 행사하지 않을 거라 생각하지만……. 술에 취해 깜빡했다는 소린 안 하겠습니까? '취해서 그랬다'는 말이 면죄부가 되지는 않으니까.

취해서 온갖 욕설을 하고 폭력을 행사해 놓고 '취해서 기억나지 않는다'고? 그건 변명이라 할 수도 없다. 술을 처음 마셔 본 거라면 또 몰라. 자기가 취하면 무슨 짓을 할지 다 안다면, 그럼 술을 안 마시면 된다.

결국 그런 사람은 술 탓이고 책임을 전가하고 싶을 뿐인 거다. 그건 열심히 술을 만들어 준 사람들에게도 못 할 짓이다.

술의 신인 스이카에게 그런 말을 하는 건 주제넘은 짓이겠지만.

경쾌하게 폴짝이며 파괴신과 방 밖으로 나가는 스이카. 역시 성 아랫마을의 주점에 들르려는 건가. 일단 나중에 엔데한테 연락해 두자. 우연히 딱 마주치는 것도 좀 그러니까……. 타케루 삼촌이 억지로 데리고 가는 거 아닌가? 설마.

그런데 얄궂게도 내 예상은 적중하고 만다.

타케루 삼촌뿐만 아니라 카렌 누나, 모로하 누나, 코스케 삼촌, 카리나 누나, 소스케 형까지. 엔데는 신들 사이에 내던져져 오들거리며 술자리를 함께했다는 모양이다. 전혀 취할 수 없었다고 한다. 당연하다면 당연한가?

"토야, 내가 몇 번을 전화한 줄 알아? 일부러 전화 꺼 놨지?!"

"제물은 한 명이면 족해……."

"너무해!!"

나는 할 일이 산더미거든. 신들의 변덕을 상대할 시간 없어.

◇ ◇ ◇ ◇

"으음……."

나는 내 방에서 스마트폰으로 인터넷 사이트를 조사하다가 그런 앓는 소리를 흘리고 말았다.

약혼자들과 결혼식을 올리기 전에 뭘 준비해야 할지 조사해 봤는데 지구에서는 세세하게 신경 쓸 일이 아주 많았다.

굳이 지구 방식을 따를 필요는 없지만.

참고로 '결혼식 전까지 해야 할 일 리스트'라는 것도 있었는데, 다음과 같다.

□ 프러포즈. (당연하다.)

□ 양가 부모님 찾아뵙기. 허락받기.

□ 결혼식장 예약.

□ 결혼반지 구매.

□ 신혼집 구하기.

□ 신혼여행지 결정.

□ 피로연 프로그램 결정.

□ 하객 명단 작성.

□ 직장에 보고.

□ 웨딩드레스 결정.

□ 하객에게 줄 답례품 검토.

□ 청첩장 작성.

□ 사진, 영상 촬영 작가 구인.

□ 피로연 음식 메뉴 결정.

□ 결혼식 2차를 위한 진행자와 음식점 선정.

□ 부케 주문.

□ 하객 자리 결정.

□ 주례와 접수를 맡아줄 사람 결정.

□ 결혼반지 준비.

□ 헤어메이크업 리허설.

□ 사진 사전 촬영.

□ 부모님에게 보낼 신부의 편지 준비.

등등…….

평생의 한 번뿐인 행사이니 마음은 이해하지만 고생길이 훤하네…….

우리는 성에서 결혼식을 올리고, 신혼집도 성이다. 덧붙이자면 직장도.

게다가 전부 내가 맡아서 하는 게 아니라, 재상인 코사카 씨나 집사인 라임 씨가 준비해 주니 그나마 낫다.

그럼에도 내가 해야만 하는 일도 얼마간은 있다.

"먼저 결혼반지인가. 약혼반지는 준 적이 있는데, 그것보다 심플하고 생활에 지장을 주지 않는 디자인이 좋겠지? 오레이칼코스는 금색이라 화려하니, 역시 은색인 미스릴로 만들어야 더 고상해 보이려나?"

왕후 귀족은 보통 미스릴 반지를 마련한다고 하기도 하니까. 국왕은 오레이칼코스 반지, 왕비는 미스릴 반지를 마련하는 사례도 있는 모양이지만.

으으으음……. 이건 나중에 생각하자.

"그다음은 신혼여행인가……."

사실 신혼여행은 생각해 둔 곳이 있다. 결혼한 아내들을 우리 아버지, 어머니와 만나게 해 줄 생각이다.

물론 지구에서 나는 죽은 것으로 처리되어 있으니, 어디까지나 '꿈속에서' 라는 형태를 취할 생각이지만.

모두에게 내가 태어난 세계를 보여 주고 싶기도 했다.

신력(神力)을 사용한 【이공간 전이】라면 지구로 갈 수도 있으니까.

신족의 말단이 되어 가장 기쁜 일이 사실은 이것인지도 모른다. 원래라면 다시는 지구로 돌아갈 수 없는 몸이었으니까.

"여하튼, 일단은 결혼식부터지만."

우리의 결혼식은 평범한 결혼식이 아니다. 각국의 국왕이 모이는 자리이기도 하다. 물론 평소처럼 안전을 충분히 신경 쓰겠지만, 그것과는 별도로 그런 빈객들 앞에서 허튼 모습을 보여 줄 수는 없다.

좀 오버하면 브륀힐드의 명예가 걸린 일이다. 나만 창피를 당하는 거라면 상관없지만, 약혼자들과 열심히 노력해 준 사람들이 창피를 당해서는 견디기 힘들다.

그러니 대충할 수는 없다. 하객 명단 작성은 코사카 씨가 해 주고 있지만, 나는 나대로 나만의 하객을 어떻게든 정리해야 했다.

"강력신(剛力神)은…… 힘 자랑하길 좋아하는 동네 아저씨라고 하자. 안경신은…… 안경을 좋아하는 동네 아저씨면 되려나……."

머릿속에 떠오른 생각을 스마트폰에 메모했다. 아무리 생각해도 이게 적당해. 신들의 프로필을 정하라니 황송해서 결정하기가 힘들거든요. ……절대 날림으로 하는 게 아니에요.

"으악."

갑자기 들고 있던 스마트폰이 울렸다. 라피스 씨인가.

"네, 여보세요?"

〈폐하. 자낙 님이 오셨습니다. 드레스가 완성되었다는군요.〉

"네, 알겠습니다. 지금 갈게요."

그렇게 대답하고 전화를 끊었다. 드레스란 내 드레스를 말하는 게 아니다. 약혼자들의 드레스다.

나는 바로 약혼자들에게 메시지를 보냈다. 한 명 한 명 일일이 전화하는 것보다 전체 메시지로 보내는 편이 더 빠르다.

나는 책상 위를 정리하고 밖으로 나갔다. 의상실 옆에 있는 피팅룸에 들어가 보니 이미 약혼자들이 자낙 씨가 가지고 온 웨딩드레스를 메이드들과 확인하고 있었다. 빠르네.

새하얀 드레스가 줄지어 있으니 장관인걸?

"만져봐도 돼?"

"손, 씻었어?"

"당연히 씻었지."

에르제가 입을 드레스의 옷자락을 가볍게 만져 보았다. 촉감이 보드랍고 가벼웠다. 매쉬처럼 그물 모양인 소재였다. 옆의 린제가 입을 드레스의 원단과는 또 다른 모양이었다.

"이건 전부 원단이 다른가요?"

"물론입니다. 모두 디자인에 어울리는 소재를 엄선했기에 전부 다 원단의 특징이 다르며 치밀하게 작업하여 완성도도 높습니다. 우리 '패션 킹 자낙' 이 혼신의 힘을 다해 만든 작품입니다."

자랑스러운 표정을 지으며 가슴을 펴는 자낙 씨. 자낙 씨의 가게도 처음 만났을 시절과 비교해 보면 매우 커졌다. 리프리스나 레굴루스에까지 지점을 냈기도 하고.

나는 몰라도 내 약혼자들은 자낙 씨 가게의 옷을 많이 입는 편이다. 그건 다시 말해 지구 디자인의 옷을 많이 입는다는 말인데, 세계회의에서 그 옷을 본 임금님들이 자낙 씨의 가게에 직접 가서 주문을 한 덕분에 자낙 씨는 왕가, 귀족과의 친분도 생겼다.

"그럼 사이즈 등을 마지막으로 조정하겠습니다. 남자분들은 밖으로 나가 주십시오."

"어라라."

메이드장 라피스 씨가 나와 자낙 씨를 밖으로 쫓아냈다. 이거야 어쩔 수 없는 일이다.

복도의 의자에 앉아 자낙 씨와 근황 이야기를 하다가 놀랍게도 자낙 씨가 지퍼까지 옷에 도입하기 시작했다는 사실을 알게 되었다. 놀라워.

"그런 기술을 어디에서 얻으셨어요?"

"하하하, 무슨 말씀이십니까. 처음 공왕 폐하와 만났을 적에 저에게 주셨던 옷에 처음부터 있었지 않습니까."

아, 아아! 그거구나! 블레이저의 바지에 있던 그거!

크으음……. 고간의 거기를 보고 만들었다는 얘길 들으니

미묘한 느낌이 드네…….

금속 기술 관련은 드워프의 힘을 빌려 완성했다고 한다. 굉장한걸?

잠시 지퍼 얘기를 하는데, 문이 열리고 모두가 한꺼번에 피팅룸 밖으로 나왔다.

"어? 입은 모습 안 보여 줘?"

"결혼식까지는 안 보여 드릴 거예요. 그래야 더 신선하게 느껴지잖아요?"

유미나가 그렇게 말하며 장난스럽게 웃었다. 음. 그렇게까지 말한다면 직접 보게 될 결혼식 당일을 기대할까.

"폐하~. 폐하의 옷도 맞추려고 하니 이쪽으로 오시죠~."

문을 열고 고개를 내민 메이드 세실 씨가 날 불렀다. 아, 내 옷도 맞춰야 하는구나…….

최대한 수수하게 해 달라고 부탁했는데 이번에는 어떤 옷일지. 지난번에는 너무 화려한 옷이었다. 우선 반짝거리는 실은 빼 주세요, 제발.

어쩔 수 없다. 결혼식의 주인공은 나의 약혼자들이니까. 남자는 덤에 불과하다. 그렇게 대범한 척하면서 한숨을 내쉰 나는 피팅룸 안으로 들어갔다.

막간극 순조로운 결혼식 준비

"이제 단숨에 뒤집어 주세요."

"엿차⋯⋯! 악?!"

찰싹! 엔데가 뒤집개로 뒤집은 팬케이크가 프라이팬 밖으로 삐져나와 눈 뜨고 보기 힘든 광경이 펼쳐지고 말았다. 또 실패인가. 이게 몇 개째지?

가르쳐 주던 루도 어쩌면 좋은가 싶은지 눈썹을 찌푸렸다. 엔데, 의외로 손재주가 별로네.

"토야, 미안한데——."

"이제 안 먹어. 내가 벌써 팬케이크를 몇 개나 먹은 줄 알아?!"

난 잔반 처리기가 아니거든?! 실패작만 양산하다니. 제대로 만든 음식을 먹게 해 줘!

섬세한 녀석인 줄 알았는데, 요리만큼은 의외로 서툴렀다.

왜 엔데가 루에게 요리를 배우고 있느냐면 메르, 네이, 리세, 이 세 프레이즈 소녀 세 명이 엔데에게 직접 만든 요리를 요구하기 시작했기 때문이다.

이런 건 보통 남친보다 여친이 더 노력하지 않나? 그런 생각도 했지만 이세계에서도 남녀평등이 대세인 현 상황을 생각하면, 그건 낡은 생각인지도 모른다.

루가 가르쳐 주겠다고 하니 한번 해 보라고 했는데.

첫 단계는 달걀프라이였다. 달걀을 깨는 것부터 서툴러서 껍데기까지 넣고 부칠 만큼 비참한 상태였지만, 전투를 할 때처럼 힘 조절을 하면 어떠냐는 조언을 해 주니 깔끔하게 깨게 되었다. 성가신 녀석이야 참.

그다음에는 부치면 끝이니 달걀프라이는 의외로 쉽게 클리어했다.

이 정도면 쉽게 배우지 않을까 생각했는데, 그다음 단계인 팬케이크에서 실패의 연속이었다. 달걀은 잘 깨는데, 달걀을 풀기만 하면 사방으로 다 튀고, 불 조절을 잘못해 다 태우고, 뒤집지를 못해 자꾸 떨어뜨리는 등, 상당한 흙손이다. 나도 이거보단 잘하거든?

그리고 아무리 실패작이라지만 버리기엔 아까우니 처리해 주고 있는 사람이 나다. 솔직히 말해 맛있지는 않다. 덜 익었거나, 까맣게 탔거나. 그렇다고 아슬아슬하게 못 먹을 정도는 아니라 메이플시럽을 뿌려 가며 맛을 보충해 다 먹었지만 이제 더는 못 먹겠다.

참고로 조금 전까지만 해도 있었던 코하쿠는 어느새 사라지고 없었다. 코하쿠, 도망갔구나!

그러지 말고 스마트폰의 【스토리지】를 사용할 수 있으니 엔데 네가 가져가서 먹어! 날 끌어들이지 마!

이제 더는 먹어 주기가 불가능해서, 나는 엔데가 방심한 틈을 타서【텔레포트】로 주방을 빠져나갔다.

으윽. 좀 움직여서 소화를 시켜야겠어…….

울렁거리는 속을 부여잡으며 복도를 걷다가 익숙지 않은 옷을 입은 스우와 만났다.

"오오, 토야. 어떤가? 어울리는가?"

춤을 추듯이 빙글 도는 스우. 스우는 컬러풀한 민족의상을 입고 손목과 목에는 잘락거리는 액세서리를 달고 있었다. 어? 이건 노키아 왕국의 민족의상인가?

"응. 잘 어울려. 귀여워."

"그래, 그렇지? 노키아의 왕도에 갔을 때 몇 벌인가 사 가지고 왔으이. 가끔은 이런 옷도 신선하지?"

정말 그렇다. 평소의 스우와는 분위기가 달랐다. 옷 한 벌로 이렇게까지 변하다니, 여자아이는 참 신기해.

"그런데 다른 애들은?"

"안뜰에 있네. 셰스카가 만든 결혼식장을 견학하고 있구먼."

우리의 결혼식은 교회 아니라 성의 안뜰에서 열기로 했다.

브륀힐드의 성……. 정확히는 모델이 된 벨파스트의 성은 안뜰이 넓었던 덕분에, 여기라면 몇 명이든 자유롭게 출입할 수 있다.

마을의 교회에는 하객이 다 들어갈 수 없고, 무엇보다 그곳은 라밋슈 교국의 대사관도 겸한 곳이니 제외. 왕후 귀족도 부르는 만큼 경비 면에서도 불안이 남는다. 반면에 성의 안뜰은 결계를 펴두면 되니 문제없다.

즉, 가든웨딩이란 말이다. 가드닝하면 바빌론 '정원'의 관리인 셰스카가 또 가만히 있을 수 없다. 정원사 훌리오 씨를 조수로 지명한 셰스카는 모두 자신이 프로듀스하겠다며 기염을 토했다.

나로서는 조금…… 솔직히 말하면 상당히 불안했지만, 가드닝에 관해서는 실제로 실력이 뛰어나니 일단 맡겨 보기로 했다. 코교쿠가 감시하는 조건이지만.

"생각 이상으로 훌륭하더구먼. 토야도 보러 가세."

"네네."

민족의상을 입은 스우에게 이끌려 나는 성의 안뜰로 가 보았다.

안뜰로 통하는 문을 열자, 지금까지 본 적 없는 광경이 펼쳐졌다.

어느새 새로 생긴 크고 흰 계단. 멋진 재단. 커다란 가든아치와 흰 울타리. 교회처럼 정렬해 놓은 의자. 안뜰 곳곳에 흐드러지게 핀 꽃. 그 다채로운 광경은 눈이 부실 듯한 아름다움을 자랑하고 있었다. 전에 있던 안뜰의 흔적은 찾아볼 수 없었다.

재단 앞에는 양탄자가 십자 모양으로 깔렸다. 그리고 그 재단 앞에 셰스카와 유미나, 린제와 에르제가 서 있었다.

"토야 오빠, 오셨군요."

"스우가 가자고 해서. 그런데 정말 대단한걸……?"

나는 눈앞에 있는 커다란 재단을 바라보았다. 엄숙하면서도 화려한 재단이었다. 우리는 여기서 신이 아니라 정령에게 결혼의 맹세를 하게 된다.

재단이 있는 스테이지는 우리 10명이 모두 올라가도 괜찮을 만큼 넓고 튼튼해 보였다.

재단은 곳곳이 덩굴풀과 장미 덩굴로 장식되어 신비적인 분위기가 느껴졌다.

"완성된 거야?"

"아니요. 아직이에요. 이제부터 꽃도 더 많이 장식해야 하고, 연출용 꽃잎 준비나 가지치기도 해야 하니까요. 아직 할 일은 산더미처럼 많아요."

셰스카가 내 질문에 고개를 가로저으며 그렇게 말했다. 아직 더 남았다고? 신경 써 주는 건 고맙지만, 너무 지나치면 그것도 문제인데.

너무 화려해도 좀……. 아니지. 평생 한 번 하는 거니, 결혼식 정도는 화려하게 하는 편이 나을까……?

"그렇지. 마스터, 부탁이 하나 있어요."

"응? 뭔데?"

네가 부탁이라니, 뭘 시킬지 불안해지는데. 경계하는 나에게 셰스카가 의외의 부탁을 했다.

"꽃의 정령에게 협력해 달라고 부탁해 주실 수 있나요?"

"꽃의 정령?"

정령은 만물에 깃든다. 물론 꽃의 정령도 존재한다. 대지의 정령의 권속이다.

분명히 꽃의 정령이 도와만 준다면 상당히 도움이 되리라 생각한다.

부탁 자체는 얼마든지 해 줄 수도 있지만…….

"계절상 피지 않는 꽃이나 성장이 부족한 꽃도 있거든요. 꽃의 정령의 힘을 빌리면 도움이 될 텐데요."

"아하, 그런 거였구나."

셰스카가 무슨 말을 하려는지 이해했다. 그런 거라면 꽃의 정령의 힘을 빌리도록 하자.

"【정령왕의 이름으로 명한다. 오라, 꽃의 정령이여】."

내가 그렇게 말하자 지면에서부터 꽃잎이 흩날리더니 일대에 꽃잎 소용돌이가 휘몰아쳤다. 잠시 뒤, 꽃잎 소용돌이가 잠잠해진 그곳을 보니 몸집이 작은 소녀가 서 있었다.

소녀의 머리카락은 부드럽게 부푼 분홍색으로 가볍게 말려 있었고, 옷은 꽃 같은 프릴이 달린 드레스였다. 예쁘다는 말보다는 귀엽다는 말이 더 잘 어울리는 소녀였다.

그 꽃 같은 드레스의 끝을 양손으로 잡고, 한 발을 뒤로 빼며 고개를 작게 숙이는 꽃의 요정.

〈옛 계약에 따라 찾아뵈었습니다. 정령을 통솔하시는 왕이여, 무슨 일이신지요?〉

"결혼식장 준비를 도와줬으면 하는데, 부탁할 수 있을까?"

〈어머나, 그러시군요. 왕께서 사용하실 결혼식장 준비를 도울 수 있다니 영광입니다.〉

미소 짓는 꽃의 정령에게 셰스카를 도와 달라고 부탁했다. 그러자 셰스카가 설계도로 보이는 물건을 꺼내더니, 둘이서 대화를 나누기 시작했다. 전문적인 이야기가 오가고 있어 나는 끼어들 여지가 없었다. 여기는 프로들에게 맡기자.

"그런데 야에는? 여기에 없나?"

"야에 씨라면 대훈련장에 계세요. 결혼식에 사용하게 될 프레임 기어 연습 현장을 보러 가셨거든요."

"아…… 그……."

린제의 말을 듣고 나는 뭐라고 형용하기 힘든 목소리를 흘렸다.

귀족이나 기사의 결혼식 등에서는 기사가 정렬하고 검과 방패를 든 채 경례하는 세리머니를 선보이기도 한다. 지구에서 말하는 '받들어총' 같은 것이다.

기사 왕국 레스티아에서는 일반적인 의식이니 이걸 레스티아 출신인 힐다가 우리 결혼식에 도입하고 싶다고 말을 꺼낸 것은 전혀 이상한 일이 아니다.

이상한 일이 아닌데, 어느새 프레임 기어로 그런 의식을 하자는 얘기가 나와 이상해지고 말았다.

우리의 결혼식은 단순한 결혼 의식이 아니라, 브륀힐드 전체의 축제라는 측면도 있다. 다른 나라에서도 그 축제를 구경하기 위해 사람들이 모인다. 그래서 결혼식이 끝난 뒤에는 마을 퍼레이드까지 예정되어 있다.

그런 축제이니 브륀힐드만의 볼거리를 제공해야 하는데, 그렇다면 프레임 기어 얘기가 나오는 거야 자명한 이치라고 해야 할지 뭐라고 해야 할지.

대훈련장에 가 보니 반듯하게 좌우로 정렬한 중기사가 단장인 레인 씨의 구령에 맞춰 손에 든 핼버드를 수직으로 세웠다가 서로 대각선 위로 내밀어 교차시키고 있었다.

〈3호기, 4호기. 타이밍을 맞춰라! 한 번 더!〉

【스피커】마법으로 증폭된 레인 씨의 목소리가 손에 든 스마트폰을 통해 울려 퍼졌다. 상당히 엄격하다. 우리의 결혼식을 위해 이렇게 애쓴다고 생각하니 역시 좀 미안한걸. 나중에 술이라도 보내자.

레인 씨의 등 뒤에 야에와 힐다가 있어 말을 걸었다.

"토야 님. 오셨습니까."

"와, 정말 엄청나네. 이거 정말로 할 거야?"

"물론이에요. 레스티아에서는 새로운 출발을 하는 사람에게 용기와 축복을 보내는 의식이거든요. 어떤 곤경이 닥쳐도 맞서서 이길 수 있도록요."

의식의 유래야 어쨌든, 사람들의 눈길만큼은 확실히 끌 거 같다.

결혼식 당일에는 마을 입구에도 프레임 기어를 배치한다. 나쁜 짓을 하려는 사람들에게 압력을 가하려는 의미도 있지만, 역시 가장 큰 이유는 권위를 더하기 위해서다. '다른 곳에서는 볼 수 없는 엄청난 결혼식'이라고 알리는 연출이다.

말해 두겠는데, 이건 내 의견이 아니다. 나라의 중요행사인 만큼 여러 사람의 의견을 받아들인 결과 이렇게 되었다.

국왕의 결혼식쯤 되면 체면이니 뭐니 해서 신경 쓸 일이 많아 골치 아프다. 집안사람들끼리 조용하고 아담하게 해도 난 상관없었는데 말이지.

"결혼식 전까지 완벽하게 훈련시키겠습니다. 부디 안심하십시오."

"아, 저어, 너무 무리하진 말아 주세요. 네, 무리는 안 하는 방향으로……."

기합이 잔뜩 들어간 레인 씨의 말을 듣고 내가 해 줄 수 있는 말은 그게 최선이었다.

아무튼, 여기는 레인 씨에게 맡겨 두기로 하자.

"으음. 본격적으로 결정되는 사항이 많아지니, 결혼한다는 실감이 겨우 나기 시작합니다."

"어? 이제야……?"

"뭐라고 하면 좋을까요. 토야 님을 비롯해 모두가 항상 같이 있으니까요. 이미 가족 같다는 생각이 듭니다."

"그러네요. 저도 마찬가지예요. 이미 우리는 고락을 함께한 동포죠. 그리고 드디어 그 동포가 진짜 가족이 되는 거예요."

가족이라. 그것도 대가족이다. 나도 9명이나 되는 아내를 맞아들이게 될 줄은 꿈에도 몰랐다.

앞으로도 계속 모두와 가족으로 살아가게 되는 거구나…….

"응? 그런데 린이랑 사쿠라는?"

"저기에 있습니다."

야에가 시선으로 가리킨 곳은 대훈련장 가장자리의 테이블과 의자가 놓인 휴게소로, 린과 사쿠라는 심각한 표정을 지으며 그곳에 앉아 있었다. 응? 왜 저러지? 무슨 일이라도 있나?

"왜 저런 표정을 짓고 있어?"

"결혼식 때는 중앙 통로를 같이 걸어 줄 상대를 결정해야 하잖아요? 저희는 아버지가 그 역할을 하게 되지만…….."

아~. 그건가.

우리의 결혼식 날짜를 잡기 전에 나는 약혼자들에게 지구의 결혼식 장면을 동영상으로 보여 주었다. 받아들일 만한 문화가 있으면 받아들이자는 생각에서.

웨딩 케이크, 입장곡 등 몇 가지가 채용되었는데, 그중의 하나가 중앙 통로를 걷는 의식이었다.

아버지가 신부와 함께 입장해 신부를 신랑에게 맡기는 바로 그거다.

과거에서 미래로. 새 신랑과 새 신부가 함께 나아가는 그 모습이 모두 매우 마음에 든 모양이었다. 게다가 이곳에도 비슷한 형식의 의식이 있다고 한다.

하지만 그 의식에 조금 난색을 보이는 사람도 있었다.

그중의 한 명은 린. 에르제와 린제의 경우, 아버지는 이미 돌아가셨지만 아버지 대신이 되어 줄 숙부님인 조제프 씨가 있다. 하지만 린은 혼자다. 형제는 물론 친척에 이르기까지 이 세상에는 피붙이가 없다.

정확하게 말하면 죽음을 맞이하기 위해 요정계인 '아발론'으로 여행을 떠난 거지만.

그래서 린은 같이 걸어 줄 사람이 없었다.

한편 사쿠라는 엄연히 아버지가 있었다. 있긴 있는데, 아버지랑 같이 걷고 싶어 하지 않았다.

음, 다른 사람도 아니고 마왕 폐하이니 중앙 통로를 걸으면서 통곡을 할 것 같긴 하다. 마음은 이해되지만 굉장히 성가실 듯하다. 사쿠라가 아버지를 꺼리는 마음도 어느 정도는 이해가 된다.

나는 어두운 표정을 짓고 있는 두 사람에게 다가갔다.

"결정됐어?"

"응. 난 미스미드의 수왕 폐하에게 부탁해 볼게. 일단 맹우이기도 하고, 한때는 맹주였으니까. 아무리 그래도 폴라랑 걸을 수는 없잖아."

린의 말을 듣고 발치에 있던 폴라가 충격을 받은 듯 무릎을 꿇었다. 너, 같이 걸을 생각이었어?

"사쿠라는?"

"엄마랑 걸을래……."

"안 된다고 하진 않겠지만, 아버지가 계시니 이번만큼은 같이 걸으면 안 될까?"

"우우……. 임금님도 엄마랑 똑같은 말을 하네……."

사쿠라는 이미 어머니인 피아나 씨에게 전화로 부탁했다는 모양이다. 하지만 피아나 씨는 그런 사쿠라를 완곡하게 나무랐다고 한다.

당연하겠지……. 역시나 피아나 씨도 마왕 폐하가 가엾다고 생각한 듯했다.

표현 방법에 조금 문제가 있긴 하지만, 사쿠라를 소중하게 생각하는 것은 사실이니 조금 양보해도 되지 않을까?

그런 생각을 하는데 본인에게서 전화가 왔다. 호랑이도 제 말 하면 온다는 그건가.

"네, 여보세요."

〈오오, 브륀힐드 공왕인가! 파르네는 있나?! 대화를 나누고 싶다!〉

내가 전화를 받자마자 다급한 목소리로 그렇게 외치는 마왕 폐하. 시끄러워……! 귀가 얼얼하잖아!

"왜 저한테 전화하셨어요? 직접 전화를 하면 될 텐데……."

〈난 차단돼 있다!〉

허억……. 내가 시선을 돌리자 사쿠라가 고개를 휙 돌렸다. 사쿠라는 귀가 밝다. 지금 이 대화가 들렸던 거겠지.

왜 전화를 했나 물어보니, 역시 신부 입장 이야기였다. 들자 하니 피아나 씨가 마왕 폐하에게 알려준 모양이었다.

귀찮아서 스마트폰을 영상 통화 모드로 바꾸고 사쿠라가 보이게 테이블 위에 올려 두었다. 이런 일은 찬찬히 대화를 나눠 보는 게 제일이다. 필사적인 표정을 짓고 있는 마왕 폐하의 모습이 화면에 비쳤다. ……조금 떨어지죠. 화면이 얼굴로 가득 차 있잖아요.

〈피아나도 내가 같이 걸어 줘야 한다고 했다. 그러니까…….〉

"엄마랑 걸을래."

〈보, 보통은 아버지랑 걷는 의식이라고 들었다만?! 이봐, 브륀힐드 공왕. 내 말이 맞지?!〉

"네? 네에, 그렇죠……. 아버지가 없거나 형편이 나쁘면 오빠나 어머니랑 걷기도 하지만요……."

"형편이 나빠."

〈하나도 안 나쁘잖아?!〉

마왕 폐하가 필사적으로 부탁했지만 사쿠라는 망설였다. 어떻게 하면 좋나 생각하는데, 린이 사쿠라에게 말했다.

"같이 걸어 줄 부모님이 있으니 그만 허락해 줘. 이 의식은 아버지 곁을 떠나 달링의 곁으로 가겠다는 네 의사를 표현하는 거잖아? 그걸 거부하면 달링과의 결혼에 불만이 있다고 받아들여질 수 있어."

"윽……."

〈파르네! 부디 그 중대한 임무를 내가 맡게 해다오! 어떠한 곤란이 있어도 훌륭히 임무를 수행하마! 이렇게 부탁한다!〉

화면을 보니 마왕 폐하가 무릎을 꿇고 빌고 있었다. 이건 그냥 사쿠라의 옆에서 같이 걸어 주는 것뿐인데……. 왜 무릎까지 꿇어? 마왕 폐하를 호위하는 사람까지 황당해하고 있잖아.

사쿠라는 작게 한숨을 내쉬더니 달아오른 얼굴을 옆으로 휙 돌렸다.

"……임금님한테 맡길게. 알아서 해."

〈오오! 파르네! 그러면?!〉

기대에 가득 찬 눈으로 나를 보는 마왕 폐하. 나는 조금 생각하는 척을 한 뒤 말했다.

"역시 피아나 씨한테 부탁할까……?"

〈공왕. 분위기 파악 좀 해라아아아아아아!!〉

"노, 농담이에요."

죽고 싶냐는 듯이 마왕 폐하가 화면 안에서 나를 노려보았다. 응, 지금은 내가 잘못했어.

내가 중앙 통로를 사쿠라와 같이 걸어 달라고 부탁하자, 순식간에 미소를 지으며 화면 안에서 마구 신나 하는 마왕 폐하. 그 모습이 짜증 났는지 사쿠라가 곧장 통화를 끊어 버렸다.

"큭……. 엄마가 더 좋은데……."

"너무 그러지 마. 린의 말대로 이 의식은 아버지의 보호에서 벗어나 앞으로는 결혼 상대와 함께 미래를 향해 걷는다는 의미가 포함되어 있거든."

게다가 지금 거절했다가 앞으로 두고두고 투덜거리면 곤란하기도 하다. 잠깐 같이 걸으면 그만이니 그 정도는 허락해 줘.

린도 미스미드 수왕 폐하에게 흔쾌히 맡겠다는 대답을 받았다. 유난히 신이 난 모습이었다는 점이 좀 신경 쓰였지만.

일단 이것으로 신부 입장 관련은 모두 해결되었다.

"그다음은 반지려나……?"

결혼반지다. 약혼반지와는 달리 결혼반지는 결혼한 이후에도 보통은 낀 채 생활하게 된다. 그래서 너무 울퉁불퉁하기보다는 심플한 반지가 선호된다는 모양이었다.

어떻게 할까……. 역시 미스릴이나 오레이칼코스로 심플한 반지를 9개…… 아니지. 나까지 포함해야 하니 10개를 만들어서……. 그런 생각을 하는데 품에서 스마트폰이 울렸다. 어? 세계신님?

"네, 여보세요?"

〈오오, 토야인가? 잠시 할 이야기가 있네만, 이쪽에 올 수 있겠는가?〉

"네? 지금요?"

무슨 일이지? 내가 무슨 짓이라도 저질렀나? 사신도 쓰러뜨려서, 지금은 별문제가 없을 텐데.

그건가? 이 세계의 관리자가 되기 위해 갖춰야 할 마음가짐을 알려주신다거나? 뭐가 됐든 오라고 하시니 가 봐야 한다.

린과 사쿠라에게 잠깐 외출(?)하고 온다고 말하고, 나는 신계로 이어지는 【게이트】를 열었다.

"오오, 왔는가. 자, 앉게."

"네."

방석에 앉자 세계신님이 찻잔에 차를 따라 주었다. 여전히 반드시 서는 찻줄기. 신들렸구나. 당연한 거지만.

"생각을 좀 해 봤는데, 자네들의 결혼반지를 나한테 맡겨 주면 안 되겠나?"

"네?! 결혼반지를요?!"

세계신님이 준다고? 정말 받아도 되나?

"자네는 내 권속이 아닌가. 나도 결혼 선물을 주고 싶어서 말일세. 항상 끼고 다녀야 하는 반지가 딱 좋겠다 싶더구먼. 나말고 다른 신들도 축복해 주고 싶어 하고 말이야."

"저어, 그건 엄청난 물건 아닌가요……?"

신들의 축복을 받은 반지. 그건 이미 신기(神器)라 해도 과언이 아니잖아……. 신기가 지상에 있으면 사신의 그릇이 되어 버리니 위험하지 않나?

"문제없을 테지. 몸이 지닌 사람이 신족인 자네와 그 권속인 아내들 아닌가. 사신이 될 요소가 눈곱만큼도 없어. 부정적인

에너지를 받아들이지 않을 테니까.”

그렇다고 한다면 확실히 그렇기야 하겠지. 나도 세계신님의 특제 신기인 스마트폰을 항상 가지고 다니지만 아무 문제 없기도 하니까.

“지상에 신이 대놓고 내려가 선물을 준다고 할 수는 없으니, 그건 대정령이 준다는 형식을 취하면 어떨까 하네만.”

“네. 그거라면 신부나 목사 역할을 대정령에게 부탁하려고 했으니 딱 좋네요.”

자주 듣게 되는 ‘아플 때도 건강할 때도’ 같은 말을 해 주는 역할이다. 브륀힐드는 특별히 정해진 국교가 없다. 그래서 기본적으로는 평범한 정령 신앙이 주류다. 그 정령이 내 부하라 좀 번잡하다면 번잡하긴 하지만.

“그래서 말일세. 반지를 만들기 위해 토야가 해 줬으면 일이 하나 있네.”

세계신님은 그렇게 말하더니, 기모노의 소맷부리에서 손바닥에 올라갈 정도의 둥근 돌을 하나 꺼냈다.

얼핏 봐선 희고 매끈매끈한 평범한 돌 같았다. 평평하고 둥글어서 물수제비를 하면 잘 튀어 나갈 듯한 돌이었다.

“이건 뭔가요?”

“ ‘신응석(神應石)’ 이라고 하네. 이대로는 아무런 효력도 없는 돌이네만, 이 돌은 신기에 닿으면 그 특성이 변하는 돌이야. 신계에서는 여러 방면에 쓰이고 있지.”

신들의 신기에 따라 특성이 변하는 돌은 신기를 주입하는 신에 따라 완전히 다른 물건이 된다고 한다. 따라서 신이 다르면 같은 광석은 만들어지지 않는다. 1000명의 신이 있다면 1000개의 특성을 지닌 광석이 만들어진다고 한다.

"내가 신기를 주입해 만들어도 되기야 하네만, 이번에는 토야가 만들어야 더 좋지 않겠는가. 아내들에게 주는 선물이니 말이야."

그렇구나. 우리의 반지를 만드는 데 힘을 보탤 수 있다면 거절할 이유가 없다. 기꺼이 돕자.

나는 세계신님에게서 신응석을 건네받았다. 의외로 무겁다.

"평범하게 신기를 주입하면 되나요?"

"흠, 신기에 마음을 담으면 소재의 순도가 높아지네. 선물할 상대, 약혼자들을 생각하며 주입하면 될 게야."

모두를 생각하면서라.

에르제, 린제, 야에, 스우, 유미나, 린, 루, 사쿠라, 힐다.

나는 눈을 감고 약혼자들과 만났을 적의 일을 떠올리면서 신응석에 신기를 주입하기 시작했다. 그리고 만난 이후로 지금까지 약혼자들과 함께 만들어 온 추억과 유대를 머릿속에 떠올리면서 신기와 함께 신응석에 주입했다.

눈을 떠 보니 신응석은 백금처럼 빛나는 금속 덩어리가 되어 있었다. 조금 전의 그 하얀 돌이라고는 생각하기 힘들 정도였다.

"이건……."

"홀홀홀. 좋구먼, 아주 좋아. 이거라면 질 좋은 반지를 만들 수 있을 게야."

내가 신응석을 건네주자, 세계신님은 돌을 꼼꼼히 살펴보더니 그렇게 말하며 웃었다.

"세계신님이 이걸로 반지를 만들어 주시는 건가요?"

"아니네. 이건 다른 신들의 축복을 받은 다음, 대장장이신이 정련을 하게 될 게야. 그리고 공예신이 디자인을 하고, 연마신이 연마도 해야 하니, 조금 시간이 걸리지. 그래도 결혼식 전에는 절대 늦지 않게 완성할 테니 걱정은 하지 말고."

스케일이 엄청나게 커진 듯한데……. 물론 굉장히 고마운 일이지만 솔직히 말해 정신이 아득해진다고 해야 하나?

"사실은 수만 년 만에 신족이 결혼하는 경사라, 다들 그걸 핑계로 연회를 열고 싶을 뿐이라네. 이렇게 신의 축복을 많이 받는 결혼식은 좀처럼 찾기 힘들어."

"하, 하하……. 그런가요……."

세계신님의 말을 듣고 나는 초점을 잃은 눈으로 구름바다를 바라보았다. 지금까지 만나온 경험에 따르면, 신들은 아무래도 분위기에 휩쓸리는 경향이 있었다. 뭐라고 할까, 자유롭다.

그것도 다 신이라서 그런 것인지도 모르겠지만…….

아무튼, 자신들의 연회를 위해서라고는 해도 축복해 준다고 하니 감사하게 그 마음을 받아들이자.

"아이고, 그렇지. 겸사겸사라고 하긴 뭐하지만 연회에 사용하려고 하니 지상의 술을 몇 병 정도 가져다줄 수 있겠는가? 술의 신에게 부탁해 뒀는데, 아무래도 자기가 다 마셔 버린 모양이더구먼."

"그 녀석······."

술의 신인 스이카의 기행이 날이 갈수록 심해지고 있지 않나? 겉보기는 어린 소녀지만 엄연히 여신이잖아.

나는 답례용으로 저장해 둔 술을 【스토리지】에서 몇 병 정도 꺼내 밥상 위에 올려 두었다.

그에 더해 안주가 될 만한 음식도 몇 가지 정도 꺼냈다. 결혼반지 대금이라고 하기엔 너무 약소해 면목이 없다.

"고맙네. 반지는 맡겨 두게. 고급스럽게 잘 만들 테니까."

"너무 굉장해도 곤란한데······."

나는 쓴웃음을 지으면서 신계를 떠났다. 축하해 주니 그 마음은 기쁘지만 일이 엄청나져 버렸네······.

성으로 돌아와 보니 주방에서는 아직도 루가 엔데에게 요리를 지도하고 있었다.

"토야! 이거 어때?! 잘 만들었지?!"

"오, 진짜네."

주방에 얼굴을 내민 나에게 엔데가 의기양양하게 팬케이크를 담은 접시를 보여 주었다. 정말로 팬케이크의 형태를 잘 유지하고 있어 꽤 맛있게 보였다. 일단 모양은.

"기적이 일어난 건가……?"

"실례되는 소릴. 요령만 알면 간단해. 요령을 알기까지 시간이 걸릴 뿐이지."

"그렇게 오래 걸릴 줄은 몰랐어요……."

루가 엔데 뒤에서 작게 한숨을 내쉬었다. 상당히 고생했나 보네.

나는 나이프로 팬케이크를 잘라 한 입 먹어 봤다. 어? 맛도 괜찮네. 팬케이크 만드는 법을 습득한 건가.

"이제 메르한테도 자신 있게 요리를 만들어 줄 수 있겠어."

"팬케이크랑 달걀프라이가 다잖아……."

내일 아침만 해 줘도 레퍼토리가 다 떨어지거든? 엔데는 앞으로도 루에게 요리를 더 많이 배워야 할 듯했다.

"오늘은 저녁 준비를 해야 하니 여기서 마칠게요. 다음 요리는 또 다른 기회에 하기로 해요."

팬케이크 만드는 법을 습득한 엔데는 의기양양한 모습으로 돌아갔다. 엔데, 설마 저녁밥으로 팬케이크를 만들 생각인가……? 물론 안 된다는 건 아니지만……. 그 세 사람도 기쁘게 먹을 듯하고.

"그런데 결혼식 파티에 내놓을 요리는 결정했어?"

"네, 몇 가지 정도는요. 이제는 웨딩 케이크를 완성해야 해요."

루가 얍! 하고 기합을 넣었다. 【스토리지】 덕분에 한참 전에 미리 만들어 두어도 보존할 수 있으니 몇 종류인가를 만들고 있다고 한다.

지구의 웨딩 케이크를 꽤 많이 보여줬으니……. 루는 완전히 케이크 장식에 푹 빠져서 시행착오를 거듭하고 있는 모양이었다. 이젠 완전히 예술가 수준의 작품이 되어 가고 있다.

결혼식 준비가 순조롭게 진행되었다. 이제 몇 주만 더 있으면 결혼식이다.

내가 결혼이라니……. 내 일인데도 실감이 안 난다.

프러포즈할 때 이미 각오를 다졌으니, 결혼도 새삼스러운 감이 없잖아 있다. 9명이나 아내로 맞아들일 줄은 생각도 못했지만.

그리고 결혼식이 끝나면 신혼여행을 간다. 【이공간 전이】로 다 같이 지구로 갈 생각이다. 최대한 많은 곳에 데려가 주고 싶다.

루는 지구의 요리를 먹으면 굉장히 놀라워할 것 같다.

"……? 왜 그러세요?"

"아무것도 아냐."

내 시선을 눈치챈 루가 의아한 표정을 지었다. 앞으로 오게 될 그때를 즐겁게 기다리자.

나는 앞으로 있을 일들을 생각하면서 주방을 뒤로했다.

후기

『이세계는 스마트폰과 함께.』제20권을 전달해 드렸습니다. 즐겁게 읽으셨나요?

와아, 드디어 20권입니다. 10권 때도 생각했지만 돌아보면 정말 순식간입니다. 책장에 20권이나 되는 책이 나란히 꽂혀 있는 모습을 보니 제가 생각해도 어쩜 이렇게 글을 많이 썼나 싶어 감개무량합니다.

1권이 발매된 때가 약 5년 전, '소설가가 되자'에 투고하기 시작한 시기는 그 2년 전이니, 토야의 이야기를 7년이나 계속 써 온 셈입니다. 자만하지 않고 앞으로도 힘내겠습니다.

각설하고, 이번 권의 전반부에는 지금까지 직접적으로는 등장하지 않았던 다우반과 자드니아의 임금님들 이야기가 수록되었습니다.

저는 (성격이야 어쨌든, 캐릭터라는 관점에서) 이 두 나라의 임금님이 어딘가 모르게 좋습니다. 서로 방해를 하고, 악담하는 모습이 마치 대조적인 두 사람이 치고받으며 만담을 하는 느낌이라서요. 그런 두 사람의 다툼을 즐겨 주셨기를 바라는 마음입니다.

토야가 주로 활약하는 전반부와는 달리 후반부는 히로인들만이 활약합니다.

언제 한 번 토야 없이 히로인들이 활약하는 이야기를 그리고 싶었는데요, 자연히 적 캐릭터도 '여자의 적'이 되었습니다. 상대도 되지 않았지만요.

여자아이들만 모여서 행동하는 것도 괜찮네요. 언제 기회가 된다면 또 그런 이야기를 써 보고 싶습니다.

그리고 다음 권은 드디어 결혼식&신혼여행입니다.

벌써 히로인들의 웨딩드레스 차림이 기대됩니다.

결혼식도 주목되지만 신혼여행의 행선지가 지구라는 점도 주목됩니다. 현대 세계를 방문한 토야와 히로인들이 어떤 소동을 일으킬 것인가. 다음 권을 기대해 주세요.

그럼 이번에도 감사의 말씀 올립니다.

멋진 삽화를 20권 분량이나 그려 주신 우사츠카 에이지 선생님. 드디어 20권에 도달했습니다. 감사합니다. 앞으로도 잘 부탁드립니다.

담당 K 님, 하비재팬 편집부 여러분, 이 책이 출판되도록 도와주신 모든 분께도 감사드립니다.

그리고 언제나 '소설가가 되자'와 이 책을 읽어 주시는 모든 독자 여러분께 감사의 인사 올립니다.

후유하라 파토라

신혼여행지는 지구로 결정.

9명의 신부를 데리고

토야는 그리운 세계로 귀환하게 되는데…….

이세계는 스마트

후유하라 파토라　illustration ■ 우사츠카 에이지

세계 각국의 내빈과

신들이 지켜보는 가운데

드디어 토야와 히로인들의

결혼식이 거행된다!

폰과 함께.21

이세계는 스마트폰과 함께. 20

2021년 02월 15일 제1판 인쇄
2021년 04월 28일 2쇄 발행

지음 후유하라 파토라 | **일러스트** 우사츠카 에이지

옮김 문기업

발행 영상출판미디어(주)
등록번호 제 2002-000003호
주소 21311 인천광역시 부평구 평천로 132 (청천동)
전화 032-505-2973(代) | FAX 032-505-2982

ISBN 979-11-6625-655-4
ISBN 979-11-319-3897-3 (세트)